Millie Plume

Les malheurs de Millie Plume

Une nouvelle vie pour Millie Plume

Jacqueline Wilson

Les malheurs de Millie Plume

Illustrations de Nick Sharratt

Traduit de l'anglais
par Cécile Dutheil de la Rochère

GALLIMARD JEUNESSE

Pour ma chère amie Mary Vacher.
Merci mille fois
pour ton formidable soutien
professionnel, ton attention
et ta profonde gentillesse.

Titre original : *Hetty Feather*

Édition originale publiée, en 2009, en Grande-Bretagne
par Doubleday, une filiale de Random House Children's Books

1

Je m'appelle Millie Plume. Ne riez pas. Ce n'est pas mon vrai nom. Je suis sûre que maman m'aurait choisi un nom superbe et romantique – même si je ne suis ni superbe ni romantique.

Je l'imagine déjà :

– Ma petite chérie, me chuchote-t-elle en m'enroulant dans un châle.

Elle me serre très très très fort contre sa poitrine, comme si elle avait peur qu'on m'arrache à elle.

– Ma petite… Rosamund ? Séraphine ? Christobel ?

Mes yeux sont ce que j'ai de plus beau. Ils sont bleus comme le ciel en été. Alors peut-être m'a-t-elle appelée… Saphir ? Azur ? Bleu-du-Ciel ?

Je m'amuse à penser que mes cheveux de bébé n'ont pas encore poussé sur ma petite tête rose. Un nouveau-né chauve, c'est mignon tout plein, n'est-ce pas ? Mais un nouveau-né avec des cheveux rouges comme le péché ? C'est une abomination, un enfant

25629

du diable. En tout cas, c'est ce que dit Mme Groderrière quand elle me tire les cheveux. Un jour, j'ai été particulièrement insolente et je l'ai appelée Mme Groderrière-qui-pue : elle a tiré tellement fort qu'elle m'a arraché une poignée entière de cheveux. Heureusement que personne n'a remarqué ma petite tonsure au sommet du crâne, sinon elle aurait eu des ennuis. Elle m'a brusquement enfoncé mon chapeau sur la tête et personne n'a rien vu. Ou plutôt, disons que deux cents petites orphelines ont été témoins de son agression, mais elle s'en souciait comme d'une guigne.

Mes cheveux ont mis plus d'un an à repousser, mais ça valait le coup parce qu'à partir de ce jour-là nous l'avons toutes appelée Mme Groderrière-qui-pue, même si c'était toujours à voix basse. Que voulez-vous, je suis comme mes maudits cheveux, j'ai un tempérament de feu.

Sans rire, j'espère que le jour de ma naissance, en 1876, j'étais chauve. Vous imaginez, si j'étais née avec des houppettes rousses ? Mon Dieu ! Quel choc pour ma pauvre maman ! Peut-être qu'elle a été tentée de m'appeler Poil-de-Carotte, ou Poisson-Rouge, ou Marmelade ?

Non, je suis sûre que jamais maman ne s'est moquée de moi. Je l'imagine encore : elle me tenait serrée contre sa poitrine, passant sa joue sur mes cheveux couleur de feu, enroulant délicatement une boucle autour de son index… Elle adorait mes cheveux roux parce que j'étais sa fille chérie. Elle a coupé une fine mèche qu'elle a fixée avec des épingles dans un médaillon. Comme ça, elle a gardé un souvenir de moi pour toujours.

Elle n'avait aucune envie de se séparer de moi. Elle m'aimait du plus profond de son cœur. Je sais, j'étais un petit bout de chou qui pesait à peine un morceau de sucre, mais je suis sûre qu'elle s'est occupée de moi nuit et jour pour que je prenne des forces et grandisse. Si je ferme les yeux et que je me recroqueville, je sens ses bras autour de moi, je l'entends me chantonner une berceuse, je respire son doux parfum sucré et je me vois agripper sa jolie main blanche avec mes minuscules doigts. Et si je me concentre encore plus, apparaît son visage pâle et mouillé de larmes qui cachent ses beaux yeux bleus.

Les gens disent qu'il est impossible d'avoir des souvenirs de l'époque où nous sommes nourrissons. J'ai interrogé des infirmières et des professeurs et tous m'ont répondu la même chose. Y compris Jem, alors que c'est le garçon le plus intelligent que je connaisse. Sauf que moi, je suis sûre que tout le monde se trompe, parce que j'ai beaucoup de souvenirs de cette époque.

Je me souviens du jour le plus noir de ma vie, quand maman m'a donné un bain, m'a enroulée dans mes langes et m'a mis plusieurs jupons avant de m'enfiler une petite robe blanche qu'elle avait cousue elle-même. Elle m'a enveloppée dans un châle en crochet, elle est sortie, et nous sommes parties pour un long, très long voyage. J'en suis sûre, je me souviens du grondement et du sifflement d'un train. Après, je crois que nous avons pris un fiacre et que je pleurais à cause des cahots et du claquement des sabots des chevaux. Elle aussi était en larmes, et elle me serrait de toutes ses forces contre son cœur.

Soudain les claquements et les cahots ont cessé. Elle est restée blottie à l'intérieur du fiacre en tremblant. Le conducteur lui a crié dessus et elle m'a déposé un dernier baiser sur la joue.

– Je t'aimerai toujours, m'a-t-elle chuchoté dans le creux de l'oreille.

Elle a eu du mal à sortir du fiacre car elle me serrait toujours contre elle. Elle a dit quelques mots au cocher avant d'avancer jusqu'à un grand portail. Un gardien surveillait l'entrée. Elle s'est adressée à lui d'une voix si faible qu'elle a dû répéter plusieurs fois sa demande. Le portail s'est ouvert en grinçant et nous sommes entrées. Il devait y avoir d'autres mamans et d'autres bébés car on pleurait beaucoup autour de nous.

Nous nous sommes retrouvées devant une longue table lisse devant laquelle étaient assis une rangée de messieurs très intimidants. Ils ont interrogé maman alors que je pleurais toutes les larmes de mon corps. Puis on nous a conduites dans une pièce étroite éclairée par une lampe à gaz suspendue au plafond. J'ai été aveuglée et j'ai enfoui ma tête dans la poitrine de maman. Soudain de grandes mains glacées m'ont arrachée à elle.

On m'a allongée sur une table dure, sortie de mon châle, déboutonné et enlevé ma jolie robe blanche, retiré mes deux jupons, et même ôté mes langes. J'étais nue comme un ver. Les grosses mains m'ont tourné la tête d'un côté et de l'autre, tâté le ventre, bougé les bras et les jambes tandis que je me révoltais en hurlant, puis elles m'ont emmaillotée dans de drôles d'habits, très rêches, avant de me soulever pour m'emmener quelque part. J'étais hors de moi, mais si frêle et si faible que je pouvais à peine me débattre. Je n'avais que mes hurlements pour me défendre et réclamer maman, mais elle avait disparu. Et puis, on m'a transbahutée dans les couloirs sans fin d'un immense bâtiment qui allait m'éloigner d'elle à jamais.

J'avais un châle en laine rugueuse noué si serré autour de moi que je ne pouvais plus faire un geste. On m'a allongée sur le dos dans un lit métallique, mais j'ai eu beau appeler maman en sanglotant, elle n'est jamais revenue. Je suis restée corsetée dans ces vieux vêtements rigides qui empestaient le savon au crésol. Je sanglotais parce que mon pouce s'était pris dans mon châle. Je sanglotais parce que j'avais perdu les bras qui me berçaient avec amour et le parfum du lait chaud et sucré.

– Allons, allons, qu'est-ce que c'est que ces braillements ! Tu déranges tes petits camarades ! Pourquoi pleures-tu ? s'est écriée une des nurses en me prenant à bout de bras.

Pourquoi ? J'avais à peine quelques jours et je venais

de perdre tout ce que j'aimais. Qu'y avait-il d'étonnant à ce que je hurle ? Cela dit, elle n'était pas méchante. Elle m'a serrée contre sa poitrine plate et sèche en me tapotant dans le dos comme si j'avais des gaz.

– Voilà, voilà, c'est bientôt le moment du biberon.

Elle m'a déposée dans mon lit et j'ai hurlé de plus belle. Jusqu'au moment où quelqu'un m'a reprise dans ses bras, et là je me suis tue, désespérée. Je rêvais qu'on me rende à maman, qui me berçait encore quelques heures plus tôt. On m'a mis un biberon dans la bouche. J'ai serré les lèvres mais elles refusaient de téter. Ce n'était pas le bon goût. Pas celui de maman. J'ai recraché le lait et j'ai failli m'étouffer.

– Celle-là, c'est sans espoir, vous avez vu comme elle est chétive ! Je ne sais pas pourquoi ils l'ont acceptée. Elle n'est pas faite pour survivre dans ce bas monde.

– Il va falloir la baptiser le plus vite possible, sinon elle est bonne pour les limbes, a répondu une autre voix. Passe-la-moi, je vais essayer de la nourrir.

J'ai changé de bras et on m'a plaqué le biberon contre la bouche, mais je refusais toujours de desserrer les lèvres. La femme m'a pincé le nez pour me forcer à respirer en ouvrant la bouche. Je me suis vengée en hurlant.

– Un caractère bien trempé, dites-moi ! Tant pis pour les limbes, c'est un vrai petit diable ! a repris la femme en me secouant un bon coup. Allez, bois ce biberon comme une gentille fifille. Tu ne vas quand même pas te laisser mourir de faim, non ?

Vivre ou mourir, je m'en fichais : tout ce que je voulais c'était maman. Et j'ai pleuré, pleuré toute la journée, jusqu'à ce que ma gorge soit à vif, et je tremblais des pieds à la tête. Mais en vain. Maman ne revenait pas.

Je n'étais pas la seule à pleurer. Autour de moi de nombreux nourrissons braillaient, mais moins fort, moins obstinément. Je ne les voyais pas parce que j'étais coincée sur le dos, mais je les entendais. Dès qu'on les soulevait, ils tétaient avec avidité.

– Tu nc veux rien boire, mon petit agneau d'amour ?

La voix était plus caressante, les mains plus fines et plus délicates. Ce n'était pas maman, mais une dame qui m'a bercée avec presque autant de douceur. Elle n'a pas cherché à m'enfoncer le biberon dans la bouche. Elle a versé quelques gouttes de lait sur un doigt qu'elle m'a légèrement frotté sur les lèvres. J'ai ouvert la bouche et j'ai tété.

– Ah ! c'est bon, mon bébé ? Un peu plus ?

Encore quelques gouttes sur son doigt et j'ai tété, puis encore, et encore, jusqu'au moment où j'ai ouvert la bouche, affamée, et elle a soigneusement glissé le biberon entre mes lèvres. J'ai senti le lait sucré glisser le long de ma gorge endolorie. La tétine était désagréable, mais j'avais tellement faim que j'ai tété, tété, tété jusqu'à plus soif.

– Mon Dieu ! Regardez-moi Winnie avec le numéro 25 629 ! Bravo ! La petite a descendu tout le biberon comme si c'était un élixir.

La gentille nurse s'appelait donc Winnie. Et moi, numéro 25629. Je n'étais pas assez grande pour comprendre les chiffres, mais ce nom était dur et discordant au point que je l'ai tout de suite pris en grippe. Heureusement, j'ai très vite été affublée d'un autre nom.

On m'a vêtue d'une robe si raide et amidonnée qu'elle me laissait à peine respirer, puis transportée dans un nouveau bâtiment, très vaste, très sonore, percé d'immenses fenêtres qui projetaient des séries de motifs rouges et bleus sur le sol de pierre. Les gens parlaient d'un ton solennel, et tout à coup quelqu'un s'est adressé à moi.

– Je te baptise Millie Plume, a déclaré un homme.

Il m'a aspergé le front d'eau glacée et j'ai hurlé parce que je n'avais aucune envie qu'on m'appelle Millie Plume. Ce n'était pas mon vrai nom, mon vrai nom c'était...

Comme je ne parlais pas, j'ai braillé jusqu'à ce que quelqu'un me gronde et me somme de me taire car je donnais le mauvais exemple. J'ai repris ma respiration et j'ai entendu de légers vagissements semblables aux miens, mais bien moins puissants. J'étais fière, quand même, parce que personne n'arrivait à crier aussi fort que moi, alors que j'étais particulièrement frêle.

J'ai été punie et ramenée en poussette dans la salle où nous dormions. Heureusement, la douce Winnie était là et elle m'a prise dans ses bras.

– Bonjour, ma petite Millie ! Pourquoi pleures-tu ?

Viens, mon bébé, je vais t'enlever ta robe de baptême et te préparer un biberon.

J'ai tout de suite été soulagée, mais j'avais le hoquet. Winnie a éclaté de rire parce qu'elle aussi avait le hoquet, comme pour me taquiner. Je l'ai regardée droit dans les yeux, très concentrée. Elle avait un joli visage rond et rose, surmonté d'un chapeau d'où s'échappaient des mèches de cheveux clairs. Elle n'avait rien de spécial, contrairement à maman – mais spontanément je me suis demandé : et si c'était ma seconde maman ? J'étais si petite que je ne pouvais pas vraiment sourire, alors j'ai fixé mes yeux bleus sur elle et elle m'a longuement regardée. Nous avons fini par sourire ensemble.

Autour de moi, les bébés braillaient pour réclamer de l'attention, mais Winnie m'a gardée dans ses bras en me chuchotant : « Ma petite Millie Plume ! Tu es légère comme une plume, ma chérie. » Puis elle s'est mise à tournoyer entre les lits et nous avons dansé et virevolté dans la pièce. J'avais l'impression de voler. J'ai essayé de me concentrer pour qu'elle tournoie jusqu'à la porte et que nous quittions cette prison froide et sans âme, mais soudain une nurse est entrée et l'a rabrouée. Winnie m'a reposée au fond de mon lit.

Cette nuit-là, je n'ai pas crié pour réclamer maman. Je pensais à elle mais je me consolais en me disant que le lendemain matin, et tous les matins suivants, Winnie serait là pour me bercer dans ses bras. Hélas ! le lendemain ce sont de nouvelles mains qui m'ont nourrie, m'ont donné mon bain et m'ont enfilé ces affreux vêtements empesés. On m'a enveloppée et ligotée dans le châle en le bouclant avec de vrais nœuds, et hop ! transformée en balluchon, trimballée dans les couloirs, jetée à travers le portail et balancée dans un fiacre. Puis fourrée au fond d'un panier rembourré avec un tas de chiffons.

Je n'ai pas bougé, trop sonnée pour réagir. Je me demandais ce qu'il se passait. Je voulais voir Winnie. Je voulais voir maman. Mon cœur battait si fort que j'ai cru qu'il allait exploser à travers le châle. *Me ramenaient-ils chez maman ?*

La portière du fiacre s'est rouverte. J'ai entendu un bébé gémir à côté de moi. Un nouveau nourrisson venait d'être jeté dans le panier. Par curiosité, j'ai poussé un petit cri. Ses pleurs ont immédiatement cessé. Puis recommencé. Et soudain j'ai éclaté en sanglots… Alors, ç'a été un vrai concert : nous pleurions et reprenions notre respiration en même temps, jusqu'au moment où j'ai arrêté, et il s'est arrêté. Comme si nous parlions.

– Salut ! Ne t'inquiète pas, je suis là. J'ai aussi peur que toi.

– Où diable nous emmènent-ils ?

– Aucune idée. Je veux qu'ils me ramènent chez maman.

– Moi aussi je veux revoir maman !

– Bon, au moins on est ensemble.

C'était comme si on essayait de se tendre la main

pour se saluer alors qu'on était emprisonnés dans notre châle.

Le fiacre a été bousculé, les sabots des chevaux ont claqué et j'ai pensé à maman. J'étais tellement triste ! Puis le fiacre s'est arrêté, la porte s'est ouverte et on nous a braqué un faisceau de lumière en plein visage. Quelqu'un nous a pris pour nous porter jusqu'à un immense hall enfumé et assourdissant.

Là encore, j'ai des souvenirs assez précis. Nous étions dans une des gares principales de Londres. Quelques secondes plus tard, on a posé notre panier sur une banquette et le train a démarré. Le teuf-teuf régulier du train a fini par nous apaiser et nous nous sommes endormis.

J'ai rêvé que j'étais dans les bras de maman, mais quand je me suis réveillée, j'étais toujours ligotée dans mon châle au fond du panier, et mon petit voisin gémissait. Je me suis mise à brailler parce que je mourais de faim et de soif. J'étais trempée, sale, affreusement mal, et mon châle, humide, empestait.

Les cris de mon petit voisin formaient comme le contrepoint d'un long chant de deuil. Mais à force de pleurer, nous nous sommes rendormis, épuisés. Peu après, le train a ralenti puis s'est arrêté. La porte s'est ouverte et on nous a jetés dehors. Il faisait froid et la personne qui nous transportait avançait d'un pas martial. Ensuite, un concert de voix a retenti sur fond de bruits de la campagne. Des mains ont plongé pour prendre mon voisin et j'ai senti le panier basculer.

– Je vous présente m'sieur Gédéon Smeed, en direct de l'hôpital des Enfants-Trouvés !

Des rires et des applaudissements ont suivi, mais je me retrouvais toute seule dans le panier ! J'ai hurlé et de nouvelles mains sont venues à ma rescousse.

– Celle-là, il y a peu de chance qu'on l'oublie. Je vous présente Miss Millie Plume. Je ne sais pas si vous en voudrez. Elle est un peu chétive mais je n'ai jamais vu une braillarde pareille. Elle hurle comme un putois depuis qu'on a quitté Londres.

– Au moins ça prouve qu'elle a du caractère, a répondu une voix. Montrez-la-moi un peu ?

Je me suis retrouvée nichée au creux de bras bien solides, le visage comprimé contre une grosse poitrine. J'ai reniflé : ça sentait le lard, le chou et les pommes de terre, mais aussi le bon lait sucré. J'ai ouvert la bouche avec avidité et j'ai entendu fuser des rires.

– Regarde, elle te fait un grand sourire ! Ça y est, elle t'a adoptée !

Je n'en revenais pas. Était-ce une nouvelle maman ? Elle nous a pris chacun sous un bras, mon frère de panier et moi, et c'est ainsi que nous sommes sortis de la petite gare, blottis contre sa poitrine tandis que des ribambelles d'enfants criaient autour d'elle.

– Je suis sûre que vous vous débrouillerez très bien avec eux, m'dame. Vous faites des merveilles avec les plus décharnés, s'est exclamé celui qui portait le panier.

– C'est un sacré défi, deux p'tits bouts de chou en

même temps, mais ça va aller. Venez, mes agneaux chéris, rentrons à la maison, je vais vous nourrir, a murmuré notre nouvelle maman.

Enfin nous avions un toit ! Une maman. Une impression de sécurité. Et plus jamais nous ne sommes retournés dans ce grand hôpital glacial.

Ne riez pas, j'ai dit. Je n'avais que quelques semaines. Je ne savais pas ce qui m'attendait.

2

Ma nouvelle maison était une petite ferme aux murs blancs passés à la chaux, à l'entrée encadrée de roses et de chèvrefeuille. L'intérieur était très exigu, très sombre et toujours plein de monde. Il y flottait en permanence des relents de cuisine, et le lundi, le jour du grand nettoyage, une violente odeur de lessive.

Ce jour-là, notre mère, Peg, lavait nos draps, nos liquettes, nos robes et nos sous-vêtements avant de les accrocher sur un fil, au grand air, puis elle nous jetait tous ensemble dans la grande bassine du linge.

Gédéon et moi étions toujours les premiers. Gédéon pleurait, mais moi je barbotais comme un joyeux caneton et je ne pleurais que si Mère me mettait du savon dans les yeux.

Gédéon était mon frère d'adoption, le bébé avec qui j'avais partagé mon panier avant d'arriver. Il était à peine plus grand que moi, malingre, pâlichon, couvert d'une crinière de cheveux noirs, et fixait sur vous de grands yeux d'un air infiniment triste.

A
a
B
b
C
c

– T'auras jamais assez de viande sur ces deux lardons pour faire une tourte, s'écria notre nouveau père, John, le jour de notre arrivée.

Il nous a tâté le nombril pour s'amuser et nous avons hurlé. Ni Gédéon ni moi n'étions habitués aux hommes. John évoquait pour nous un géant à la voix tonitruante. Du reste, en grandissant, nous allions découvrir qu'il s'agissait bel et bien de l'homme le plus grand du village : ses bras ressemblaient à des troncs d'arbre et son gros ventre faisait penser à une barrique. Il avait tellement de coffre qu'on l'entendait crier à des kilomètres à la ronde. Il était plus costaud que les chevaux de trait avec lesquels il labourait les champs. Personne n'osait s'opposer à lui car on savait qu'il l'emporterait. Seule Peg ignorait la peur, face à lui.

– Ne touche pas à mes bébés, gros plein de soupe, a-t-elle lancé en lui donnant une tape sur les mains. Tu leur as fait peur, idiot. Ne pleurez pas, mes agneaux, c'est votre papa : il ne vous fera pas de mal.

– Areu-areu-areu bébi-bébi-bébou, murmurait-il en nous chatouillant le menton avec ses doigts épais.

Nous hurlions comme si c'était un ogre prêt à nous trancher la tête.

– Allez, ouste ! s'est exclamée Peg en agitant la main pour l'écarter.

Après nous avoir donné le bain dans sa baignoire improvisée, elle nous a enroulés dans une serviette bien chaude qu'elle avait déposée près du feu et nous a serrés contre sa grosse poitrine. Nous avons immédiatement arrêté de gémir.

– Ma monmon ! s'est écrié Saul en nous tapant dessus.

Il commençait à peine à marcher, mais déjà il boitait. Père lui avait taillé une béquille en bois avec laquelle il nous frappait. Il nous détestait parce qu'il était jaloux. Il voulait que Mère soit exclusivement à lui.

– Allez, viens, mon oisillon-boitillon chéri, toi aussi tu as droit à un câlin, a répondu Peg en le prenant dans ses bras.

– Et moi ! Et moi ! s'est écriée la petite Martha qui avait à peine trois ans.

Pauvre petite Martha ! Non seulement elle avait une mauvaise vue mais elle louchait.

Quant à Jem, il se tenait un peu à l'écart, le menton haut et ferme.

– Tu ne veux pas venir avec nous, Jem ?

– Je ne suis pas un bébé. J'ai cinq ans. Presque…

– Mais oui, mon petit moineau, tu es un grand garçon, mais pas assez grand pour dire non à un câlin avec ta maman. Viens, je vais te présenter tes nouveaux frère et sœur.

Écrasée par Saul, je frétillais en me débattant dans ses bras.

– Tiens, Jem, prends la petite Millie. Tu as vu comme elle est menue ? Tu étais deux fois plus gros qu'elle quand tu étais bébé. Elle est mal partie dans la vie, la pauvre ; tous les deux, du reste. Bénis soient-ils. Mais c'est pas grave, je vais les nourrir et ils vont reprendre des forces.

Jem m'a prise dans le creux de ses bras et j'ai adoré. Il avait cinq ans à peine, mais il me paraissait aussi solide que notre père, et beaucoup moins effrayant.

– Bonjour, ma petite Millie. Je suis ton grand frère, Jem, a-t-il murmuré en frottant son museau contre le mien.

Comme je ne parlais pas, j'ai plissé les lèvres et je lui ai offert mon premier vrai sourire.

Jem n'était pas le plus âgé de la famille. C'était même le dernier des enfants de Peg et John. Au-dessus de lui, il y avait Rosie, Nat, Elisa, puis Marcus, qui était parti à la guerre, et Bess et Nora, qui avaient quitté la maison pour devenir servantes.

Tous ces enfants… Je parie que vous avez la tête qui tourne en essayant de faire le compte. Rassurez-vous, même moi, j'ai du mal à les différencier dans mon souvenir. Les aînés étaient absents. Rosie et Nat se mêlaient rarement à nous parce que nous étions plus jeunes et enfants trouvés. Seule Elisa jouait de temps en temps à la maîtresse avec nous.

Elle nous installait en rang d'oignons devant les marches de l'entrée et nous demandait de réciter l'alphabet ou de dire combien font deux plus deux. Au début, Gédéon et moi ne pouvions pas tenir assis tout seuls, alors nous avions peu de chance d'être de bons élèves. Mais comme Elisa était gentille, elle nous soufflait la réponse en bougeant les lèvres. Quant à Saul et Martha, souvent elle répondait à leur place. Seul Jem n'avait pas besoin qu'on l'aide. Il savait déjà calculer et lisait tout haut *L'Abécédaire des enfants sages*.

– A comme Araignée, B comme Ballon, C comme Citron, D comme Dindon, E comme Éléphant… récitait-il.

À deux ans déjà, je l'accompagnais en fredonnant avec lui sa petite ritournelle.

Quand nous étions mauvais élèves, Elisa nous mettait au coin, et si nous nous rebellions elle nous frappait avec une branche.

En fait, mon vrai professeur, c'était Jem. C'est lui qui m'a appris à manger mon porridge, ma purée de pommes de terre pleine de sauce et mes tartines de confiture à l'heure du goûter.

– C'est bien, mon petit oisillon. Voilà, ouvre ton bec, me disait-il.

Et j'ouvrais grande la bouche avant de la refermer et de mâcher consciencieusement. Pourtant, j'étais difficile, et dès que Mère essayait de me nourrir, je faisais des histoires et détournais la tête.

Nous n'avions pas de jouets. Mère ne voulait pas jeter l'argent par les fenêtres, et de toute façon, elle n'avait pas un sou. Un jour, Jem a trouvé une balle en caoutchouc rouge dans un tas d'ordures. Il l'a nettoyée et frottée jusqu'à ce qu'elle brille comme une pomme. Pour s'amuser, il la jetait en l'air, et neuf fois sur dix il arrivait à la rattraper, jusqu'au jour où il a couru à l'autre bout du village et a donné un grand coup de pied dedans pour me l'envoyer.

– À moi, à moi, à moi ! ai-je hurlé.

À l'époque, je marchais, mais j'étais haute comme trois pommes et je suis tombée en essayant de la renvoyer avec un vrai coup de pied. Tout le monde a éclaté de rire, surtout Saul, comme par hasard. Heureusement Jem est revenu pour m'aider. Il m'a soulevée jusqu'à ce que j'arrive à maîtriser mes pieds qui s'agitaient, et soudain, paf ! j'ai donné un grand coup.

– Bravo, Millie, tu vois, tu y arrives !

Parfois il s'asseyait à côté de moi sur les marches et me dessinait des images dans la poussière avec son doigt. Un gros pâté tout rond avec des bouts de bois en guise de bras et de jambes représentait une dame ou un monsieur. Un losange représentait un bébé ou un animal, que j'avais souvent du mal à reconnaître. Mais peu importe, j'étais ravie et j'applaudissais en poussant des cris de joie.

Ou alors il m'aidait à trottiner le long de la route qui menait au ruisseau. Il me prenait dans ses bras en me serrant bien fort et me trempait dans l'eau glacée. Alors je hurlais. Mais il suffisait que je ne bouge pas et les petits poissons venaient me chatouiller le bout des pieds.

– Poissons d'argent ! Poissons d'argent !

Il promenait sa main dans l'eau comme un poisson en me mordillant, et je riais de plus belle.

Je devais avoir deux ans quand il a commencé à me mettre dans une brouette, et nous filions dans les bois où il me montrait les écureuils roux qui grimpaient au sommet des arbres.

– Tu as vu là-haut, c'est là qu'ils ont leur maison, Millie. Tu aimerais qu'on ait une cabane d'écureuil, nous aussi ?

Il avait repéré un vieux chêne complètement creux au milieu des bois. Il s'est mis debout sur une des grosses racines apparentes, m'a soulevée et m'a déposée dedans avant de s'asseoir contre moi. C'était notre cabane secrète, à un mètre à peine au-dessus du sol, mais nous avions l'impression de vivre au sommet des arbres.

– Voilà, mademoiselle l'écureuil. Vous êtes contente dans votre nouvelle maison ?

– Oui, oui, oui, monsieur l'écureuil !

Je l'aimais tant, notre petite cabane, que je ne voulais plus rentrer pour le goûter. Je protestais, je secouais la tête, j'agrippais l'écorce de l'arbre avec mes ongles, jusqu'au moment où Jem m'arrachait et me ramenait : je me débattais comme un diable. Je ne me calmais que contre la promesse d'y retourner le lendemain. Et, dès cinq heures du matin, je me levais et j'allais sauter sur le lit des garçons pour lui rappeler sa promesse, avant même que Père et Mère ne commencent à remuer. Il l'a toujours tenue, même quand je me comportais comme la pire des petites pestes.

À peine le petit déjeuner fini, il me transportait

dans la brouette jusqu'au chêne. Il faisait semblant de prendre un second petit déjeuner en grignotant de l'herbe et des glands, puis m'aidait à m'occuper de mes bébés écureuils (des petits paquets de boue que j'enveloppais dans des feuilles de patiences sauvages). Au fil des jours, il avait même tapissé le sol de la cabane avec de la mousse et éparpillé des fleurs des champs pour créer un joli motif sur le tapis vert.

Bêtement, un soir j'ai parlé de notre cabane secrète à table : évidemment, tout le monde a voulu y aller, même Rosie et Elisa. Nat s'est moqué de Jem en lui disant qu'il jouait à un jeu de filles, et en plus avec un bébé, mais Jem s'en fichait.

– J'aime bien jouer avec Millie, on s'amuse comme des fous, a-t-il répondu.

Comme je l'aimais, mon grand frère !

J'aurais préféré que notre cabane d'écureuil reste cachée, mais Jem était beaucoup trop gentil pour ne pas la montrer aux autres.

– Bien sûr que tu peux venir la voir, a-t-il dit à chacun avant d'ajouter : mais n'oublie pas, c'est la cabane de Millie.

Que Gédéon vienne ne me dérangeait pas. C'était mon frère de panier et c'est lui que je préférais, après Jem. Il avait beau avoir quelques jours de moins que moi, il me dépassait déjà d'une demi-tête, mais il restait aussi frêle. Son cou, ses chevilles et ses poignets étaient si fins qu'on aurait dit qu'ils allaient se briser. Mère se montrait particulièrement sensible à sa fragilité et lui accordait souvent des petites faveurs. Discrètement, elle lui donnait des tranches de bacon, ou un bout de la côtelette de Père, mais il n'y avait rien à faire : il demeurait maigre comme un coucou, avec les côtes saillantes et les omoplates comme deux lames prêtes à percer sous la peau.

Elle avait beau l'encourager à courir et à jouer avec nous au soleil, il s'accrochait à ses jupes et se réfugiait sur ses genoux dès qu'elle s'asseyait pour écosser des petits pois ou repriser des bas. Parfois elle arrivait à le convaincre de nous rejoindre, mais il était vraiment pénible, surtout quand on jouait au jeu des portraits, celui que j'avais inventé.

– Écoute, Gédéon. On dirait qu'on serait dans les bois. On serait perdus et il y aurait un énorme loup qui hurlerait et qui serait prêt à nous dévorer tout crus.

Gédéon sursautait et tremblait, et dès que j'imitais le loup hurlant, il prenait ses jambes à son cou et appelait Mère. Vite, elle le prenait dans ses bras et se précipitait sur moi pour me gifler.

– Je t'interdis de le terroriser, Millie. La prochaine fois, tu auras droit à des coups de louche, m'a-t-elle menacée un jour.

J'avais déjà été rouée de coups de louche, plusieurs fois, et je peux vous dire que ça faisait mal. En plus je ne voulais pas le faire souffrir, Gédéon. Je n'y pouvais rien si c'était une mauviette. Mais tant pis, j'ai souri en lui disant qu'il pouvait venir voir ma cabane d'écureuil. Et j'ai accepté qu'il se serre contre moi dans la brouette pendant que le pauvre Jem nous poussait en soufflant comme un bœuf.

– Ça mord, les écureuils ?

– Mais non, Gédéon, les écureuils ne mordent pas. C'est nous qui allons les mordre !

– Peux pas monter en haut de l'arbre, Millie.

– C'est facile. Tu vas voir, moi je peux, et Jem aussi.

– Mais si je tombe ?

– Ne pleure pas, Gédéon, tu ne tomberas jamais. N'oublie pas, tu es le premier à découvrir ma cabane. Même Saul ne l'a pas encore vue !

– Il peut venir, Saul, a aussitôt répondu Jem. Et Martha aussi.

– Non, c'est pas possible, on sera trop serrés.

Si seulement Jem était un peu plus égoïste, pensais-je. Pourquoi n'était-il pas gentil qu'avec moi ?

Finalement, c'était un peu du gâchis de gentillesse d'avoir invité Gédéon. D'abord, pour qu'il apprécie le plaisir de la cabane, il a fallu qu'on grimpe dans l'arbre quelques secondes avant de sauter dans le creux. Comme je l'avais prévu, il s'est accroché à moi tel un malheureux.

– Oui… on est tout en haut de l'arbre ! Regarde les oiseaux qui volent !

– Veux redescendre ! C'est trop haut, j'ai peur !

– Mais non, c'est pas haut, regarde ! a répondu Jem en agitant une jambe à deux ou trois centimètres du sol.

– Oui mais avec Millie c'est trop haut !

– C'est parce qu'elle fait semblant et qu'elle est très forte, a répondu Jem en riant.

– J'aimerais mieux qu'elle ne soit pas si forte, a lancé Gédéon en fermant les yeux.

Le lendemain, Gédéon est resté à la maison pendant que nous emmenions Saul et Martha. Là aussi, ce fut une perte de temps. Martha, ça allait, mais elle était tellement myope qu'elle n'a jamais réussi à voir un seul écureuil. Elle s'est installée dans l'arbre, très digne, en attendant que quelque chose se passe. Je lui ai servi du thé dans un gland et offert une tranche de pain de fée sur une feuille. Elle a essayé de boire et de manger très poliment, mais, voyant qu'elle n'avait rien dans la bouche, elle a eu l'air intriguée et s'est mise à mâcher la feuille alors Jem a dû la lui arracher très vite, avant qu'elle ne s'empoisonne.

Quant à Saul, si j'avais pu, je lui aurais fourré un arbre entier de feuilles dans le gosier.

– C'est nul, cet arbre, se plaignait-il. C'est pas une vraie cabane d'écureuil. Il est pas beau, le tapis vert, c'est de la mousse. C'est pas de la porcelaine, c'est des feuilles. Et tes bébés, c'est pas des bébés. On dirait du caca de cochon. Millie la souillon joue avec du caca de cochon !

Je l'ai poussé violemment, un peu trop fort peut-être, mais c'est normal, une maman ne supporte pas qu'on insulte ses bébés. J'ai bien essayé de le retenir, mais trop tard, il est tombé de la cabane. Franchement il n'a pas atterri très loin, n'importe quel gamin aurait sauté pour remonter en riant, mais comme par hasard, pas Saul.

– Aïe, ma pauvre jambe ! Tu m'as fait mal. Je vais le dire à Mère !

Par pitié, non ! Même si le chouchou était Gédéon, Mère avait un vrai faible pour Saul. Dieu sait pourquoi…

Nous sommes tout de suite rentrés en brouette.

À peine Mère nous a-t-elle vus qu'elle s'est précipitée sur Saul pour frotter sa jambe avec de la graisse d'oie et de l'eau d'hamamélis. Le jour même, elle lui a tricoté une chaussette en laine parce que sa botte frottait contre son pied bot. Trop content d'être le centre d'attention, Saul exagérait son boitillement.

– C'est toi qui as poussé Saul du haut d'un arbre, Millie ? m'a demandé Mère, outrée par ce que Saul lui avait raconté.

Elle a tendu la main vers la louche et j'ai couru me réfugier derrière Jem.

– C'était pas très haut, et elle a pas fait exprès, m'a défendue Jem.

Oh, comme je l'aimais, mon grand frère ! Mais son intervention n'a servi à rien : j'ai eu droit à des coups de louche et nous avons tous été interdits de cabane d'écureuil.

Gédéon avait l'air profondément soulagé. Martha semblait indifférente. Jem se montrait sincèrement triste pour moi, et moi, j'étais tellement furieuse que j'ai tapé du pied en hurlant contre Mère. Vous imaginez le résultat. De nouveau passée à la louche et envoyée au lit sans dîner.

Peu après, Mère est venue s'asseoir au bord de mon lit alors que je boudais dans le noir.

– Tu n'as pas honte d'être une vilaine petite fille, Millie ?

– Non, pas du tout. C'est toi qui devrais avoir honte d'être une vilaine maman, ai-je murmuré sous ma couverture.

Elle avait l'oreille plus fine que ce que je croyais.

– Qu'est-ce que tu viens de dire, Millie ?

Oh non, je n'allais quand même pas récolter de nouveaux coups de louche ! Mon lit s'est mis à trembler et j'ai entendu Mère émettre de drôles de hoquets. Pourvu que je ne l'aie pas choquée et qu'elle n'ait pas de crise, comme Ruben quand il a bu trop de bière au village !

Terrorisée, j'ai jeté un œil par-dessus la couverture. Elle était assise sur le bord du lit, et riait aux éclats.

– Ne me regarde pas comme ça ! Tu es un vrai diablotin. Qu'est-ce que je vais faire de toi ?

– Me donner des coups de louche, encore et encore, même quand je serai grande comme Rosie.

J'ai éclaté de rire à mon tour.

Soudain elle s'est arrêtée. Elle m'a prise dans ses bras et m'a serrée contre sa poitrine.

– Oh, tu vas me manquer, ma petite effrontée chérie !

Je vous promets que c'est ce qu'elle m'a murmuré, mais sur le moment je n'ai pas compris. J'ai cru qu'elle regrettait d'avoir à m'envoyer à l'école comme Jem. Jamais je n'aurais imaginé qu'un jour elle se séparerait de moi.

3

Les vacances d'été sont arrivées à leur fin et j'ai trouvé ça épouvantable. Jem a dû aller à l'école et il était obligé de consacrer l'après-midi à ses devoirs. Autant Rosie, Nat et Elisa ne me manquaient pas, autant lui, oui. Je me retrouvais seule à la maison avec Martha, qui n'était pas très drôle, Saul, fourbe comme un renard, et Gédéon, une vraie chiffe molle. Personne ne voulait jouer à mes jeux préférés et Mère ne voulait pas que nous traînions dans ses jupes à l'intérieur de la maison. En même temps, elle nous interdisait d'aller au village ou dans les bois sans que Jem nous accompagne, du coup nous étions relégués sur les marches de l'entrée ou dans notre minuscule jardin.

Si je proposais de cracher dans la terre pour faire des gâteaux de boue, ou de dessiner des images dans la poussière avec un bâton, Martha baissait la tête d'un air désespéré parce qu'elle ne voyait rien. Si j'organisais une course-poursuite en la prenant par la main – elle courait aussi vite que moi –, Saul

Martha

gémissait parce qu'il était à la traîne à cause de sa jambe. Si je faisais semblant qu'un grand chêne était un ogre plein de verrues et que le cochon qui grognait au fond du jardin était un monstre, Gédéon se réveillait la nuit suivante en hurlant. Ensuite il refusait d'aller donner les épluchures de pommes de terre au cochon et pleurnichait pour que Mère le prenne dans ses bras quand nous allions nous promener dans les bois et passions au pied du chêne.

Dès que Mère le consolait et lui demandait ce qu'il avait, je retenais mon souffle. Heureusement, il avait arrêté de me dénoncer et se contentait de serrer les lèvres sans rien dire.

Saul, lui, prenait un malin plaisir à me dénoncer en racontant des bobards. Résultat, je récoltais des coups de louche. Parfois je me disais que ça valait le coup, rien que pour me venger et lui empoisonner la vie. Quand je le surprenais en train de lécher de la confiture sur les tartines de Martha, par exemple, ou de lâcher une araignée dans la tasse de lait de Gédéon, je ne rapportais pas – en quoi ç'aurait été drôle ? –, mais je le prenais moi-même en flagrant délit et je le punissais. Un jour je l'ai surpris en train de harceler notre cochon avec sa béquille : il éclatait de rire chaque fois que la pauvre bête couinait. J'ai foncé sur lui et je l'ai poussé. Si vous l'aviez entendu hurler, alors qu'il venait de tomber la tête la première dans la porcherie ! Heureusement le sol était si bourbeux et puant qu'il ne s'est pas fait mal à la jambe, ni à celle qui boitait ni à l'autre. Mais quelle humiliation de se retrouver à plat ventre au milieu des épluchures de patates et du caca de cochon !

J'ai ri ! Mais j'ai ri ! J'ai tellement ri que je riais encore en recevant mes coups de louche. Et quand j'ai tout raconté à Jem, lui aussi a piqué un fou rire, tout en me recommandant de me tenir à carreau le jour où j'irais à l'école.

– La maîtresse a un méchant bâton, Millie, et elle s'en donne à cœur joie. Elle frappe beaucoup plus fort que Mère.

– Elle t'a déjà battu ?

– Oui ! Et elle a battu mon amie Janet parce qu'elle n'arrivait pas à faire les pleins et déliés de ses *d* et de ses *b* à la craie. J'ai pris sa défense parce que je sais qu'elle s'applique, sauf qu'elle n'est pas très rapide, mais la maîtresse m'a frappé en m'interdisant de lui répondre.

– Je ne l'aime pas, cette maîtresse.

Grâce à Jem, je savais déjà faire les *d* et les *b*, mais j'ai tout de suite pensé à Martha.

– Et Martha ? Elle ne sait pas écrire une seule lettre. La maîtresse va la punir, tu crois ?

– Non, parce que jamais je ne la laisserai faire.

Sauf que le jour où elle a eu cinq ans, Martha n'est pas allée à l'école. Ce soir-là, Mère a fait chauffer de l'eau pour remplir la bassine et elle lui a donné un grand bain, rien que pour elle, alors que le jour du grand nettoyage, lundi, venait de passer. Au dîner elle a eu droit à un grand bol de lait bien crémeux et Mère l'a prise sur ses genoux pendant qu'elle buvait.

Puis c'est Père qui l'a prise pour la faire sautiller sur ses genoux. « À dada sur mon bidet », fredonnait-il.

Saul pleurnichait parce que c'était pas juste. Gédéon restait muet, suçant son pouce, et il a fixé Martha avec de grands yeux quand elle a pris son bol après avoir fini le sien. J'étais trop petite pour comprendre, mais j'ai vu des larmes couler sur les joues de Mère et j'ai senti la voix de Père trembler pendant qu'il chantonnait. Il se passait quelque chose, mais quoi ? Martha semblait ravie et de toute évidence, elle ne se rendait compte de rien.

Ce soir-là elle est tombée de sommeil à peine la tête sur l'oreiller. Je me suis blottie contre elle mais j'ai eu du mal à m'endormir. J'ai pris une jolie boucle de ses cheveux châtains et je l'ai enroulée autour de mon doigt comme si je voulais nous attacher.

Le lendemain, très tôt, Mère est venue nous réveiller.

– C'est déjà l'heure ?

– Pas pour toi, Millie. Rendors-toi, ma chérie.

Il faisait tellement noir que je ne la voyais pas très bien, mais j'ai compris qu'elle avait pleuré. Doucement, elle a pris Martha dans ses bras et elle est sortie avec elle. Vite, je me suis pelotonnée dans le creux du lit bien chaud et j'ai respiré la douce odeur de pain beurré de Martha, mais une question me hantait : pourquoi Mère était-elle venue la prendre alors qu'il faisait encore nuit ? Je rêvais de me faufiler hors de la chambre pour aller voir ce qu'il se passait, mais j'avais peur du noir et j'étais tellement fatiguée…

Quand je me suis réveillée pour de bon, le soleil brillait à travers la fenêtre. J'ai couru en bas en appelant Martha. Elle n'était pas là. Mère non plus. Rosie et Elisa préparaient le thé et le porridge.

– Où elle est Mère ? Où elle est Martha ?

– Elles ont dû sortir, a répondu Rosie. Viens, assieds-toi là tranquillement, Millie.

Mais j'étais incapable de rester tranquille ! J'étais paniquée et je ne savais pas pourquoi. Soudain j'ai hurlé. Elisa avait beau me supplier d'arrêter en me donnant du sucre et du beurre, Rosie avait beau me frapper les jambes pour que j'arrête de les agiter, c'était plus fort que moi. Seul Jem a réussi à me calmer en me prenant sur ses genoux et en me berçant comme un bébé. Hélas, il avait l'air aussi inquiet que moi.

Rosie, Nat et Elisa savaient quelque chose qui nous échappait. Tous trois s'étaient blottis les uns contre les autres et ils n'ont pas levé les yeux sur nous de tout le petit déjeuner. Jem les harcelait de questions. Je sanglotais, Saul pleurnichait, et Gédéon n'a pas pu aller au petit coin à temps, alors il a fait pipi dans sa culotte. Nous étions perdus, incapables de nous débrouiller sans notre Mère. Mais pourquoi était-elle partie en emmenant Martha ?

– Je parie que tu sais où elle l'a emmenée ! s'est écrié Jem en montant sur le banc pour être à la hauteur de Rosie. Tu sais ! Dis-le-nous !

– Arrête de me harceler, Jem. J'ai assez à faire sans que vous mettiez une telle pagaille. Millie, si tu cries encore, je prends la louche et je te frappe.

– Je t'interdis de toucher à Millie ! s'est exclamé Jem. Elle n'est pas vilaine, elle a peur. Elle veut que Mère revienne.

– Elle va revenir bientôt, a répondu Rosie d'un air vague.

– Pourquoi elle est partie sans nous dire au revoir ? Pourquoi elle a emmené Martha avec elle ?

– Pauvre petite Martha, a dit Rosie d'un ton plus doux, au bord des larmes.

– Elle est malade ? a insisté Jem.

Mais Rosie refusait toujours de répondre.

L'année précédente, quand Gédéon avait attrapé le croup, Mère avait appelé le docteur et il lui avait recommandé d'envoyer Gédéon à l'hôpital.

– Elle est malade et elle a été envoyée à l'hôpital ? a repris Jem. Il a baissé la voix en prononçant le mot « hôpital ».

Nous avions entendu les gens du village en parler. Les hôpitaux étaient des endroits terrifiants où on vous coupait pour vous ouvrir et vous retirer tout ce que vous aviez à l'intérieur.

– Oui, c'est ça, elle a dû aller à l'hôpital, a répondu Rosie.

Nat avait beau glousser, il avait l'air aussi troublé et il avait les larmes aux yeux.

Et si Martha était gravement malade ? Si elle allait mourir ?

Mais non, c'était idiot. J'avais passé la nuit blottie contre elle et elle allait très bien.

Ce jour-là, Jem n'est pas allé à l'école. Il a expliqué à Rosie qu'il préférait rester à la maison pour s'occuper de nous, les petits. Elle a essayé de le forcer mais le cœur n'y était pas. Au fond, elle était soulagée qu'il nous surveille pendant qu'elle briquait la chaumière et préparait la cuisine.

Il a joué avec Saul, Gédéon et moi toute la matinée, et après le déjeuner, il a couché les deux garçons pour la sieste et m'a emmenée à la cabane interdite. Je savais qu'il essayait de me changer les idées, et j'étais touchée, mais ça ne marchait pas. J'avais beau me concentrer pour m'imaginer ailleurs, j'étais dans un trou affreux au fond d'un arbre, angoissée, hantée par des images de Mère et Martha.

Un jour, Rosie avait gagné un livre de catéchisme qui s'appelait *La Dernière B.A. de la petite Elsa*. C'était un bel album, bleu vif, avec des lettres dorées, et j'avais supplié Jem de me lire l'histoire. Il avait commencé à déchiffrer avec le rythme hésitant des débutants, mais très vite j'avais décroché. L'histoire était ennuyeuse à mourir et la petite Elsa beaucoup trop sage. Je n'y croyais pas. J'avais feuilleté le reste du livre pour voir les images, mais aucune ne me faisait rêver. Je préférais mille fois l'Éléphant, le Mandarin, le Pirate ou le Zèbre de mon abécédaire. La seule illustration que j'aimais était la dernière. On y voyait la petite Elsa allongée dans son lit, pâle, malade, surmontée par un ange aux cheveux bouclés et coiffé d'un chapeau brillant qui entrait par la fenêtre pour l'emmener au paradis.

C'est ainsi que j'imaginais Martha, malade, allongée au fond d'un hôpital sinistre pendant qu'un docteur lui sciait le ventre. D'un côté un ange était prêt à l'enlever pour l'emporter au paradis, de l'autre, Mère s'accrochait à ses chevilles pour la retenir.

J'ai décrit le tableau en sanglotant à Jem qui essayait de me rassurer.

– Mais non, tu vas voir, elles vont bientôt rentrer. D'ailleurs je me demande si elles ne sont pas déjà là... Et si Mère découvre que j'ai fait l'école buissonnière, elle va se fâcher. Surtout ne dis pas qu'on est allés dans la cabane.

Nous sommes rentrés à la maison en traînant. Jem avait raison. Mère était là, assise devant la table de la cuisine dans ses habits du dimanche, droite comme un I, mais la tête inclinée. Sans Martha.

– Elle est où, Martha ? a demandé Jem.

– Martha ? ai-je répété.

– Martha est... partie, a répondu Mère.

– Elle a été emportée par les anges !

– Comment ça ? Pas du tout, elle n'est pas morte, m'a répondu Mère avant de prendre une longue inspiration. Où sont Gédéon et Saul ? Ils font la sieste ? Va les chercher, Jem. J'aime autant vous parler à tous. Mais... attends, que fais-tu à la maison, petit garnement ? Rosie, pourquoi ne l'as-tu pas envoyé à l'école ?

Oh, tant pis, prépare-moi une tasse de thé, je meurs de soif.

Petit à petit, nous nous sommes rassemblés autour d'elle, mais nous redoutions ce qu'elle allait nous annoncer. Je me suis blottie contre Jem et j'ai senti Gédéon me serrer la main très fort. Saul, lui, s'est mis à pleurnicher.

– Allez, ne prenez pas cet air dramatique, a dit Mère en buvant une gorgée de thé. Martha va parfaitement bien. Sauf que désormais elle ne vit plus avec nous.

– Elle vit où ? a demandé Jem.

– Elle est retournée à l'hôpital des Enfants-Trouvés, mon chéri. Tu es trop petit pour te souvenir du jour où elle est arrivée dans la famille.

– L'hôpital ! Mais ils vont la couper en morceaux ! ai-je hurlé.

– Mais non, Millie. Ce n'est pas le même genre d'hôpital. C'est un... une grande maison, très jolie, avec plein d'enfants qui ont perdu leur maman.

– Je m'en souviens, tu nous en as déjà parlé, a repris Jem. C'est comme ça qu'on a eu Martha, et Saul, et après Gédéon et Millie. Il a passé un bras autour de moi avant d'ajouter : Mais pourquoi Martha est retournée là-bas ? C'est toi sa mère, non ?

– Oui et non, mon chéri. J'étais sa mère adoptive. Ça veut dire que j'étais chargée de m'occuper d'elle jusqu'à ce qu'elle soit assez grande pour retourner à l'hôpital des Enfants-Trouvés.

– Alors quand est-ce qu'elle va revenir chez elle, ici ?

– Chez elle, c'est l'hôpital des Enfants-Trouvés, maintenant.

– Mais comment elle va se débrouiller sans nous ? Elle a une mauvaise vue et elle met longtemps à comprendre. Elle a besoin qu'on soit là pour l'aider ! s'est écrié Jem.

– Ne t'inquiète pas, elle trouvera des camarades assez gentilles pour s'occuper d'elle. Allez, arrête de me poser toutes ces questions, Jem. Les petits vont avoir peur.

4

Tout le monde a pleuré la disparition de Martha, mais au bout de quelques semaines tout le monde l'a oubliée. Parfois je rêvais d'elle : je tendais la main dans mon lit pour caresser sa main ou ses cheveux, et j'avais les larmes aux yeux. Mais bientôt, la place de Martha fut prise par une nouvelle petite fille, un bébé appelé Eliza.

– Elle a le même prénom que moi, s'est exclamée la grande Elisa. Donne-la-moi ! Elle est mignonne comme tout !

Elisa et Mère étaient folles de ce nourrisson, mais moi, je trouvais que c'était une petite chose malingre et sans intérêt, qui miaulait en permanence.

– Millie ! Si tu avais pu t'entendre quand tu étais bébé. Tu hurlais comme une sorcière, m'a lancé Jem en gloussant.

Heureusement, il ne s'intéressait pas beaucoup à notre nouvelle petite sœur. Il était de plus en plus gentil avec moi et il m'emmenait partout avec lui.

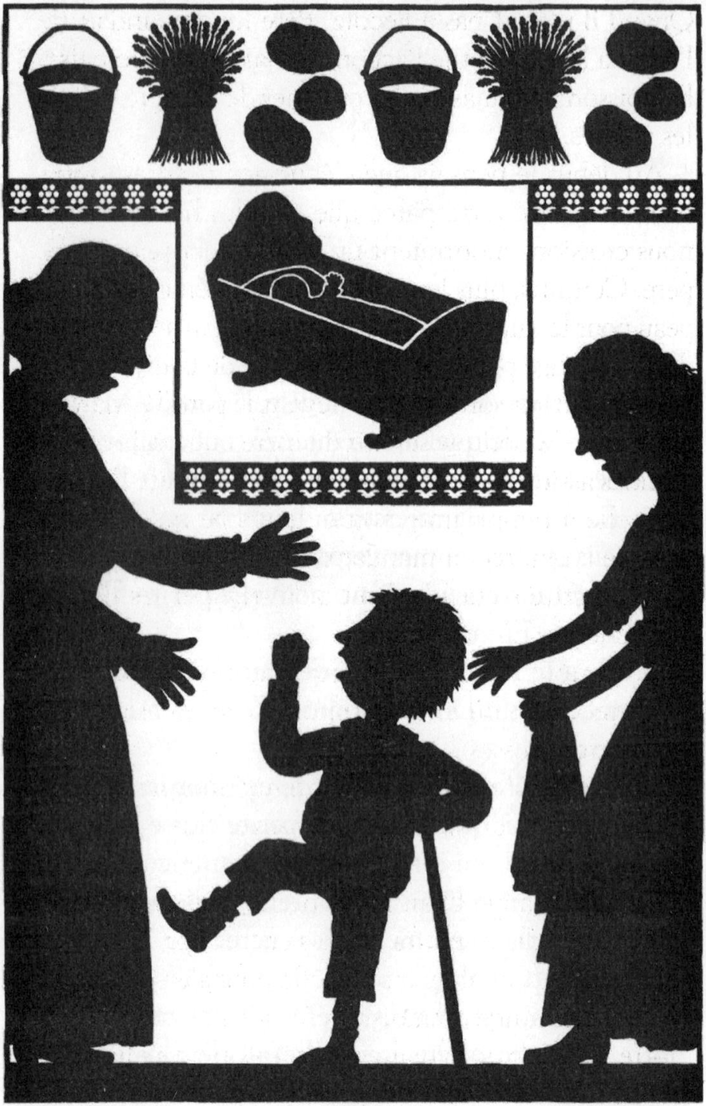

Quand il n'était pas à l'école, Père lui demandait de l'aider à la ferme et je l'accompagnais. Je participais à la moisson, je ramassais les pommes de terre, je trayais les vaches.

Au début je pensais que c'était nos récoltes, notre bétail et notre terre parce que tous les hommes que nous croisions montraient un vrai respect pour notre père. Certains, plus jeunes, retiraient même leur chapeau pour le saluer. Jusqu'au jour où Jem m'a emmenée dans la grange pour partager le souper de la moisson et je l'ai vu retirer son chapeau devant le père Woodrow.

La mère Woodrow servait du cidre et distribuait de grandes assiettes de viande à chacun. Arrivée devant Jem, elle a rempli une moitié de chope qu'elle lui a donnée en lui recommandant :

– Ta petite sœur n'a droit qu'à tremper les lèvres, mon chéri.

Nous nous sommes longuement dévisagées, jusqu'au moment où elle a éclaté de rire en tirant sur mes nattes rousses :

– Elle m'a l'air d'avoir un tempérament de feu, celle-là ! C'est un des enfants trouvés que ta mère a recueillis, non ?

– Oui, m'dame. C'est notre petite Millie.

– Eh ben dis donc, ta mère s'en occupe bien, j'ai l'impression. Combien reçoit-elle pour s'en occuper ?

Jem était rouge cramoisi.

– Je ne sais pas, m'dame, mais à mon avis elle vaut un sacré pesant d'or !

– Qu'est-ce qu'elle t'a dit ? ai-je demandé à Jem dès que la mère Woodrow s'est éloignée pour aller faire joujou avec un autre gamin.

– Oh, ne fais pas attention…

Ce qui, évidemment, m'a rendue encore plus curieuse.

– Tu sais si Mère reçoit de l'argent pour s'occuper de nous ?

– Je suis grand, moi. Je n'ai pas besoin qu'on s'occupe de moi, a répliqué Jem en esquivant la question.

Cette année-là, à Noël, Mère m'a offert un cadeau qu'elle avait fabriqué elle-même. C'était une poupée de chiffon affublée d'une robe de toile et d'un bout de mousseline blanche en guise de bonnet, avec des boutons à la place des yeux et une jolie bouche souriante. Partout où j'allais, je la serrais dans mes bras, même à table, quand je mangeais mon poulet rôti. Gédéon, un peu jaloux, la caressait du regard, et souvent il me suppliait de le laisser la prendre dans ses bras. Eliza, le nouveau bébé, était trop petite pour jouer avec, et la grande Elisa et Rosie avaient largement passé l'âge.

Gédéon avait reçu un petit cheval de bois taillé par Père, un parfait petit canasson avec une selle en cuir. Saul avait lui aussi reçu un cheval qu'il lançait au galop dans toute la maison. À Jem et à Nat, on avait offert un canif, et à Rosie et à Elisa, un collier de perles, l'un bleu, l'autre rouge.

Ni Marcus, ni Bess, ni Nora, les aînés n'avaient eu droit à un congé pour rentrer, mais Mère leur avait envoyé un cadeau. Elle en avait aussi expédié un à Martha, une poupée de chiffon, la jumelle de la mienne, fabriquée spécialement pour Martha.

– Elle a eu droit à une belle journée de Noël, comme nous, Martha ? ai-je demandé à Mère.

– Oui, je suis sûre qu'elle s'est amusée comme une folle avec ses nouvelles sœurs. Elles ont dû avoir plein de cadeaux et de friandises. Je parie qu'elles ont fait les quatre cents coups toute la journée ! Ne te fais pas trop de bile pour elle, Millie.

Facile à dire. En plus, je n'étais pas la seule à m'inquiéter.

Cette nuit-là, je suis allée aux cabinets (j'avais pris deux parts de pudding à la figue et j'avais mal au ventre) et je suis tombée sur Mère qui pleurait dans un coin et serrait contre sa poitrine le vieux tablier à carreaux de Martha comme si c'était sa poupée de chiffon.

Elle m'a accompagnée aux cabinets et m'a tenu la main pendant que je poussais, puis elle m'a ramenée dans ses bras. Il faisait froid dans la maison car il n'y avait plus de feu. Elle m'a enroulée dans le paletot de Père et m'a doucement bercée contre sa poitrine.

– Je suis là pour te protéger, ma biquette chérie. Ne t'en fais pas.

Mais elle avait la voix cassée et j'ai senti une de ses larmes glisser sur mon visage. Délicatement, j'ai caressé sa joue humide.

– Ma petite Mère, ne t'en fais pas…

Elle a souri, en larmes, et murmuré quelques mots. Je ne suis pas sûre d'avoir compris ce qu'elle a dit, mais aujourd'hui j'en suis certaine, elle m'a avoué : « Tu vas tant me manquer, mon amour. »

C'est au printemps suivant, le jour où Saul est parti, que j'ai compris. Mère le chouchoutait depuis des semaines. Quand il me titillait avec sa béquille en bois, faisait un croche-patte à Gédéon ou pinçait Eliza dans son berceau, elle fermait les yeux. Elle faisait particulièrement attention à sa jambe malade, et tous les jours elle l'aidait à se tenir droit quand il marchait.

– Voilà, mon petit d'homme, l'encourageait-elle. Essaie de marcher au pas, comme un soldat – gauche, droite, gauche, droite.

– Oui, je suis un soldat, comme Nat. Et je tire sur les gens avec mon fusil, répondait-il en pointant sa béquille sur moi. Pan ! Pan ! Tu es morte, Millie !

Un jour il a si bien tiré qu'il m'a donné un coup sur la poitrine.

– Non, c'est toi qui es mort, Saul, me suis-je défendue en attrapant le balai. C'est moi le soldat et c'est moi qui galope. Au galop, au galop ! *Paf ! Boum !*

– Millie, arrête ! Tu me casses les oreilles ! Tu ne pourrais pas t'éloigner ? J'ai besoin d'être seule avec ton frère, s'est écriée Mère en me poussant.

J'ai tourné les talons, vexée comme un pou. Hélas, Jem était à l'école, alors j'ai dû me rabattre sur Gédéon.

– Viens, on va jouer au fouet, Gédéon.

– Non ! Veux pas.

– C'est pas toi que je vais fouetter, ne t'inquiète pas, c'est Saul. Schlack, schlack !

– Pas pour de vrai ?

– Si, pour de vrai. On va le battre et le piétiner à mort.

– Mais on va lui faire mal !

– C'est lui qui nous a fait mal, oui ! ai-je lancé en relevant ma robe pour lui montrer la méchante trace rougeâtre que j'avais sur la poitrine.

– Mais il faut tendre l'autre joue…

Pauvre Gédéon, il répétait les commandements de la Bible comme un perroquet. Au catéchisme, il était toujours très concentré et gobait la moindre leçon de morale, contrairement à moi, qui n'écoutais que les histoires de lions, de baleines et d'animaux sauvages. Sinon je m'ennuyais, je m'ennuyais !

Alors inutile de vous dire que je n'avais aucune envie de tendre l'autre joue à Saul, surtout ce soir-là, quand Jem est rentré de l'école et a joué avec lui sans faire attention à moi. D'abord, il a fait le cochon en le transportant sur son dos dans toute la maison, puis le soldat en tombant chaque fois que Saul tirait sur lui.

Évidemment, quand j'ai voulu jouer avec eux, Saul s'est mis à brailler :

– Non, tu n'as pas le droit, c'est un jeu de garçons !

Jem n'a pas pris ma défense.

Hors de moi, j'ai tapé du pied et je suis allée me réfugier dans les bras de ma poupée de chiffon à qui j'ai tout raconté, que je les détestais tous, même Jem.

Mais particulièrement Saul. Peu après, Mère est venue me chercher et m'a obligée à dire bonsoir mais je n'ai pas desserré les lèvres et j'ai refusé d'embrasser Saul.

– Tu le regretteras, m'a-t-elle lancé sur un ton menaçant.

– Non, je ne le regretterai jamais.

Sauf que comme j'avais la bouche fermée, ça donnait : « Nan j'gret'ré amé. »

– Allez, Millie, fais un effort, m'a murmuré Jem.

Non et non, je m'en fichais. Saul aussi, du reste. Il n'avait strictement rien à faire de moi et m'observait avec un regard moqueur. Il était tellement content d'être le centre de l'attention qu'il avait les yeux brillants et les joues rouges comme une pivoine. Le pauvre ! Pas une seconde il n'imaginait ce qui l'attendait. Jusqu'au lendemain matin, à l'aube, quand Mère est allée le réveiller.

Je l'ai entendu protester, éclater en sanglots… puis hurler. Aussitôt je me suis précipitée dans la chambre des garçons. Il avait la moitié de ses habits du dimanche et se débattait comme un diable en agitant sa bonne jambe.

– Non, non, je ne veux pas, je ne veux pas, je n'irai pas !

Rosie et la grande Elisa aidaient Mère tandis que la petite Eliza gémissait comme une malheureuse au fond de son berceau.

– Qu'est-ce que vous faites ? Pourquoi vous lui mettez ses habits du dimanche ?

– Je t'en prie, Millie, épargne-moi tes questions. Allez, Saul, mon amour, tu es un grand garçon, un peu de courage.

Il s'est recroquevillé en boule en pleurant toutes les larmes de son corps. Et je l'observais, hébétée. J'avais tout oublié, ses coups, ses vexations. C'était mon frère, Saul, et je ne supportais pas de le voir paniquer à ce point-là.

Soudain j'ai plongé pour l'inonder de baisers dans le cou, sur les joues, dans ses cheveux bouclés… Il s'accrochait à moi comme un malheureux.

– Millie, Mère va m'abandonner à l'hôpital et jamais je ne reviendrai !

– Tu n'as pas le droit, Mère ! Je te l'interdis !

Je l'ai tapée tellement fort que Jem et Nat m'ont attrapée par la peau du cou pour m'éloigner *manu militari* pendant qu'elle continuait à habiller Saul. Je ne sais plus s'il a continué à pleurer. Je criais tellement fort que je n'entendais plus rien. D'un côté Nat me frappait en me criant dessus ; de l'autre Jem me serrait contre lui en essayant de me rassurer à voix basse. Je ne pouvais répondre ni à l'un ni à l'autre.

J'étais désespérée car jamais je n'aurais plus aucune chance d'être gentille avec Saul pour qu'il me pardonne. J'ai hurlé jusqu'à ce qu'on me mette au lit et que je m'endorme. Quand je me suis réveillée, je ne savais plus si c'était le matin ou l'après-midi. La maison était plongée dans un silence terrifiant, je n'entendais qu'un léger reniflement à côté de moi.

J'ai tendu la main dans le lit, mais il n'y avait personne. Le reniflement a continué… sous le lit. Je me suis penchée et qui ai-je découvert ? Gédéon, recroquevillé en chien de fusil juste au-dessous de moi.

– Mon petit Gédé chéri ! ai-je murmuré, la voix cassée. Monte dans mon lit, vite !

Mais il était paralysé, du coup j'ai dû me glisser à côté de lui et m'allonger sur le plancher plein de poussière.

– Qu'est-ce que tu fais ? Tu joues au pot de chambre ?

Impossible de le dérider, il n'arrêtait pas de chouiner et de renifler.

– Je ne sais pas comment tu fais pour pleurer en silence. Moi je hurle à tous les diables !

– J'ai remarqué.

Son visage était noyé de larmes et de morve, et il pouvait à peine respirer. Doucement j'ai soulevé le bord de ma chemise de nuit et je l'ai essuyé.

– Tu sais si Mère est rentrée ?

– Oui, mais pas Saul.

J'ai failli m'évanouir.

– J'ai été une mauvaise sœur pour lui. Mais avec toi, je serai la plus gentille petite sœur du monde. C'est promis !

Le fait est que j'étais plus petite que lui, mais quand je l'ai pris dans mes bras, il m'a paru infiniment fragile. Il tremblait de tout son corps.

– Millie, tu crois que Mère va nous emmener à l'hôpital ?

– Chut !

Je ne supportais pas de l'entendre dire tout haut ce que je redoutais tout bas. Je n'ai pas pu m'empêcher de le secouer pour me venger. Aussitôt je l'ai regretté. Je venais de lui promettre que je serais une petite sœur parfaite…

– Mais non, elle ne nous emmènera jamais, ai-je répondu aussi fermement que possible. Tu es son chouchou, jamais elle ne se séparera de toi. Et moi, jamais Jem ne me laissera partir. Non, elle ne nous emmènera jamais, jamais, jamais… Dis-le, toi aussi, Gédéon, jamais…

– Jamais jamais jamais…

Moi qui pensais interroger Mère à son retour, je n'ai pas pu prononcer le moindre mot en la voyant revenir. Elle était ravagée par le chagrin. Elle avait le teint gris et les joues ruisselant de larmes, et elle serrait la petite Eliza contre sa poitrine.

J'ai préféré me tourner vers Jem.

– Tu ne me laisseras jamais partir à l'hôpital, hein, Jem ?

– Non, je te promets, Millie.

J'ai levé le regard. Il avait les yeux tout rouges.

– Tu as pleuré ?

Jem ne pleurait jamais. Même le jour où il s'était fait renverser par un cheval, il n'avait pas versé une larme. Pourtant il avait été roué de coups dans la tête et s'était retrouvé avec la moitié du visage noire d'ecchymoses pendant au moins une semaine.

– Je resterai ici pour toujours, tu me le promets, Jem ? Et Gédéon aussi ?

– Bien sûr, Millie, bien sûr… répétait-il.

Ce soir-là, j'ai eu du mal à m'endormir et quand j'ai fini par m'assoupir j'ai rêvé de Saul. Une grosse nurse l'attrapait par la peau du cou et le noyait dans un grand seau d'eau comme un chaton, puis je hurlais, mais moi aussi elle m'attrapait pour me jeter dans le seau. Plus je me débattais, plus sa main m'enfonçait dans l'eau trouble… jusqu'au moment où je me suis réveillée en découvrant mon lit trempé… d'eau trouble lui aussi.

J'étais terrorisée à l'idée que Mère me gronde pour avoir fait pipi au lit comme un bébé, mais ce jour-là elle ne m'a pas fait la moindre remarque. Elle a erré toute la journée en traînant les pieds. Elle a nourri et changé la petite Eliza, préparé du bacon et du chou pour toute la famille, mais le reste du temps elle était hagarde, le regard fixé par terre en tordant ses grandes mains rougeaudes.

L'après-midi, Rosie nous a demandé de sortir pour qu'elle se repose.

Nous étions assis sur les marches de l'entrée quand Père est rentré en marchant avec entrain.

– Bonsoir, mes petits canards, a-t-il lancé en nous ébouriffant les cheveux. Pas de couinements pour m'accueillir aujourd'hui ?

Il n'a rien ajouté jusqu'au dîner, mais après avoir fini son assiette il a allumé sa pipe et nous a tous appelés autour de son fauteuil.

– Nat, descends à l'Ottard Inn et rapporte-moi une chope de bière, s'il te plaît. Mais attention, ne renverse pas une seule goutte, c'est compris ? Jem, tu l'accompagnes. Elisa, toi, tu vas t'occuper de la petite qui a le même nom que toi. Débrouille-toi pour qu'elle arrête de ronchonner. Et toi, Rosie, accompagne Mère dans sa chambre, elle a besoin de s'allonger. Allez, ouste, tous les quatre. Il faut que je dise un mot à Millie et à Gédéon.

Une fois les quatre grands montés, il a secoué la tête et commencé :

– Ne prenez pas un air aussi sinistre ! C'est parce que Saul vous manque ?

– Oui, affreusement, ai-je répondu.

– Toi, Millie, tu me surprendras toujours. Vous n'arrêtiez pas de vous chamailler ! Je parie que tu as des remords.

J'ai hoché la tête. Je n'étais pas sûre de comprendre le mot « remords », mais la boule froide et amère que j'avais dans le ventre était suffisamment parlante.

– Pauvre petite, m'a dit Père en me tapotant dans le dos.

J'ai grimpé sur ses genoux et j'ai enfoui mon museau contre sa poitrine.

– Promets-moi que Mère ne va pas nous emmener là-bas. Ni moi ni Gédéon.

Silence. Il a pris plusieurs respirations très longues.

– Pas avant l'année prochaine, mon amour, quand vous serez beaucoup plus grands.

– Non, je t'en supplie, jamais, jamais ! ai-je hurlé en le bourrant de coups de poing.

– Arrête, Millie, a-t-il répliqué en me saisissant les deux mains avec une seule des siennes. Tu as assez crié pour la journée, en tout cas d'après ce qu'on m'a dit. Tais-toi et écoute-moi. Mère et moi, nous vous aimons profondément, toi et Gédéon, de même que la petite Eliza, comme si vous étiez nos enfants naturels. Et nous aimons toujours autant Saul…

– Et Martha…

– Et Martha, oui, a renchéri Père, surpris de voir que je ne l'avais pas oubliée. Mais vous n'êtes pas nos enfants, vous êtes des orphelins que l'hôpital des Enfants-Trouvés nous a confiés. Nous vous avons recueillis ici parce que vous étiez très fragiles, et Mère a un vrai don pour s'occuper des bébés plus faibles que les autres. Son rôle est de les élever jusqu'à ce qu'ils deviennent de beaux petits lardons joufflus.

Il m'a gentiment pincé la joue mais j'ai reculé en frémissant. Je venais de penser à une chose…

Le cochon au fond du jardin. Chaque année Mère achetait un nouveau cochonnet, maigrichon, tout blanc, qu'elle nourrissait jusqu'à ce qu'il engraisse et tienne à peine sur ses pieds. Puis un jour, Père débarquait et, même si nous avions interdiction de regarder, nous entendions des couinements affreux, *couic-couic-couic*, et le lendemain nous avions droit à de superbes côtes de porc pour le déjeuner.

– Elle va nous engraisser jusqu'à ce qu'on nous mange ?

Il m'a regardée, bouche bée, et soudain il a éclaté d'un rire tonitruant.

– Ça alors, Millie, tu m'étonneras toujours ! Bien sûr que non, personne ne vous mangera jamais ! Mère va te ramener à l'hôpital des Enfants-Trouvés quand tu seras assez grande et tu vivras là-bas avec plein d'orphelines de ton âge. Tu retrouveras même Martha, alors tu vois, tu auras au moins une vraie grande sœur. Et toi, Gédéon, tu seras avec les garçons, comme ça tu retrouveras Saul.

– Je veux rester avec Millie !

– Mais qui nous protégera ? S'il te plaît, on ne peut pas rester ? Je te promets que je serai très très sage. Plus jamais je ne crierai, je ne donnerai jamais plus de coups et jamais plus je ne pleurerai.

– Quel numéro, Millie ! Je vais t'expliquer. Tu ne nous appartiens pas, tu appartiens à l'hôpital des Enfants-Trouvés. Or tous les enfants doivent être rendus à partir de leur sixième année. Ne sois pas si inquiète. Je suis sûr qu'ils seront très gentils avec toi si tu te tiens bien. Toi et Gédéon, vous irez à l'école et on vous apprendra à être de bons petits chrétiens.

– On vivra là-bas pour toujours ?

– Non, non. Vous, les petites filles, on vous forme pour que vous soyez servantes et à l'âge de quatorze ans on vous envoie travailler dans une famille.

– Comme Bess et Nora ?

– C'est ça, comme Bess et Nora. D'ailleurs tu pourras revenir une fois par an ici, comme elles.

J'ai réfléchi. La dernière fois, le jour de la fête des Mères, j'avais été très impressionnée par mes deux grandes sœurs, qui portaient de jolies robes imprimées et des bas très chics. Mais je les avais aussi entendues raconter d'épouvantables histoires de cuisiniers en colère qui les battaient ou de maîtres sournois qui essayaient de les embrasser.

– Je n'ai aucune envie d'être servante !

– Moi aussi je serai servante ? a demandé Gédéon.

– Ne sois pas bébête, mon garçon. Tu seras mousse, ou soldat, comme notre grand Marcus.

– C'est moi qui serai mousse ou soldat ! Et je partirai à l'aventure autour du monde ! me suis-je exclamée.

– Vous faites une drôle de paire, tous les deux. Allez, descendez, j'ai besoin d'avoir un peu de repos.

– Non, tu dois d'abord nous expliquer comment ça se passe à l'hôpital des Enfants-Trouvés !

– Millie, je ne le connais pas, cet orphelinat. Je n'y ai jamais mis les pieds. Tout ce que je sais, c'est que c'est un endroit où on s'occupe très bien des enfants et il n'y a aucune honte à dire qu'on en sort. Allez, arrête de me harceler, ma fille.

– D'accord, peut-être que tu n'y as jamais été, mais Mère, oui. Viens avec moi, Gédéon, ai-je murmuré à mon frère pendant que Père tirait sur sa pipe en fermant les yeux.

Je l'ai pris par la main et discrètement, nous avons monté l'escalier…

Rosie surveillait l'entrée de la porte de la chambre, mais peu importe, il en fallait plus pour m'arrêter.

– On vient de voir Père qui nous a dit d'aller parler à Mère.

Gédéon a eu le souffle coupé de voir avec quel aplomb je mentais. Rosie a un peu hésité, mais je m'en fichais, je l'ai poussée et je suis entrée. Les rideaux étaient fermés et je distinguais à peine la silhouette de Mère, allongée sur le dos dans son lit. Dormait-elle ? Je me suis approchée et elle a tendu un bras pour me soulever contre elle. J'ai tiré Gédéon et il s'est blotti contre moi de l'autre côté.

– Mes agneaux chéris…

– C'est vrai ce que Père nous a dit sur l'hôpital des Enfants-Trouvés ? Que c'est un endroit où on s'occupera très bien de nous ?

J'ai senti qu'elle se raidissait. Elle a avalé sa salive mais elle a fini par répondre :

– Oui, parfaitement, Millie.

Et si elle mentait, elle aussi ? J'ai réfléchi.

– Est-ce que Saul a beaucoup pleuré quand vous lui avez dit au revoir ?

Je ne sais pas si Mère était assez courageuse pour mentir, en tout cas elle n'était pas complètement idiote.

– Oui, il a pleuré.

– Martha aussi ?

– Oui, elle a pleuré.

– Moi aussi, je pleurerai, a murmuré Gédéon.

– Et moi je crierai, je me débattrai et je serai tellement vilaine que jamais ils ne me garderont, et tu seras obligée de me reprendre à la maison.

5

Les mois ont passé et j'ai fini par oublier Martha. Étrangement, je pensais souvent à Saul, alors que c'est avec lui que je me disputais le plus souvent. Je l'imaginais dans cet immense orphelinat entouré de hordes de mauvais garnements. Je ne me faisais pas d'illusions, il n'avait aucune chance de tomber sur des garçons aussi doux et aussi attentionnés que Jem. Déjà les gamins du village le montraient du doigt en ricanant et en imitant sa démarche claudicante. Un jour un garçon l'avait poussé et il était tombé devant tout le monde. Je voyais déjà tous ces petits orphelins le poussant et se moquant de lui… J'en avais les larmes aux yeux.

Aussitôt mes poings se serraient. Gare à qui osait s'attaquer à mon frère de panier ! J'étais prête à frapper. Heureusement pour moi, au village personne n'osait me défier. J'avais la réputation d'avoir un caractère de chien. D'accord, j'étais la plus menue, mais la plus acharnée dans les bagarres, c'était moi. Les mères des

gamins venaient à la maison et rapportaient n'importe quoi à Mère : j'avais tiré les cheveux d'untel ou roué de coups untel. La malheureuse était mortifiée. Elle essayait de me raisonner mais je lui répondais du tac au tac en avançant de bonnes raisons.

– Ils m'ont traitée de tous les noms, me défendais-je. Chope-de-Bière, Gingembre, Avorton… Et quand je leur ai dit que je m'appelais Millie, ils ont éclaté de rire. Voilà pourquoi je les ai attaqués, pour qu'ils arrêtent.

– Jésus nous recommande de tendre l'autre joue…

Peut-être que Jésus n'avait pas eu droit aux mêmes sarcasmes, pensais-je, avant d'essayer de me rappeler les histoires qu'on nous racontait au catéchisme.

– Dieu a dit « Œil pour œil, dent pour dent », déclarais-je en imitant le ton solennel du maître qui nous enseignait le catéchisme.

Un jour, en voyant l'air sombre de Mère, j'ai compris que je risquais de me prendre de nouveaux coups de louche. J'ai paniqué.

– Ils punissent les enfants, à l'orphelinat ?

– Pas les enfants sages, Millie.

Voilà qui ne me semblait pas particulièrement rassurant.

– C'est pour ça qu'ils sont là-bas ? Parce qu'ils ne sont pas sages ?

– Mais non, pas du tout. C'est parce que leur maman ne pouvait pas s'occuper d'eux quand ils sont nés.

– Et pourquoi la mienne ne pouvait pas ?

– Je n'ai jamais vu une petite fille poser autant de questions. Tu me donnes la migraine, Millie.

– Réponds-moi !

– Écoute, ma chérie, il y a parfois des dames qui ont des bébés mais qui ne peuvent pas s'en occuper.

– Pourquoi ?

– Parce qu'elles sont trop fragiles. Ou parce que leur mari n'est pas assez fort, comme Père, pour leur assurer un vrai toit. Comme elles n'ont aucune envie d'être envoyées dans une maison spéciale, a ajouté Mère en baissant la voix, elles déposent leur nouveau-né aux Enfants-Trouvés.

– Mais elles ne pleurent pas au moment de lui dire au revoir ?

– Bien sûr que si, elles pleurent toutes les larmes de leur corps.

– Et maman, elle a pleuré ?

– Je suis sûre que ça lui a fendu le cœur de se séparer de toi, ma chérie.

– Pourquoi je ne peux pas aller vivre avec elle plutôt que dans cet orphelinat ? Je n'ai plus besoin qu'on s'occupe de moi. Je peux gagner de l'argent. Je pourrais chanter et danser pour que les gens me jettent des pièces de monnaie.

– Tu chantes trop faux, Millie, les gens te lanceraient des tomates, oui ! Je suis désolée, il est trop tôt pour que tu retrouves ta maman. Tu dois aller chez les Enfants-Trouvés.

Peu après, je suis sortie, toute seule, et je me suis

faufilée dans un espace très étroit que j'avais repéré entre la porcherie et les cabinets, derrière les buissons de groseilliers et les broussailles. J'étais la seule à pouvoir m'y glisser. J'en avais fait ma cachette secrète, pas très confortable, parce qu'il y avait plein d'orties et que ça sentait mauvais, mais je m'en fichais. Je me suis accroupie, j'ai mis ma tête contre mes genoux et j'ai pleuré.

Plus tard, beaucoup plus tard, j'ai entendu des cris. Les autres me cherchaient. Je n'ai pas bougé. Puis j'ai entendu des bruits de pas.

– Millie ? Millie ?

C'était Jem. Je n'ai pas moufté mais je peux vous dire que je reniflais très fort.

– Millie, je sais que tu es cachée là. Sors, s'il te plaît.

Rien. Pas un geste.

– Je suis trop grand pour entrer, viens…

J'ai entendu un bruissement dans les buissons… puis Jem qui jurait.

– Tu as dit un gros mot !

– Ben oui, je me suis égratigné dans les épines. Allez, sors, s'il te plaît.

Non, non et non, je refusais.

– Puisque c'est comme ça, je suis obligé d'entrer…

Il a réussi à enfoncer un bras à travers les buissons et soudain il a saisi mon pied nu. J'ai recroquevillé mes doigts de pied au creux de sa main.

– Attrapée !

– Oh, Jem !

– Tu me fais de la peine, Millie !

– Je n'irai pas.

Un long silence a suivi. Mon pied était niché au creux de sa main.

– J'ai peur que tu sois obligée, Millie, mais si tu veux, je pourrai y aller avec toi. On fera semblant que je suis un enfant trouvé. D'accord ? Je prendrai la place de Gédéon et lui restera ici.

– Je t'adore, Jem ! Si seulement on pouvait ! Mais jamais Père et Mère ne te laisseront partir.

Nouveau silence.

Jem m'avait appris à compter jusqu'à dix, alors j'ai essayé de compter sur mes doigts le nombre d'années que j'allais passer aux Enfants-Trouvés.

– Il faudra que je reste à l'orphelinat un, deux, trois... je ne sais plus combien d'années encore.

– Neuf ans en tout, je crois, Millie. Jusqu'à ce que tu aies quatorze ans, quand tu seras une grande personne. Et tu sais ce qui se passe après ?

– Je serai servante et je me ferai tabasser par les cuisiniers et embrasser par les maîtres.

– Au début peut-être. Mais un jour je viendrai t'enlever et quand tu seras assez âgée je me marierai avec toi. Comme je ne suis pas ton frère de sang, on a le droit de se marier. On aura notre chaumière, à nous tout seuls, on travaillera à la ferme, et toi tu tiendras la maison et tu t'occuperas des bébés. Comme dans la cabane d'écureuil, mais pour de vrai.

– Vrai de vrai ?

– Oui, promis.

Autant je ne tenais pas toujours mes promesses, autant Jem était d'une loyauté sans faille. J'ai pris sa main et je l'ai embrassée, puis je me suis glissée hors de ma cachette et je me suis jetée dans ses bras.

Non pas que j'aie oublié les Enfants-Trouvés, mais au moins je savais qu'un avenir plein de bonheur m'attendait. Il suffisait que j'attende un, deux, trois, quatre, cinq, six, sept, huit, neuf… années, que je supporte quelques coups et quelques baisers dégoûtants, et enfin j'aurais seize ans et je pourrais me fiancer avec Jem.

J'ai mis la plus jolie jupe de Mère, j'ai cueilli des marguerites et des boutons d'or pour me faire un bouquet de mariée et j'ai pris le bras de Jem en sautillant autour de ma chambre.

– Tu seras mon mari, le plus gentil et le plus fort du monde !

– Et toi, tu seras ma femme, la plus adorable du monde.

Les autres se moquaient de nous, surtout Nat, mais on s'en fichait. Le seul qui ne riait pas, c'était Gédéon.

– Moi aussi, je veux être ton mari, a-t-il fini par lâcher.

– C'est pas possible, Gédéon. Mais si tu veux, tu pourras venir vivre avec nous, et tu seras notre grand garçon chéri.

Un jour, j'étais dehors et je jouais avec Jem et Gédéon au papa et à la maman, quand j'ai entendu des cris de joie et des hourras au loin. On aurait dit que la moitié du village était à la noce. J'ai tourné la tête, aveuglée par le soleil. Il n'y avait personne. La procession devait défiler de l'autre côté du pré.

Soudain j'ai vu une énorme tête grise qui dépassait de la haie – une gigantesque tête à la peau toute ridée, avec des yeux minuscules et le plus long nez du monde. Je l'ai tout de suite reconnu…

– Un éléphant ! Il y a un éléphant qui nous suit le long de la haie ! Comme dans ton abécédaire, E comme Éléphant !

Jem, qui me tournait le dos, ne m'a pas crue.

– Tu crois qu'il s'est invité pour assister à notre mariage ?

– Pourvu qu'il n'y ait pas de tigre, a murmuré Gédéon. Parce qu'il y a aussi T comme Tigre dans ton livre.

– Mais non ! Regardez, cette fois-ci, c'est un véritable éléphant, vivant !

Éberlué, Jem a poussé un cri et hurlé :

– Venez, on va s'approcher pour voir !

– Non, non, il va nous dévorer ! s'est défendu Gédéon.

– Arrête de faire le bébé. Viens !

Nous l'avons pris chacun par la main et nous avons couru jusqu'au pied de l'échalier. Vite, Jem nous a fait la courte-échelle et nous avons sauté de l'autre côté de la haie, sur la route. Il était bien là, un vrai, un énorme éléphant à la peau fripée, aux pattes gigantesques et à la panse de géant, qui avançait tranquillement. À côté de lui trottinait un homme portant une capote militaire, chaussé de gros godillots noirs, qui le tenait en laisse, comme un chien.

Derrière eux gambadait le personnage le plus curieux que j'aie jamais vu : un petit bonhomme aux cheveux hirsutes, au nez rouge et brillant, et aux pieds chaussés d'immenses brodequins qui claquaient. Il jouait du tambour en sautillant, accompagné par deux grands gaillards affublés d'un étrange accoutrement : chacun portait une chemise argentée qui brillait, une culotte bouffante très courte et des collants blancs. J'ai bien dit des collants ! Et j'ai cru que la mâchoire de Jem allait se décrocher tellement il était bouche bée. Quant à Gédéon, il avait le doigt braqué sur eux, paralysé par la peur. Brusquement, les trois personnages se sont arrêtés et ont bondi dans les airs en enchaînant des pirouettes.

– Sacrebleu ! s'est écrié Jem.

Il avait beau savoir faire le poirier, marcher sur les mains – d'ailleurs il ne s'en privait pas pour me faire rire –, jamais je ne l'avais vu se lancer dans de telles acrobaties.

Apparut alors une série de roulottes de toutes les couleurs, rouge écarlate, vert émeraude, jaune canari, dont chacune avait un court texte peint sur le côté avec de superbes pleins et déliés. Hélas, je connaissais l'alphabet mais j'étais incapable de rien déchiffrer.

Heureusement, Jem a lu tout haut pour nous :

Le Fabuleux Cirque Ambulant de Tanglefield

Venez nombreux et découvrez Elijah, le plus gros éléphant de la planète.

Admirez les animaux exotiques de notre ménagerie.

Tremblez en observant Flora la Fleur danser sur sa corde.

Riez devant les pitreries de Chino le clown.

Admirez Madame Adeline et sa troupe de chevaux.

Vive le Fabuleux Cirque Ambulant de Tanglefield !

Enfin, pour clore cette magnifique procession, survint une superbe dame couverte de paillettes roses. Elle ne portait presque rien, à peine quelques fanfreluches, et chevauchait un magnifique cheval. Elle avait une longue chevelure couleur de feu qui balayait ses belles épaules nues.

– Tu as vu la dame, elle n'a presque rien sur elle ! s'est exclamé Jem.

– Et ces chaussures ? Elles sont toutes fines ! Pourquoi je n'ai pas des chaussures comme ça plutôt que ces horribles godillots, a renchéri Gédéon.

– Vous avez vu ces cheveux ? ai-je ajouté, en transe. Ils sont roux, comme les miens ! Vous avez vu ? Vous avez vu ?

La belle dame nous a salués et nous avons agité la main, ravis d'avoir été remarqués.

Apparut alors un curieux bonhomme avec un nez rouge et un drôle de pantacourt, dix fois trop large, qui trottinait allègrement derrière la dame en annonçant dans un immense cornet :

– Oyez, oyez, bonnes gens ! Découvrez le Fabuleux Cirque Ambulant de Tanglefield, ce soir à sept heures et samedi à deux heures. Un spectacle accessible à toutes les bourses : six pence pour les adultes, trois pour les minots, qui dit mieux ? Venez découvrir le Fabuleux Cirque Ambulant de Tanglefield… répéta-t-il jusqu'à ce que le défilé disparaisse.

– Jem ! Gédéon ! Il faut qu'on aille au cirque !

– Oui, oui, oui, faut qu'on y aille ! a renchéri Gédéon en sautant, lui aussi.

– Sauf qu'on n'a pas un sou, a rétorqué Jem, toujours raisonnable. J'ai deux pennies que Mme Blood m'a donnés à l'Ottrad Inn quand je suis allé chercher les bières, mais c'est tout.

– On demandera à Mère, ai-je répondu.

Hélas, elle a secoué la tête en rétorquant :

– Moi ? Jeter de l'argent par les fenêtres pour une distraction aussi absurde ? Même si j'étais riche comme Crésus, je vous interdirais d'y aller. Rosie m'a dit que ces saltimbanques défilaient quasiment nus.

– Mais ils étaient tellement beaux, surtout la dame couverte de paillettes roses qui avait un cheval blanc. Elle avait des cheveux roux, comme moi !

– Des paillettes roses, hum… Une femme qui s'exhibe devant les honnêtes gens avec un cortège d'hommes se pavanant autour d'elle ? Vous n'y pensez pas. Et que dire de l'éléphant, prêt à piétiner tout le monde au moindre accès de folie ? Ce genre de spectacle devrait être interdit. Jamais je ne dépenserai mes sous pour un divertissement aussi pernicieux.

– Tu ne dépenseras pas tes sous, tu dépenseras les miens.

– Comment ça, Millie ? Tu n'as pas un sou vaillant, tête de linotte.

– Si, j'en ai. L'hôpital des Enfants-Trouvés te donne de l'argent pour que tu t'occupes de moi.

– Tu dis n'importe quoi. Cet argent est fait pour te nourrir et te loger, sûrement pas pour que tu assistes à un spectacle de païens !

– Tu n'as qu'à arrêter de me nourrir et de me coudre des vêtements. Je préfère mille fois aller au cirque.

– Et moi je préfère t'envoyer au lit sans dîner. La prochaine fois, tourne sept fois ta langue dans ta bouche avant de dire de telles âneries.

J'ai recommencé à rouspéter, mais soudain Jem m'a plaqué la main sur la bouche.

– Tais-toi, Millie !

– Non, je ne me tairai pas. Je veux aller au cirque !

– Chut ! J'ai peut-être une solution, m'a-t-il chuchoté. Boucle-la, je vais te dire comment je pense faire.

Je me suis tue et je l'ai suivi à l'extérieur. Discrètement, Jem m'a entraînée et m'a plaquée contre le mur de la porcherie.

– Je t'emmène au cirque demain, Millie, promis.

– Promis, c'est vrai ? Oh Jem, je t'adore ! Mais comment tu vas trouver les sous ?

– Je sais comment entrer sans payer. Enfin, je crois...

– Mais le clown a dit six pence pour les adultes et trois pour les enfants.

– Je sais, je sais... Mais Nat connaît un truc pour entrer sans payer.

– Vraiment ? Alors on y va tout de suite !

– Non, non, pas maintenant, Mère s'en rendrait compte immédiatement. Si quelqu'un nous surprend, on risque de passer un mauvais quart d'heure. Je me demande même si c'est prudent de tenter le coup. Je ferais mieux de donner le bon exemple.

– Non, je veux y aller ! Tant pis si on se fait gronder. Tu ne peux pas savoir à quel point j'ai envie d'y aller, Jem.

– Je sais. Moi aussi.

– Et Gédéon ?

– On ne peut pas prendre le risque de l'emmener avec nous. Il aura peur et il rapportera. Ça doit rester un secret entre toi et moi, Millie.

– Entre toi et moi, ai-je répété solennellement.

– Qu'est-ce que vous mijotez, tous les deux ? s'est écriée Mère en sortant avec un seau d'épluchures de pommes de terre destinées au cochon.

– Oh, rien, on jouait au... cirque, a répliqué Jem tout de go. Millie faisait semblant que Coco le cochon était un éléphant.

– Oui, et moi je suis la dame en paillettes sur son cheval blanc !

– Ça suffit ! Je ne veux plus entendre parler de cirque. Millie, donne-moi ça au cochon, et toi, Jem, cours dans le champ, là-haut pour voir si Père n'a pas besoin d'un coup de main avec les chevaux.

– Oui, Mère, a répondu Jem.

– Oui, Mère, ai-je répété en prenant le seau d'épluchures avant de courir à la porcherie. Tiens, Elijah, mon gentil éléphant, mange, tu as besoin de prendre des forces pour avoir une belle trompe bien souple, ai-je ajouté en tapotant le museau du cochon.

– Oh ! Millie, qu'est-ce que tu vas encore imaginer ? s'est exclamée Mère. Enfin, au moins tu as arrêté de me harceler. Tu es tellement mignonne quand tu veux !

Ce soir-là, j'ai fait un effort et je n'ai pas dit un mot, alors que Gédéon n'arrêtait pas de parler du cirque. Il est même monté sur la table où il a tournoyé et tendu les jambes pour imiter les danseurs jusqu'à ce que Père le rabroue.

– Arrête ce numéro grotesque, mon petit gars.

Gédéon s'est écroulé comme une chiffe molle, décomposé.

– Il imitait les gens du cirque, l'ai-je défendu.

– Les garçons ne dansent pas.

J'ai failli répondre que nous avions vu ceux du cirque danser – et pirouetter et faire le poirier – mais j'ai senti un coup de coude. Merci, Jem. Il valait mieux ne pas contredire le paternel.

– Les garçons marchent au pas, comme des soldats, a-t-il ajouté. Montre-leur, Jem.

– Regarde-moi, Gédéon. Droite, gauche, droite, gauche…

Il a fait le tour de la pièce au pas et en balançant les bras, et le pauvre Gédéon a essayé de le suivre, mais il était incapable de distinguer sa droite de sa gauche.

– Je ne veux pas être soldat, a-t-il avoué ce soir-là en grimpant dans son lit. Je veux être garçon de cirque.

– Et moi, écuyère, comme la dame aux paillettes roses.

– Oh, j'aimerais tellement, tellement aller au cirque…

J'ai mordu mon pouce en le suçant. J'aurais adoré emmener Gédéon, mais Jem avait raison. Il raconterait tout, non seulement à Mère, mais à Père, à Rosie, à toute la famille, même au cochon. Alors que moi, quand il le fallait, je savais tenir ma langue.

6

Le lendemain, samedi, j'ai été sage comme une image. À midi, j'ai mangé ma soupe de légumes sans rien dire, alors que d'habitude je faisais des tas d'histoires et retirais un par un les morceaux de carotte et les grains d'orge qui flottaient parce qu'ils avaient l'air déjà mâchés.

– Tu es gentille, Millie, m'a félicitée Mère. Allez, je vais nourrir la petite Eliza avant de piquer un petit somme. Pendant ce temps-là, allez jouer et ne faites pas de bruit.

Rosie et la grande Elisa sont sorties bras dessus, bras dessous en parlant de sujets de grandes : de vêtements, de coiffures, et… des garçons du village. Nat a filé rejoindre ses copains en donnant un grand coup de pied dans une pierre. Il ne restait plus que Gédéon, Jem et moi.

– À quoi on joue ? a demandé Gédéon, ravi.

Jem et moi nous sommes longuement regardés.

– On avait envie de jouer tous les deux, Millie et moi.

– Vous voulez aller dans la cabane d'écureuil ?

– Pourquoi pas ? ai-je répondu, mal à l'aise.

– Vous n'avez pas le droit. Mère vous l'a interdit.

– Justement, vaut mieux que tu ne viennes pas, sinon elle va te gronder.

– Mais je ne veux pas qu'elle vous gronde, Millie. Ni Jem, ni toi. S'il vous plaît, n'y allez pas.

– Chut ! Il faut qu'on y aille, et tout de suite, l'a interrompu Jem.

– Y aura personne pour jouer avec moi.

– Imagine que quelqu'un est en face de toi, ai-je répliqué. Il suffit de te concentrer. Là, par exemple, il y a un petit garçon debout qui voudrait jouer avec toi. Il adore danser, lui aussi. Alors si vous faisiez un pas de deux ?

Gédéon a longuement regardé autour de lui d'un air intrigué, comme si j'avais fait apparaître un petit bonhomme en chair et en os – et hop ! nous en avons profité pour prendre la poudre d'escampette.

Des ribambelles d'enfants couraient sur la route, surgissant des quatre coins du village, mais il y avait aussi des mamans, des papas, des amoureux, et même des grands-mères et des grands-pères qui avançaient clopin-clopant avec leur canne. Tous se dirigeaient vers le champ de Pennyman où s'était installé le cirque. On entendait déjà les roulements de tambour et on apercevait le sommet du chapiteau rayé au-dessus des roulottes de toutes les couleurs rangées en demi-cercle.

Dès que nous sommes entrés dans le champ, j'ai reconnu les deux clowns au nez rouge qui faisaient des cabrioles devant l'entrée du chapiteau. Puis j'ai repéré un stand où l'on vendait des sucreries, et un autre qui proposait des figurines mécaniques, chats ou souris, au choix.

– Tu as vu, Jem ?

Il était tellement gentil qu'il m'a acheté un cœur en gingembre à un penny, accroché à un joli ruban rose.

Il ne nous restait plus qu'un penny. Or il en fallait au moins une poignée pour entrer et assister au spectacle. Les gens faisaient la queue devant le guichet et tendaient leur main pleine de pièces pour acheter leurs billets. À un moment, j'ai vu deux gamins resquiller, mais ils se sont fait arrêter par un grand monsieur qui les a attrapés par la peau du cou avant de les renvoyer avec un méchant coup de pied dans le dos. Je me suis agrippée à Jem. Pourvu que ce monstre ne me frappe jamais. Mon grand frère m'a serré la main pour me rassurer en chuchotant :

– On va faire le tour pour passer par-derrière. Nat m'a expliqué comment entrer en rampant sous la toile. Il faut faire très vite.

Nous avons quitté la queue pour contourner la tente. Soudain j'ai cru que j'étais dans un rêve. Il était là, face à nous, Elijah, mon éléphant chéri. Il avait une patte attachée à un poteau, un chapeau rouge couvert de paillettes et une selle assortie. Il a agité la trompe pour nous dire bonjour et levé la queue pour lâcher quelque chose que je n'oserais jamais mentionner ! Un gros tas de… vous voyez ce que je veux dire…

C'était plus fort que moi, j'ai éclaté de rire.

– Chut ! m'a lancé Jem en me posant la main sur la bouche.

Il venait de repérer le dresseur d'éléphant qui fumait tranquillement, assis sur une baignoire renversée. Il m'a plaquée contre la toile du chapiteau avec lui pour nous cacher. Tout à coup, trois enfants ont surgi en hurlant à la vue d'Elijah. Le dresseur s'est levé, il a jeté son mégot et sifflé. Un homme vêtu d'une queue-de-pie rouge est sorti de la roulotte écarlate la plus proche. Il avait dans la main un long fouet.

Les deux hommes se sont précipités sur les enfants qui se tortillaient pour entrer sous le chapiteau. L'homme en rouge a fait claquer son fouet, mais j'ai fermé les yeux. Je ne pense pas qu'il ait battu les enfants, il a dû donner un grand coup de fouet par terre. Les pauvres ! Ils étaient en larmes, même le plus grand : il avait une casquette bleue toute de guingois que l'homme lui a arrachée avant de la jeter à travers champs, et ouste ! les trois galopins se sont fait chasser à coups de pied au derrière.

Je n'en menais pas large. Je tremblais tellement que Jem m'a serrée comme jamais contre lui.

– Tout va bien, Millie. On ne bouge pas tant qu'ils sont dans le coin. Patience, il faut attendre.

Ah ça, pour attendre, on peut dire qu'on a attendu ! On a attendu et encore attendu… jusqu'au moment où une musique de fanfare a retenti sous le chapiteau, suivie de cris de joie et de rires assourdissants. Le spectacle venait de commencer. Mais nous étions coincés dehors, paralysés à l'idée de croiser le regard de l'homme en rouge ou du dresseur d'éléphant. De temps en temps, Elijah levait la tête en brandissant sa trompe comme s'il flairait notre présence et s'agitait pour se libérer de sa chaîne.

De nouveaux personnages sont apparus en poussant une grande cage remplie de bêtes velues qui hurlaient. J'ai observé leur pelage noir, leur gros museau et leurs canines impressionnantes, et tout de suite j'ai pensé au Petit Chaperon rouge qui va voir sa grand-mère. L'homme en rouge a donné un grand coup de fouet avant de cornaquer les loups jusqu'à l'entrée du chapiteau.

J'ai entendu les gens retenir leur souffle, puis un nouveau concert de cris et d'applaudissements. J'étais désespérée : pourquoi ne pouvais-je pas être avec eux ? Je n'arrêtais pas de gigoter, jusqu'au moment où les loups sont ressortis et sont rentrés dans leur cage pour être transportés un peu plus haut dans le champ. Elijah et son dresseur attendaient toujours, légèrement nerveux, quand les deux jeunes acrobates au costume d'argent ont bondi d'une nouvelle roulotte. Ils se sont arrêtés pour prendre une espèce de poudre dans une boîte avec laquelle ils se sont frotté les mains, avant d'en passer sur les semelles de leurs ballerines à paillettes.

– C'est de la colophane, m'a chuchoté Jem, ça empêche de glisser.

Ils ont titillé Elijah, enchaîné deux ou trois pirouettes pour s'échauffer et soudain ont foncé sous le chapiteau. De nouveau ce fut un tonnerre d'applaudissements, suivi par un long « Ooooh ! », sans doute après un numéro particulièrement périlleux.

Je trépignais. J'aurais tellement aimé les voir pour les imiter devant Gédéon ! Je n'en pouvais plus d'être coincée là, terrorisée par les deux monstres avec leur fouet pendant que le spectacle se déroulait sans moi. Et si on entrait en courant à toute vitesse, tout simplement ?

Voyant que je m'agitais, Jem m'a posé la main sur l'épaule pour me calmer – juste au moment où le dresseur d'Elijah s'est levé en étirant les bras. Il s'est approché de l'éléphant qui a baissé la tête et agité sa trompe avant d'ouvrir la gueule. Je n'en revenais pas, j'ai cru qu'il allait dévorer son maître ! Mais pas du tout, il a eu l'air de lui sourire, et lentement, il a enroulé sa trompe autour de son cou et de ses épaules. Tous deux sont restés un moment enlacés de cette drôle de façon…

L'homme a murmuré quelque chose à l'oreille de l'éléphant et Elijah a déroulé sa trompe avant de se redresser, tête bien haute, la trompe brandie et les oreilles aux aguets. Le dresseur a décroché sa chaîne et commencé à le cornaquer vers le chapiteau. Elijah le suivait, docile, tel un gros toutou ridé et grisonnant au bout d'une laisse. Jusqu'au moment où ils sont entrés, ne laissant derrière eux qu'une grosse bouse d'éléphant au milieu de l'herbe.

– Vite, Millie, c'est le moment ou jamais !

Nous avons foncé… Mince ! Un des deux mastodontes se tenait debout à côté de l'ouverture du chapiteau, une grande fourche à la main ! Impossible d'entrer, il était prêt à nous embrocher. Aussitôt Jem a bifurqué, courant sur le côté avant de se jeter à genoux. Il a glissé la tête sous la toile et m'a attrapé la main pour que je fasse pareil. J'ai obéi, j'ai suivi et j'ai rampé avant de me retrouver de l'autre côté, sous le chapiteau. Il faisait une chaleur de bête et un tintamarre assourdissant résonnait, mais enfin, on y était !

La piste baignait dans la lumière tandis que les spectateurs étaient plongés dans le noir. Je distinguais à peine les rangées de sièges qui s'élevaient en gradins circulaires. Jem m'a aidée à me redresser et nous avons réussi à nous faufiler jusqu'à ce que nous trouvions une ouverture. Enfin j'avais un point de vue correct sur la piste : elle était couverte de sciure de bois et protégée par un petit muret rouge. Elijah se tenait au centre, dressé sur ses pattes arrière, et agitait allègrement sa trompe sous les applaudissements.

Le public était tellement concentré que personne n'a rien vu quand nous nous sommes installés sur deux sièges vides tout proches de la piste. Elijah continuait à se pavaner tandis que Chino et Beppo, les deux clowns au gros nez rouge, entraient et sortaient en faisant semblant d'avoir peur de lui. Chino a sorti de sa poche une petite souris mécanique qu'il a remontée pour qu'elle couine bien fort ; paniqué, Elijah s'est précipité vers un gros coffre avant de grimper dessus. Le dresseur l'a suivi et l'éléphant a incliné la tête pour l'enrouler dans sa trompe et l'éloigner de la souris qui continuait à s'agiter. J'ai éclaté de rire, ravie par ces singeries, et tellement soulagée d'avoir une place !

Elijah a fini par s'éloigner, mais les deux clowns sont restés en piste, invitant les enfants dans l'assistance à venir jouer avec des seaux d'eau.

– Vas-y, Millie, descends ! Je te garde ta place.

J'ai reculé sur mon siège, intimidée. Avec leurs figures peinturlurées et leurs accoutrements saugrenus, les clowns ne m'inspiraient pas vraiment confiance. Je n'avais aucune envie de me faire asperger d'eau par eux.

– C'est la première fois que je te vois aussi impressionnée, Millie, m'a chuchoté Jem. Tu ne regrettes pas d'être venue quand même ?

– Oh non, si tu savais !

L'orchestre a retenti et une dame vêtue d'un justaucorps rose magenta a fait son entrée en dansant. Elle s'est précipitée au pied d'une longue échelle sur laquelle elle est montée, hop ! un barreau, puis un autre, jusqu'au sommet, tel un écureuil. Elle a attrapé un grand bâton posé sur une petite plate-forme, et tout à coup une longue corde s'est tendue, traversant le chapiteau au milieu des airs : c'était Flora, la funambule !

Elle a balayé l'air de la main, pris le bâton et commencé à marcher sur la corde. Elle avançait droit devant elle et arrivait même à tendre la pointe des pieds comme une danseuse, ou comme une fée rose voltigeant dans les airs. J'avais mal au cou à force de la regarder, et tellement peur qu'elle tombe que je respirais à peine. Cela me rappelait Jem qui m'interdisait de grimper dans les branches quand nous étions dans notre cabane ! J'ai senti qu'il me donnait un léger coup de coude.

– Tu n'as pas intérêt à me faire le coup, promis ? Mais tu as vu comme elle est forte ?

Pendant ce temps-là, Flora la funambule continuait son numéro de virtuose, sautillant, avançant, reculant… À un moment, elle s'est assise sur la corde pour ajuster son jupon et elle a sorti un livre de sa poche pour faire semblant de lire ! Et ce n'est pas tout : arrivée au bout de la corde, elle a pris un objet protégé par un linge posé sur une seconde plate-forme. C'était un mini-landau à deux roues dans lequel était assise une poupée. Elle l'a saisi en faisant semblant de tomber et un long « Ooooh ! » a retenti dans le public, puis elle l'a jeté sur la corde, la poupée toujours assise. Elle est allée chercher le landau et elle est revenue en le poussant comme une parfaite maman. Enfin, elle est montée sur la plate-forme et a salué le public, avant de prendre la poupée à qui elle a fait faire une révérence.

Ce fut alors au tour de Chino de revenir avec son acolyte un peu bébête, Beppo, tous deux escortés par deux petits clowns affublés de barboteuses et chaussés de bottillons de laine. Ils avaient le visage couvert de fard blanc et un gros nez rouge. Au début j'ai cru que c'était des enfants clowns, jusqu'au moment où j'ai aperçu un éclat argenté sous une des barboteuses et j'ai compris que c'était les deux petits acrobates déguisés. Ils jouaient des tours aux grands clowns, bondissaient dans les airs, atterrissaient sur les mains et faisaient le tour de la piste en avançant avec la tête en bas. Puis ce fut une série de numéros hilarants et de jeux avec des bouteilles et des couches. Jem riait tellement qu'il a failli tomber de son siège. Enfin, les quatre clowns sont venus saluer et ont filé dans l'ombre. Les gens applaudissaient à tout rompre et se levaient pour s'étirer.

– Oh, non !

– Qu'est-ce qu'il y a ? Tu n'aimes pas ?

– Si, au contraire, mais c'est déjà fini et on n'a pas vu la dame avec les paillettes roses et la chevelure rousse. Mon écuyère adorée !

J'étais au bord des larmes.

– Ne t'en fais pas. Elle va faire son entrée dans quelques secondes. C'est l'entracte. Tu n'as encore rien vu.

– C'est vrai ? On ne l'a pas ratée ? Tu es sûr qu'on va la voir ?

– Oui, oui.

– C'est celle que je préfère.

– Mais tu n'as pas encore vu son numéro !

– Quand même.

– Moi, j'adore les clowns, ils me font pleurer de rire. J'aimerais tellement apprendre à faire rire les gens comme ça.

– On pourrait avoir notre propre cirque ! Tu serais Jem le clown, Gédéon serait un petit gymnaste, et moi je porterais un tutu rose et je monterais un superbe cheval. On y va, on sort et on commence tout de suite, comme ça je n'irai pas aux Enfants-Trouvés.

– Si seulement c'était possible, Millie... Mais peut-être quand on sera mariés. On pourrait avoir un cirque fermier. Tu entraînerais les cochons à se tenir debout sur une bassine, et tu apprendrais aux poules à caqueter en chœur et aux chèvres à sautiller ensemble. Allez, Millie, c'est le moment de manger ton biscuit au gingembre.

Il faisait de son mieux pour me changer les idées. Comme j'étais très gourmande, j'ai sorti mon biscuit, un peu en miettes, je lui en ai donné un morceau, et nous avons tout fini, jusqu'à ce qu'il ne reste plus que l'étoile dorée que Jem m'a collée sur le front.

L'orchestre a retenti et les clowns sont revenus en piste. J'étais si excitée que je n'arrêtais pas de gigoter. J'ai vu successivement un beau monsieur qui lançait des couteaux sur une dame vêtue d'une combinaison brillante, un troupeau d'otaries qui criaillaient pour réclamer du poisson, un homme qui crachait et avalait du feu aussi naturellement qu'un biscuit au gingembre... mais il manquait quelqu'un et je n'arrivais pas à me calmer. Quand soudain, enfin ! Monsieur Loyal a fait claquer son fouet et a annoncé : « Et maintenant, mesdames et messieurs, et tous les enfants, filles et garçons, le cirque ambulant de Tanglefield est fier de vous présenter Madame Adeline et sa troupe de fabuleux chevaux de dressage ! »

Au moment où je me redressais, six chevaux brillants sont entrés sur la piste au petit trot. Moi qui ne connaissais que Dobbin et Rowley, les chevaux de trait dont Père s'occupait, j'ai cru que c'était un rêve. J'avais sous les yeux des chevaux si fins, si délicats, qu'ils semblaient venus du pays des elfes. Deux d'entre eux avaient une robe tachetée, deux autres une robe noir et blanc, et les deux derniers une robe grise, mais tous avaient une superbe crinière et une longue queue soyeuse qui ondoyait derrière eux. Madame Adeline chevauchait l'un des deux chevaux gris, presque blanc, doté d'une œillère noire et coquine qui lui donnait des allures de pirate. Son pas suivait parfaitement le rythme de la musique et il avançait, fier comme Artaban et ravi de parader avec Madame Adeline. Quant à elle, elle était si belle ! Ses paillettes roses brillaient et sa jupe à volant flottait. Elle avait noué sa chevelure rousse au sommet de son crâne et portait un ruban noir autour de son cou blanc et mince.

Elle se tenait droite comme un I sur son cheval-pirate, les bras tendus en avant, sans le moindre frémissement. Le public applaudissait et elle souriait, quand soudain elle a sifflé pour que le second cheval gris accélère. Celui-ci s'est mis à galoper, galoper… et au moment où il a frôlé son cheval, elle a bondi dessus en atterrissant avec la grâce d'une fée. Elle a sauté plusieurs fois d'une croupe à l'autre, plongé en frôlant le sol, rebondi d'un cheval à l'autre, et elle a même réussi à faire le poirier sur un des chevaux au trot !

Elle a pris un grand cerceau à travers lequel elle a sauté avant d'atterrir avec souplesse sur le cheval-pirate. Elle exécutait tous ces numéros aussi naturellement que si elle sautait à cloche-pied sur un chemin. Épatée comme jamais, j'applaudissais tellement fort que j'avais mal aux mains. Enfin elle a ralenti, toujours debout sur son cheval-pirate et agitant la main vers les spectateurs. J'ai bondi sur mon siège pour la saluer. Si seulement elle pouvait me voir…

– Bonjour, les enfants !

– Bonjour, ai-je répondu.

– Quelqu'un parmi vous voudrait-il descendre pour monter avec moi ?

Je n'ai pas hésité. J'ai foncé. Jem a essayé de me retenir, mais trop tard, je l'ai poussé et je me suis précipitée sur la piste. Plusieurs enfants étaient déjà là, et Madame Adeline riait et pointait le doigt sur chacun pour choisir son cavalier.

– Moi, moi ! hurlais-je en dévalant les marches.

Manque de chance, j'ai trébuché, et je me suis retrouvée les quatre fers en l'air.

– Oh, mon Dieu ! voilà une sacrée petite acrobate, dites-moi ! s'est écriée Madame Adeline.

Elle m'a soulevée avec fermeté et je me suis redressée en tremblant. Elle était encore plus belle, vue de près, avec ses cheveux roux flamboyants, son visage couvert d'une poudre blanche exquise, ses joues légèrement roses, et ses lèvres brillantes et noires à faire peur. Je suis tombée illico sous le charme.

– Ça va, ma petite chatte ? m'a-t-elle chuchoté, comme si nous étions seules au monde.

– Oui, merci, ça va bien, madame, ai-je répondu en dégageant les mèches qui me cachaient la figure.

– Tu as des cheveux roux magnifiques, comme moi ! Comment t'appelles-tu ?

– Millie Plume, madame.

– Quel âge as-tu, Millie Plume ? Tu parles très bien, j'ai l'impression. Cela dit, tu ne dois pas avoir beaucoup plus de… quatre ans ?

– Non, non, j'ai cinq ans et trois quarts, mais je suis très petite pour mon âge.

– Et tu voudrais monter sur mon cheval avec moi ?

– Oh, oui, j'aimerais tellement !

– Dans ce cas-là, c'est toi que j'emmène, ma petite étoile, dit-elle en effleurant l'étoile sur mon front.

Elle m'a soulevée dans les airs et soudain je me suis retrouvée assise sur le dos doux et chaud du cheval. Elle est montée derrière moi, a émis un petit claquement et le cheval est parti au trot.

Autour de nous, les gens applaudissaient à tout rompre. Je n'en revenais pas ! C'est moi qu'ils félicitaient ! J'ai lâché la crinière blanche du cheval et j'ai agité la main pour saluer le public.

– Tu es une artiste née ! s'est exclamée Madame Adeline. Allez, viens, ma petite étoile, on va les épater !

Nouveau petit claquement, et le cheval a accéléré. Elle me tenait fermement contre sa taille et je n'avais pas la moindre crainte. Je serrais la croupe du cheval avec mes genoux tout en me tenant bien droite pour ne pas perdre l'équilibre. Madame Adeline riait et m'encourageait.

– Plus vite ?

– Oui, plus vite !

Le cheval a accéléré, accéléré, dépassé ses cinq camarades et galopé à une telle vitesse que les gradins semblaient tournoyer autour de nous. Madame Adeline me serrait contre elle et je ne savais plus si les grondements que j'entendais étaient les applaudissements des spectateurs ou mes oreilles qui sifflaient. Soudain elle a donné un ordre au cheval qui a ralenti.

– Et maintenant, si tu leur offrais ton numéro d'étoile ? m'a-t-elle chuchoté à l'oreille. Tu crois que tu oserais te lever sur le cheval ? Je te tiendrai, ne t'en fais pas.

– Oui ! Oui !

– Allez, redresse-toi, bien droite…

Je me suis redressée… mais mon pied a glissé juste au moment où le cheval est reparti au galop. J'ai cru que j'allais m'écrouler, mais heureusement, elle m'a retenue.

– Allez, recommence, ma belle étoile. Fais-moi confiance, je te tiens.

Je me suis concentrée pour trouver l'équilibre, oscillant à gauche, à droite, et au bout d'un demi-tour de piste, j'ai commencé à me sentir plus stable, les pieds écartés, les bras tendus, le dos parfaitement droit, tout mon corps épousant le rythme du cheval. Madame Adeline me tenait toujours, mais c'est de moi que venait cet équilibre, je le sentais. Le public était sidéré, les gens s'étaient levés pour applaudir, stupéfiés.

Madame Adeline a claqué la langue pour ralentir le cheval. Elle a glissé au sol en me prenant dans ses bras et m'a déposée délicatement par terre.

– Et maintenant, une révérence pour saluer le public, ma petite étoile.

Nous nous sommes inclinées sous les applaudissements. Puis elle s'est penchée et elle m'a gentiment embrassée.

– Je te félicite, mon trésor, tu es mon étoile montante, m'a-t-elle dit en me renvoyant à ma place.

– Millie ! Mon Dieu, Millie ! s'est écrié Jem. Tu as été extraordinaire, Millie !

– Oh…

En vérité je brûlais d'envie de sauter de joie et de hurler à tue-tête : OUI, JE SUIS UNE PETITE FILLE EXTRAORDINAIRE !

Mes voisins me tapotaient pour me féliciter, d'autres tendaient le cou ou se retournaient pour m'observer ou m'interpeller, mais je faisais à peine attention à eux. Madame Adeline paradait autour de la piste en sautant entre deux chevaux, telle une fée, agitant la main et quittant peu à peu la piste.

– Elle est partie ! C'est fini !

– Mais non, Millie. C'est pas fini. Regarde, il y a les clowns qui reviennent.

Je me fichais complètement des clowns et je n'avais aucune envie de revoir les petits acrobates. Ni même de regarder le gros lion de la jungle qui ouvrit grande la gueule et essaya de mordre son dompteur. Je voulais voir Madame Adeline et je ne tenais plus en place.

– Tiens-toi bien, m'a grondée Jem. Assieds-toi tranquillement. Tu la verras à la fin du spectacle.

– Tu es sûr ?

– Oui, si tu es sage comme une image.

J'ai fait ce que j'ai pu, mais j'avais du mal à ne pas trépigner. L'orchestre a entamé une dernière marche et tous les artistes sont revenus saluer ensemble. Même le gros Elijah a dit au revoir au public en brandissant sa trompe. Madame Adeline a fait un dernier petit tour sur son cheval-pirate en souriant, mais elle tournait sans cesse la tête à droite et à gauche. Elle devait chercher quelqu'un du regard. Et si c'était… moi ?

J'ai bondi sur mon siège en agitant les bras et hurlant :

– Madame Adeline ! Madame Adeline !

– Au revoir, ma petite étoile adorée ! m'a-t-elle répondu en m'envoyant un baiser.

J'ai continué à agiter les bras longtemps. Les spectateurs quittaient les gradins, l'orchestre avait arrêté de jouer et plus personne n'applaudissait. Jem avait beau tirer sur ma robe, je suis restée sur mon siège jusqu'à ce que le chapiteau soit complètement vide. Il ne restait plus qu'un tapis de sciure de bois sale. Soudain j'ai éclaté en sanglots.

– Qu'est-ce qui ne va pas encore ?

– Je veux que le cirque revienne !

– C'est pas vrai ! Tu n'es jamais contente. Tu viens de le voir, le cirque. Tu as même eu droit à un duo avec Madame Adeline.

– Justement, je veux recommencer. Viens, on va essayer de la retrouver.

– Ne sois pas bécasse, Millie. Elle doit être dans une des roulottes protégées par ces mastodontes.

– Je m'en fiche. Je veux voir Madame Adeline. Et elle aussi, elle veut me voir. Je suis son étoile, ai-je hurlé en tapant du pied.

– Tu es folle ! Tu es une parfaite inconnue ! Quand est-ce que tu seras enfin un peu raisonnable, Millie ? Je fais de mon mieux pour te faire plaisir, mais ça n'est jamais assez.

À peine sortie du chapiteau, j'ai couru vers les roulottes. Mais je ne regardais pas où je mettais les pieds et je suis tombée tête la première sur une corde qui traînait dans l'herbe. Paf ! je me suis cogné la tête sur un des piquets du chapiteau. J'ai eu tellement mal que de nouveau j'ai éclaté en sanglots.

– Aïe, ça fait mal, aïe !

– Bien fait pour toi, m'a répondu Jem, furieux.

Heureusement, il s'est agenouillé au-dessus de moi et m'a serrée contre lui pour me consoler.

– Ça n'est pas notre petite Millie qui pleurerait par hasard ?

C'était Nat, qui se frayait un chemin à travers la foule.

– Vous avez réussi à entrer ? J'ai essayé avec des gars du village mais on s'est fait chasser comme des malpropres. Vous avez de la chance ! Alors pourquoi est-ce que tu brailles, Millie ? Doux Jésus, je n'ose pas imaginer ce qu'elle va se prendre en rentrant, là au moins, elle aura de quoi hurler ! Les parents sont furieux. Vous allez avoir droit à des sacrés coups de louche, tous les trois.

– Comment ça, tous les trois ? a rétorqué Jem.

Je me suis relevée en me mouchant avec le bas de ma robe.

– Ouais, vous n'y échapperez pas, a insisté Nat en ricanant. Mère vous cherche partout depuis des heures. Apparemment elle avait besoin de Gédéon pour je ne sais pas quoi, c'est là qu'elle s'est aperçue que vous aviez disparu. Elisa lui a dit que vous étiez peut-être au cirque, du coup elle s'est inquiétée, elle croyait que vous aviez été enlevés par les gens du cirque.

– Si seulement ils pouvaient me voler ! Je veux aller vivre avec Madame Adeline.

– Madame qui ? J'espère que ce n'est pas celle qui se pavane en exhibant ses jambes ? Tu aurais dû entendre les commentaires des gars !

– Je t'interdis de parler d'elle comme ça ! ai-je hurlé en me précipitant sur Nat.

– Tais-toi, Millie, sinon je te flanque une gifle. Gédéon a disparu ? a demandé Jem.

– Oui, c'est pour ça que Mère est dans tous ses états. On l'a rassurée en lui disant qu'il était avec vous, mais si je comprends bien il n'y est plus, c'est ça ? Il a fichu le camp de son côté ?

– Il n'est pas venu avec nous. Ça veut dire qu'il s'est perdu pour de bon.

7

Nous avons cherché partout sur place, au cas où Gédéon nous aurait suivis, mais rien, nous n'avons rien trouvé, pas la moindre trace de lui. Courageux, Jem a rampé jusque du côté de l'entrée secrète pour voir s'il ne traînait pas dans le coin, mais il s'est fait houspiller par un des colosses.

– S'il vous plaît, monsieur, je cherche mon petit frère.

– Y a pas de petit frère dans les parages. Allez, ouste, fiche-moi le camp, sinon je te botte les fesses !

– Madame Adeline ! ai-je hurlé.

Elle ne m'a pas entendue. En revanche, certains de ses voisins m'ont parfaitement entendue, bondissant tout de suite hors de leur roulotte.

– Décampez immédiatement, bande de morveux. Le spectacle est fini, a grondé l'un d'eux.

– Vite, on se taille, a murmuré Nat. Sinon ça va virer au drame. On ferait mieux de raccompagner Millie à la maison. On ne sait jamais, peut-être

qu'entre-temps Gédéon sera revenu. Il s'était peut-être caché dans le jardin. Il est si peureux qu'il est capable de ne pas oser sortir de sa cachette tout seul.

Nous n'avions pas le choix, nous sommes rentrés. Je pensais au pauvre Gédéon, tout seul, privé de grands frères pour l'aider, et je m'en voulais à mort. Oubliées Madame Adeline et son étoile chérie. Je n'arrêtais pas de me répéter en silence : « S'il vous plaît, faites que Gédéon soit rentré à la maison ! »

À peine arrivés au début de l'allée qui menait à la maison, nous avons piqué un sprint. Ils étaient tous là : Mère, en larmes, Père qui faisait les cent pas, Rosie et Elisa qui se tordaient les mains, et la petite Eliza qui gémissait au fond de son berceau.

Tous les regards se sont tournés vers nous. Père, Rosie et Elisa ont poussé des cris de joie, manifestement soulagés, mais Mère regardait autour de nous en tournant la tête de tous les côtés.

– Et Gédéon ?

– Il n'est pas avec nous, ai-je répondu.

– Vous avez perdu votre petit frère ?

– Millie et moi, on est partis tout seuls, a dit Jem, pâle comme la mort. Gédéon n'était pas avec nous.

– Je suis sûre que vous êtes allés voir ce cirque de païens, s'est écriée Mère.

Jem a hoché la tête d'un air piteux.

– Tu devrais avoir honte, mon fils, a renchéri Père. Détourner ta petite sœur du droit chemin ! Tu mérites un bon coup de fouet.

– Non ! C'est moi qu'il faut punir, pas Jem. C'est moi qui voulais aller au cirque pour voir Madame Adeline. Si vous saviez, je suis montée sur son cheval et elle m'a dit que j'étais son étoile montante !

Père et Mère ont à peine réagi. Mais au moins il ne fut plus question de fouet.

– Il faut qu'on parte à la recherche de Gédéon, a annoncé Père. Le pauvre, il est incapable de s'en sortir tout seul. Vous croyez qu'il aurait essayé de vous suivre ?

– En tout cas, il avait l'air attiré par ce maudit cirque, a répondu Mère en me fusillant du regard.

Comme si c'était ma faute… Hum, en fait, c'était peut-être bien le cas.

Père et Nat sont sortis à la recherche de Gédéon, et Jem et moi avons été envoyés au lit illico, frappés de disgrâce.

– S'il lui est arrivé quoi que ce soit, c'est ma faute, se lamentait Jem. Je n'aurais jamais dû t'emmener au cirque, Millie.

– Non, c'est ma faute. Tu voulais me faire plaisir, Jem.

Je l'ai pris dans mes bras pour le consoler comme il le faisait si souvent avec moi…

Nous avons eu du mal à nous endormir, et plus tard, alors qu'il faisait nuit noire, nous avons entendu Père et Nat rentrer. Nous avons bondi de notre lit et couru au bord de l'escalier.

– Pas la moindre trace du gamin, a lancé Père. La

moitié du village est venue nous aider, mais autant chercher une aiguille dans une botte de foin.

Les bois ! Je venais de me rappeler ce que Gédéon m'avait dit : « Vous voulez aller dans la cabane d'écureuil ? »

– Je sais où il est ! ai-je crié en dégringolant les marches. Dans la cabane d'écureuil. Il croyait que c'est là qu'on voulait aller !

– Quelle cabane de quel écureuil ? a demandé Père.

– Millie, je t'en prie, épargne-nous tes blagues absurdes. Remonte te coucher.

– Non, elle a raison, est intervenu Jem. C'est un vieux chêne creux où on joue dans les bois. Gédéon nous a demandé si on voulait y aller.

– Alors, vite, enfile ta veste et viens avec moi, a déclaré Père. Toi aussi, Nat.

J'ai fait des pieds et des mains pour les accompagner, mais en vain. Je suis restée enfermée à la maison avec Mère et les filles, en larmes.

– Je suis une mauvaise fille, ai-je avoué en me rapprochant de Mère.

– Oh que oui, tu es mauvaise, a répondu Rosie. Pauvre Mère, tu as vu dans quel état tu l'as mise !

C'était vrai. Elle avait le visage caché dans les mains et pleurait à chaudes larmes, le visage tremblant de façon étrange.

– Qu'est-ce que je vais faire s'il est mort ? gémissait-elle. Et l'hôpital des Enfants-Trouvés ? Ils vont m'enlever ma petite Eliza…

– Jamais je ne les laisserai faire, s'est écriée Elisa qui berçait sa petite jumelle. C'est de ta faute, Millie.

J'ai éclaté en sanglots. C'était pas juste, personne ne se faisait de souci pour moi. J'ai fermé les yeux et j'ai vu apparaître la belle Madame Adeline.

– Viens, ma petite étoile, disait-elle en tendant les bras vers moi. Viens vivre avec moi au cirque. Nous serons les deux étoiles de la troupe, la grande et la petite. Je t'offrirai un poney blanc sur lequel tu danseras et tout le monde applaudira. Tu verras, plus personne ne te grondera. Jem viendra nous voir tous les jours et applaudira plus fort que les autres, alors il faudra que tu le salues personnellement. Il sera tellement fier de toi qu'il dira à tout le monde que tu es sa petite sœur. Rosie et Elisa te supplieront de les saluer, mais tu les ignoreras. Tu n'as plus aucune envie qu'elles soient tes grandes sœurs. Ni que Nat soit ton grand frère…

Peu à peu l'image de Madame Adeline s'est brouillée et elle fut incapable de prononcer le nom de Gédéon.

Gédéon, enfant trouvé comme moi, mon alter ego, mon presque jumeau, mon frère pour les siècles des siècles ! S'il était mort au milieu des bois, je deviendrais folle. Folle de chagrin et de culpabilité.

Madame Adeline n'était plus qu'un minuscule point rose quand je l'ai vu apparaître, hurlant de terreur au milieu des arbres et appelant Jem et moi à tue-tête, courant, trébuchant, tombant… à plat ventre dans la boue et les feuilles mortes, pâle comme un linge, blessé, brisé… Toutes sortes d'animaux sauvages passaient à côté de lui et l'enjambaient, mais il ne cillait pas. Il avait les yeux grands ouverts, pour l'éternité, au cœur de ce cercueil naturel…

J'ai eu tellement peur que j'ai hurlé et Rosie s'est précipitée dans ma chambre en me secouant.

– Arrête de brailler, Millie. Tu devrais voir honte. Y en a assez que tu fasses l'intéressante !

J'ai réussi à étouffer mes cris, mais j'étais secouée de spasmes épouvantables, incontrôlables, le visage ruisselant de larmes. Au bout d'un certain temps, longtemps, Mère est montée et m'a tendu les bras d'un air las. Je me suis glissée hors de mon lit pour grimper sur ses genoux. Elle m'a serrée contre elle en me murmurant des mots doux, mais elle aussi, elle tremblait de tout son corps. Elle guettait le bruit de pas annonçant le retour des hommes.

Peu après le martèlement des bottes de Père a retenti, suivi par le pas traînant des garçons. Père est entré, tenant Gédéon dans ses bras comme un bébé. Il avait la tête toute molle. Ses bras et ses jambes grêles pendouillaient.

– Il est mort ! ai-je hurlé.

– Mais non, chut ! Il s'est endormi. Il est épuisé.

Mère s'est précipitée sur lui pour l'enrouler dans son châle, tandis que Rosie allait chercher une couverture. Heureusement le feu avait été entretenu, et Elisa a pu préparer une bouillotte d'eau chaude qu'elle a enveloppée dans une serviette pour la frotter contre ses membres glacés. Il avait les yeux entrouverts mais j'avais l'impression qu'il ne nous voyait pas vraiment. Sa bouche aussi était ouverte, mais quand Rosie a essayé de lui donner du gruau chaud, tout a coulé sur son menton.

– Il est mort ! ai-je répété.

– Non, il respire, a répondu Mère en plaquant l'oreille contre sa poitrine. Il a besoin qu'on le réchauffe.

– Il s'est débrouillé pour aller jusqu'à la cabane d'écureuil, m'a expliqué Jem, mais il n'a pas réussi à grimper dans l'arbre. On l'a retrouvé allongé au pied du chêne, tremblant de tout son corps. Quand Père l'a pris dans ses bras il a chouiné, mais il n'a plus dit un mot depuis. N'aie pas peur, Millie, à mon avis demain il sera remis et il ira très bien.

Cette nuit-là, Gédéon a dormi dans le lit de nos parents. J'aurais bien voulu m'allonger à côté d'eux, mais ils ne me l'ont pas permis.

– Ils ne m'aiment plus parce que je suis trop vilaine.

– Bien sûr qu'ils t'aiment, Millie, m'a rassurée Jem en m'autorisant à me réfugier sous ses couvertures, et moi aussi, je t'aime. Je t'aimerai toujours, quoi qu'il arrive, Millie…

J'ai fini par m'endormir et j'ai rêvé de Gédéon, qui, lui, ne se réveillait plus jamais. Il gisait dans un cercueil de verre, raide, blanc comme un linge, telle Blanche-Neige. Mère, Père et tous mes frères et sœurs priaient le long du cercueil. J'essayais de me glisser parmi eux, mais ils me repoussaient en me donnant des coups de coude, même Jem.

– Va-t'en, Millie, je ne t'aime plus. Tu es trop vilaine.

Discrètement, je m'éloignais. Personne ne voyait que je sortais de la maison. Je traînais dans l'allée, désespérée, quand j'entendais un lointain roulement de tambour. Vite, je courais jusqu'au cirque. Madame Adeline était là, galopant sur son cheval blanc, les bras grands ouverts pour m'emmener avec elle. Elle portait son costume pailleté et elle avait de jolies roses dans sa chevelure de feu. Une longue traîne de fils de la Vierge ondulait derrière elle. Un parfum de confiserie se mêlait à celui des roses…

– Ma petite étoile !

– Madame Adeline, j'aimerais tellement aller vivre avec vous !

– Mais viens, mon trésor. – Elle m'enroulait dans sa traîne en ajoutant : – Bien sûr, Millie, car tu es ma petite fille chérie. Désormais tu vivras avec moi pour toujours. Millie Plume n'est pas ton vrai nom. En réalité tu t'appelles…

– Millie, Millie !

C'était Jem, qui tirait sur ma couverture.

– Arrête, Jem !

– Tu as pris toutes les couvertures, je n'ai plus rien. Tu n'as pas le droit.

– Je ne m'appelle pas Millie, ai-je répondu en tirant de plus belle pour retrouver la traîne de Madame Adeline.

Mais, trop tard, le rêve s'échappait comme un long ruban impossible à rattraper. Quand même, c'est moi qui ai gagné, et je suis restée allongée sous les couvertures, immobile, en écoutant les battements de mon cœur. Je revivais chaque instant de mon rêve et me chuchotais chaque parole de Madame Adeline.

« Tu es ma petite fille chérie... »

Et si c'était vrai ? Sinon pourquoi ce lien si fort entre elle et moi, comme si nous nous reconnaissions ? Nous avions toutes les deux les cheveux couleur de feu, le teint clair, la taille fine, et je montais son cheval avec presque autant d'aisance qu'elle. Oui, j'en étais sûre, Madame Adeline était ma mère !

Quand j'étais bébé, elle avait été obligée de se séparer de moi. Évidemment ! Comment s'occuper de moi alors qu'elle devait s'entraîner à cheval tous les jours ? En plus, les gens méprisent les dames du cirque. Il suffisait de voir la réaction de Mère. Alors peut-être qu'aujourd'hui ma vraie mère se disait que c'était le moment de me reprendre pour éviter que j'aille à l'hôpital des Enfants-Trouvés ? Je lui manquais tellement... Si ça se trouve, en ce moment même elle était réveillée et se demandait si la petite fille rousse avec une étoile sur le front n'était pas la sienne...

Je me suis redressée brusquement.

– Qu'est-ce qu'il y a, Millie ? a murmuré Jem, endormi.

– Il faut que je retourne au cirque.

– Tu es folle ! Il est quatre heures du matin passées.

En plus, c'est moi qui t'ai emmenée là-bas et tu as vu comment ça s'est fini ?

– Tu ne peux pas comprendre.

– D'accord, mais là, tu exagères.

– Il faut que j'y aille. Tu ne comprends pas ? Madame Adeline est ma mère.

– Tu peux répéter ? Millie, c'est pas vrai !

Il a éclaté de rire, et je l'ai bourré de coups de poing.

– Arrête de te moquer de moi ! C'est vrai. Elle me l'a dit dans mon rêve.

– Dans ton rêve, oui, mais pas dans la réalité.

– Je veux que tu me croies. Pour de vrai. Tu as vu comme on se ressemble ?

– Absolument pas !

– Tu as vu nos cheveux ?

– Millie, à mon avis, Madame Adeline se teint les cheveux. Ce roux flamboyant n'est sûrement pas sa couleur naturelle.

– Mais moi, c'est ma couleur naturelle et je ne les teins pas. On se ressemble comme deux gouttes d'eau. Ramène-moi au cirque et tu verras.

– Je ne te ramènerai jamais au cirque.

– Puisque c'est comme ça, j'irai toute seule.

– Et tu te perdras. Tu es trop petite pour retrouver le chemin. Et tu as pensé à Mère ? Si elle perdait un deuxième enfant, elle en mourrait. Père serait capable de te tuer s'il te retrouvait, et moi aussi. Allez, recouche-toi et essaie de te calmer.

Il m'a forcée à m'allonger mais j'étais incapable de

m'endormir, même en essayant de me réfugier dans mes rêves. Le temps a passé et j'ai fini par entendre Père qui se levait pour aller au travail. Sans attendre, je me suis glissée hors de mon lit et je lui ai sauté dessus avant qu'il descende les escaliers.

– Tu es déjà levée, petite friponne ?

– Je n'arrive pas à dormir.

– Ça ne m'étonne pas. Cette échappée folle au cirque, c'est un peu à cause de toi, Millie. Tu ne peux pas t'empêcher d'entraîner les autres sur le mauvais chemin. Jem est un petit garçon raisonnable, mais il est incapable de te résister. Je ne sais pas ce qu'on va faire de toi. C'est peut-être pas plus mal que tu ne restes pas avec nous finalement.

Ce fut un immense coup de poing en plein ventre.

– Vraiment, tu n'as pas de quoi être fière. Ton petit frère était à deux doigts de la mort quand on l'a retrouvé. Tu devrais voir, il est encore transi.

J'ai foncé dans la chambre. Mère était allongée dans son lit, appuyée sur un coude, et fredonnait une berceuse en serrant Gédéon contre sa poitrine. Je me suis penchée vers lui. Moi qui m'attendais à découvrir un mini Jack Frost, les cheveux blancs comme neige, et le menton et le nez plein de minuscules stalactites, je l'ai parfaitement reconnu ! C'était mon petit frère et il avait l'air tout à fait normal, quoique un peu pâle.

– Salut, mon petit Gédéon, ai-je murmuré. Ça va mieux ?

Il semblait incapable d'articuler un son.

– Je ne t'entends pas, ai-je dit en me serrant contre lui.

– Millie, attention, tu vas l'écraser ! Allez, retourne te coucher dans ton lit.

– Mais je…

– Moi je ! moi je ! Tu ne pourrais pas penser aux autres pour une fois ? m'a répliqué sèchement Mère.

Gédéon a émis un faible gémissement.

– Tu vois ! Tu lui as fait peur. Allez, ouste !

D'accord, ai-je pensé. Je sors. J'ai compris, vous ne voulez plus de moi. Même Jem en a assez de me voir. Vous avez tous envie de me renvoyer à l'hôpital des Enfants-Trouvés le plus vite possible. Puisque c'est comme ça, je pars et vous serez débarrassés de moi.

Je suis sortie de la chambre comme une furie et je me suis assise en haut des escaliers en frottant mes pieds gelés. Comment faire ? Je ne pouvais pas prendre ma veste en laine et mes bottes, elles étaient dans ma chambre et Jem aurait des soupçons. Tant pis, j'ai enfilé les bottes de Gédéon qui traînaient sur le palier. Elles étaient trop grandes pour moi et je n'arrivais pas à nouer les lacets. D'habitude c'est Jem qui m'aidait, mais à force de les tordre et de les tourner dans tous les sens, j'ai réussi à les attacher comme il faut.

J'ai attendu jusqu'à ce que j'entende Père refermer la porte derrière lui. Je savais à peine compter jusqu'à dix, mais j'avais un peu la notion du temps qui passe et j'ai laissé s'écouler quelques minutes jusqu'à ce qu'un profond silence règne. Je suis descendue sur la pointe des pieds. J'ai piqué un quignon de pain dans le garde-manger et j'ai posé sur mes épaules un grand morceau de toile que j'ai trouvé en guise de paletot. Comme je ne savais pas écrire, à part mon nom, je n'ai pas laissé de mot. Quel dommage que je ne puisse pas dire au revoir à Jem ! Mais je n'avais pas le choix.

Je suis sortie et je me suis dirigée vers le cirque pour retrouver ma vraie mère.

Oh, mon Dieu ! J'en tremble encore au moment où je l'écris.

Je ne me suis pas perdue. J'avais à peine cinq ans mais j'étais une petite fille particulièrement volontaire. J'ai traversé le village au pas de course, soulagée de voir que la plupart des gens dormaient, parce que je devais avoir une drôle de dégaine, avec cette toile et ces bottes empruntées à Gédéon. Je rêvais de retrouver Madame Adeline pour qu'elle m'offre un costume de fée.

Je n'ai eu aucun mal à repérer l'ouverture de la haie qui permettait de passer dans les champs. J'ai traversé un premier champ en courant, le bas de ma chemise de nuit trempé par la rosée. J'ai trébuché plusieurs fois et je sentais mes bottes qui frottaient contre mes pieds nus, mais je m'en fichais, bientôt j'allais chausser de superbes ballerines en satin rose. Arrivée au bout du premier champ, je me suis débrouillée pour passer de l'autre côté, dans un second…

J'y étais ! C'était le champ où était installé le cirque, mais… Où était-il passé ? J'ai scruté les alentours. Et le chapiteau, les roulottes, les chevaux, Elijah ? Et, oh ! Madame Adeline ?

Et si je m'étais trompée ? Si j'avais franchi la mauvaise haie ? Que j'étais bête, j'avais mal calculé. Hélas, j'ai fait quelques pas en arrière et j'ai vu un grand cercle formé par l'herbe écrasée, avec de la sciure de bois et des traces de roues. Des papiers flottaient dans l'air, telles des fleurs bariolées… C'est tout ce qu'il restait du cirque ambulant de Tanglefield.

J'avais retrouvé ma vraie mère. Et pour la deuxième fois je l'avais perdue.

8

Je suis rentrée à la maison en traînant les pieds. Je n'avais pas le choix. Pas moyen de savoir où était allé le cirque. S'ils avaient plié bagages la veille et voyagé toute la nuit, ils pouvaient être à des kilomètres au sud, au nord, à l'est ou à l'ouest. J'étais beaucoup trop petite et trop peureuse pour aller plus loin. En plus, ma chemise de nuit et mon paletot de fortune étaient trempés, je mourais de froid et j'étais toute crottée, sans compter que les bottes de Gédéon semblaient faire exprès de frotter contre chaque centimètre de la peau de mes talons.

Peu après, j'ai aperçu notre chaumière. J'étais épuisée, mais rassurée à l'idée que tout le monde devait se faire du mauvais sang pour moi. J'avais l'impression d'être partie depuis plusieurs heures. Je me rappelais l'émoi qu'avait causé le retour de Gédéon. J'imaginais déjà Mère le lâchant pour se précipiter sur moi, Nat applaudissant, Rosie et Elisa m'embrassant sur mes joues rouges et Jem…

SIX
PENCE
1876

J'ai émis un vrai petit grognement en songeant à mon Jem adoré. Quand je pense que je l'avais abandonné sans lui laisser le moindre mot ! Il devait être bouleversé. Qui sait ? Il faisait peut-être le tour du village à vélo en ce moment même en m'appelant à tue-tête, ou il écumait les bois et marchait dans la boue et les feuilles mouillées en hurlant mon nom à en perdre la voix. Je l'imaginais déjà…

Sauf que j'imagine rarement la triste vérité. Jem n'était pas du tout en train de me chercher. Il dormait à poings fermés dans son lit et pas une seconde je ne lui avais manqué. Personne n'avait remarqué ma disparition. Tous roupillaient et ronflaient, y compris la petite Eliza, pelotonnée au fond de son berceau alors que l'heure de son biberon était passée.

Certes, peu après, j'ai eu droit à une volée de bois vert de la part de Mère à cause de l'état de ma chemise de nuit, mais elle se faisait tellement de mouron pour Gédéon qu'elle ne m'a même pas menacée de coups de louche.

Il faut dire que Gédéon ne faisait pas beaucoup de progrès. Peu à peu il a recommencé à manger et à boire, à marcher et à vaquer à ses occupations, mais on aurait dit un fantôme. Si je le surprenais en hurlant « Bouh ! » au dernier moment, par exemple, il s'enfuyait en larmes alors qu'il m'avait parfaitement reconnue. Il riait toujours, enfin, plus ou moins, mais il faut voir les efforts que je faisais pour arriver à le dérider. Je faisais des grimaces, je le chatouillais, je disais des gros mots, je marchais sur les mains en agitant les pieds pour qu'il voie mes dessous, et là, en effet, le bout de son nez frémissait et il esquissait un vague sourire. Mais il ne disait plus un mot. Certes, il n'avait jamais été bavard – n'importe qui paraissait silencieux à côté de moi –, mais désormais il ne parlait plus du tout.

Mère le dorlotait, Père le titillait, les grandes le chouchoutaient, Nat et Jem lui donnaient des coups de pied et moi, je le harcelais, mais il n'y avait rien à faire, il n'ouvrait pas le bec.

Un jour, par exemple, je lui ai offert un cadeau dont il rêvait, une jolie bille bleue comme le ciel. Je l'ai posée sur la table en face de lui et je lui ai demandé :

– Tu aimes bien la bille que j'ai trouvée, Gédéon ?

Il a hoché la tête.

– Tu aimerais que je te l'offre ?

Il a hoché la tête plus fermement.

– Dans ce cas-là, il suffit que tu me dises « Millie, pourrais-je avoir la bille, s'il te plaît ? » et je te la donne.

Il a baissé la tête.

– Allez, Gédéon, fais un effort. Dis-le, je sais que tu peux. Tu n'as même pas besoin de dire s'il te plaît. Juste « pourrais-je avoir la bille ? »

Il a baissé la tête un peu plus bas. J'ai pris sa mâchoire entre les mains pour le forcer à articuler en bougeant les lèvres. Rien, aucun son… il s'est doucement mis à pleurer.

– Tu lui as fait mal ? a demandé Mère en déboulant dans la chambre.

– Non, j'essayais de le faire parler.

– Millie ! Quand est-ce que tu arrêteras enfin ? Je me demande ce que tu vas devenir, de même que Gédéon, d'ailleurs.

Elle s'est écroulée en ouvrant grands les bras et nous a serrés contre sa poitrine. Je me suis blottie contre elle. Elle n'avait peut-être pas l'éclat de Madame Adeline, elle me grondait, elle me donnait des coups de louche, mais c'était la seule mère dont je me souvenais et je l'aimais tendrement.

– Ne nous renvoie pas chez les Enfants-Trouvés, Mère, je t'en supplie !

Elle a sursauté, comme si j'avais lu dans ses pensées.

– Tu penses bien que si je pouvais je vous garderais, Millie, m'a-t-elle répondu en me regardant droit dans les yeux. Ça me fend le cœur de me séparer de toi, et rien que de penser au petit Gédéon là-bas, surtout après… alors qu'il a un peu perdu la boule.

J'ai frémi. Je me sentais coupable.

– Tu garderas toujours un œil sur ton petit frère, Millie, promis ? Il est incapable de s'en sortir tout seul. Tu me le promets, ma chérie ?

– Oui, je te le promets.

– Tu sais, tu auras plein de petits camarades. En plus, tu retrouveras Saul, et la petite Martha. Je suis sûre que tous les deux s'occuperont de toi.

Je n'étais pas vraiment convaincue. Le seul frère

que j'aurais voulu voir s'occuper de moi, c'était mon Jem adoré.

À partir de ce jour-là, je ne l'ai plus lâché : je le suivais comme son ombre, je le prenais par le bras, je me blottissais contre lui à table, je m'asseyais sur ses genoux… Il était d'une patience inouïe et jouait au jeu des portraits avec moi sans se lasser : nous étions tour à tour des pirates, des ours polaires, des soldats, des enfants de la mer, des explorateurs en Afrique… Ou tout simplement, et c'était mon jeu préféré, nous étions Millie et Jem, deux grandes personnes vivant dans une grande maison, mariés et avec beaucoup d'enfants.

Gédéon était désormais le chouchou de la famille. Tout le monde le traitait comme un bébé particulièrement fragile ; on le prenait pour le faire sauter sur nos genoux ou on jouait avec ses jolies boucles brunes. Père avait arrêté d'essayer d'en faire un grand garçon. Il le prenait sur ses épaules et trottait dans la maison en faisant semblant d'être un cheval de trait, et Gédéon gémissait de peur et de bonheur, mais toujours muet.

Jusqu'au jour où moi aussi je suis devenue le centre de l'attention. Père m'emmenait dans les champs et me serrait contre lui sur son cheval. C'était un gros canasson, une espèce de Goliath bon à labourer les champs, rien à voir avec le cheval de Madame Adeline, ce qui ne m'empêchait pas de donner des coups de talon et de tendre les bras comme si j'étais une écuyère paradant sur une piste de cirque.

À la même époque, Nat s'est mis à tailler des jouets dans un gros morceau de bois. Il nous a fabriqué à chacun un animal : un petit cheval pour moi, et un éléphant pour Gédéon. À vrai dire, seule la taille permettait de les distinguer, mais je reconnais que c'était très délicat de sa part.

Rosie et Elisa faisaient preuve d'une gentillesse inattendue. J'avais le droit de jouer aux belles dames avec elles, et parfois elles s'amusaient à me faire un vrai chignon avec des épingles. Nous imaginions que nous étions trois grandes filles inséparables et elles me parfumaient avec leur eau de lavande en me confiant de vrais secrets de grandes filles.

Même la petite Eliza semblait m'adorer : dès que je la prenais dans mes bras, elle me souriait et agitait ses petites menottes, enchantée.

– Tu es une vraie petite maman pour elle, Millie, m'a félicitée Mère un jour.

J'en profitais, ravie de jouir de tant de faveurs. Cela dit, pour une enfant qui avait la réputation d'être vive comme l'éclair, on ne peut pas dire que j'ai réagi très vite. Il a fallu attendre la veille pour que je comprenne.

Ce soir-là, Rosie et Elisa ont chanté des berceuses à Gédéon, puis elles nous ont tous les deux couverts de baisers jusqu'au moment où il est devenu rouge comme une pivoine. Nat nous a serrés dans ses bras en nous embrassant tendrement. Père nous a fait sauter sur ses genoux en chantant « À dada sur mon bidet ».

Enfin, Mère nous a préparé à chacun une grande tasse de chocolat chaud bien crémeux, un privilège exceptionnel. Deux tasses seulement, une pour moi et une pour Gédéon. J'ai jeté un œil sur Jem. Je savais qu'il adorait la crème.

– Il ne pourrait pas en avoir, Jem ?

– Non, ma chérie, ce soir c'est exclusivement pour toi et Gédéon. Allez, bois ton chocolat comme une gentille petite fille, après je monterai avec vous pour vous coucher.

Je suis allée m'asseoir près de Jem qui demeurait silencieux.

– Tiens, goûte, lui ai-je dit en lui tendant ma tasse.

Il a secoué la tête. Il avait les larmes aux yeux. J'ai senti une boule affreuse au fond de mon ventre. Pourquoi donc était-il si triste ?

Puis j'ai vu Mère poser une grosse casserole d'eau sur le poêle. Elle faisait chauffer de l'eau pour la bassine alors que ce n'était pas le jour du bain. Soudain j'ai compris.

Je le savais depuis toujours, que j'étais destinée à retourner à l'hôpital des Enfants-Trouvés. Depuis des semaines et des semaines, les gens autour de moi en parlaient très librement, et moi-même j'évoquais souvent l'idée. Mais j'avais l'impression que c'était pour plus tard, très loin, pas de quoi se faire de la bile pour l'instant. Or voilà que j'étais brusquement rattrapée. C'était ça, ce soir, ma dernière nuit dans la chaumière familiale.

Le chocolat chaud a pris un goût amer. Je me suis blottie contre Jem qui a tout de suite vu que j'avais compris et il a posé un doigt sur ses lèvres en indiquant Gédéon. Mon petit frère sirotait son chocolat chaud en souriant. Soudain Mère a soulevé un pan de sa chemise en lançant « petit lapin écorché ! », et il a plissé son visage et tordu le bout de son nez comme un lapin. À quoi bon lui dire que le lendemain on était bons pour les Enfants-Trouvés ? Il paniquerait tellement qu'il aurait une crise. J'ai plaqué ma main sur ma bouche pour être sûre de ne rien lâcher.

– Tu es courageuse, Millie, m'a chuchoté Jem.

J'en avais assez d'être courageuse ! Je n'avais qu'une envie, crier, hurler mon désespoir, faire une scène, et la seule raison pour laquelle je me suis retenue, c'est que je savais que ça gâcherait tout. Je me suis forcée à avaler un peu de chocolat chaud. J'ai jeté un long regard autour de cette grande pièce où je vivais depuis cinq ans. J'avais les larmes aux yeux à l'idée que c'était la dernière fois que je voyais ma chaumière, Mère, Père, tous mes frères et sœurs. Ce que je supportais le moins, c'était de savoir que plus jamais je ne reverrais Jem, mon grand frère adoré.

J'ai éclaté en sanglots.

– Pauvre Millie, tu es épuisée ! a dit Elisa.

– Un bon bain brûlant et on va te border bien au chaud dans ton lit, a ajouté Rosie.

J'ai laissé mes deux sœurs me déshabiller et me plonger dans l'eau savonneuse. Mère est venue et m'a récurée des pieds à la tête, y compris les cheveux : elle a frotté si fort que j'ai eu peur que ma couleur rousse s'en aille avec l'eau. Elle m'a essuyée avec une grande serviette, m'a enfilé une chemise de nuit, et on m'a transportée à l'étage. J'ai gardé les yeux fermés pendant tout le temps, même quand chacun est venu m'embrasser pour me dire au revoir. On m'a couchée à côté de Gédéon qui dormait comme un loir.

Peu après, j'ai entendu Jem monter sur la pointe des pieds. Il s'est glissé dans le lit à côté de moi et m'a prise dans ses bras. J'ai enfoui la tête contre sa poitrine et j'ai pleuré.

– Ma petite Millie, ma petite Millie chérie…

– Je ne veux pas y aller ! Je m'enfuirai, je te jure, je m'enfuirai dès que je pourrai.

– Mais où iras-tu ?

– Au cirque. J'irai vivre avec Madame Adeline. Je parie que c'est ma vraie mère.

– Mais comment retrouveras-tu le cirque, Millie ? Si ça se trouve, ils sont dans le Nord, en Écosse, ou au contraire, dans le Sud, dans les Cornouailles.

– Quand même, je m'enfuirai.

– Mais comment vivras-tu ? Qui s'occupera de toi ?

– Je mangerai des baies et des noix, et je dormirai en me recroquevillant dans le creux des arbres, dans les meules de foin ou dans les granges.

J'ai réfléchi un instant et j'ai ajouté :

– Et puis si toi aussi tu t'enfuis, tu t'occuperas de moi.

– Oh, Millie ! Si seulement je pouvais ! J'y ai pensé, tu sais. Je pourrais trouver du travail dans une ferme, dans une région où personne ne me connaît, mais je ne suis pas assez grand ni assez costaud.

– Tu pourrais faire mon travail à ma place.

– Oui, mais les gens n'accepteraient jamais que tu traînes derrière moi. Ils te confieraient à quelqu'un qui te surveillerait. Qui sait s'ils ne t'enverraient pas illico dans un hospice, et ça serait dix fois pire que l'orphelinat… Tu vois ? C'est trop tôt pour qu'on s'enfuie, Millie, même si j'en rêve, je te promets.

– Oh Jem, s'il te plaît, s'il te plaît, s'il te plaît, empêche-les de m'emmener là-bas !

– Tu vas voir, tu seras la coqueluche de tout le monde, Millie, et tu vas te faire plein d'amis. À l'école on t'enseignera des choses passionnantes et tu ne verras pas passer le temps, jusqu'au jour où tu seras une grande personne. Et là je viendrai te retrouver.

– Tu crois qu'on aura vraiment notre maison ?

– Oui, une maison qu'on adorera et où on vivra tous les deux ensemble. Et quand je serai un vieux monsieur avec une barbe grise et toi une vieille dame, si possible pas avec une barbe…

Je n'ai pu m'empêcher de glousser.

– … On se souviendra à peine de nos années de séparation. Je te le promets, on se mariera et on aura plein d'enfants, comme dans les contes de fées…

Il m'a répété ces douces paroles jusqu'à ce que je m'endorme, et dès que je me suis réveillée, il a repris…

Jusqu'au moment où Mère est entrée pour me secouer et me sortir du lit. Je me suis agrippée à Jem comme une malheureuse.

– Allez, Millie, m'a-t-il encouragée. Je vais l'habiller, Mère. Pendant ce temps-là, tu peux préparer Gédéon.

Il a réussi à m'enfiler mes plus beaux vêtements, alors que je maintenais les bras plaqués le long du corps, et mes bottes alors que je recroquevillais le bout de mes pieds pour l'en empêcher.

– Arrête de résister, Millie. Moi aussi je vais m'habiller, et je t'accompagnerai le plus loin possible. Allez, tu es une grande fille courageuse.

Mais je ne me sentais ni grande ni courageuse. Je me sentais même si petite et si affolée que j'ai fini par me laisser faire. Jem a gentiment boutonné ma robe du dimanche, noué les rubans de mon tablier amidonné et boutonné mes bottes. Je me suis débarbouillé le visage et il m'a soigneusement coiffée en passant sa main entre mes mèches propres et soyeuses.

– Ça au moins, je te reconnaîtrais entre mille, Millie. Je n'ai jamais vu personne avec des cheveux aussi roux. Voilà, tu es mignonne tout plein !

Je l'ai embrassé comme du bon pain.

– Attention, tu vas froisser ton tablier.

– Je déteste les tabliers.

Oh, comme je regrettais de ne pouvoir courir pieds nus dans ma vieille robe de coton à fleurs, prête à aller faire les quatre cents coups avec mon frère préféré ! Je me suis jetée dans ses bras pour le remercier.

– Vous êtes prêts, les enfants ? a demandé Mère.

Nous sommes descendus au rez-de-chaussée. Mère nous a coupé des tranches de pain et servi un bol de lait à chacun. Je me suis assise sur les genoux de Jem, et Gédéon sur ceux de Mère. Comme si nous étions revenus cinq années plus tôt, à l'époque où nous étions bébés.

– C'est l'heure d'y aller, a-t-elle annoncé.

Gédéon s'est tortillé sur sa chaise avec un air intrigué.

– Viens, mon chou, a-t-elle ajouté en le prenant dans ses bras.

Il a pris son éléphant de bois par la trompe. Moi, je tenais ma vieille poupée de chiffon et mon nouveau cheval. Dommage que ce ne soit pas Jem qui l'ait fabriqué plutôt que Nat ! pensais-je. Mais Jem avait beaucoup mieux ! Un minuscule cadeau enveloppé dans un bout de tissu qu'il m'a donné juste à ce moment-là. Je l'ai ouvert avec précaution et qu'ai-je découvert ? Une vraie pièce de six pence, en argent, parfaitement polie et brillante. Je n'en revenais pas.

– Je l'ai gagnée en faisant des courses, et je vais en gagner plein d'autres pour toi, m'a-t-il chuchoté. Tu verras, quand tu seras plus grande, je t'inviterai au cirque comme un vrai gentleman.

– Oh, Jem ! Mon cher Jem, mon grand frère adoré !

– Mets-la au fond de la poche de ton tablier. Tu peux la dépenser pour t'acheter ce que tu veux.

J'ai serré la pièce dans ma main. Jamais je n'en

dépenserais un seul penny. Je ferais tout pour la conserver telle quelle.

Il était très tôt mais Père était déjà parti travailler à la ferme. Rosie et Elisa dormaient, et le bébé Eliza était assoupi au fond de son berceau. Comme je ne pouvais dire au revoir à personne, j'ai dit adieu en silence à mon tabouret, à la vieille table familiale et aux images de toutes les couleurs accrochées sur les murs. Presque toutes représentaient des scènes de la Bible : le petit Jésus dans l'étable, Joseph dans son manteau bariolé, Daniel dans la fosse aux lions… Mon image préférée était accrochée au milieu de l'escalier : on y voyait deux chérubins potelés, en chemise de nuit, protégés par un ange gardien, les ailes grandes ouvertes au-dessus d'eux.

J'ai couru au pied de l'image pour lui dire au revoir et j'ai cru entendre un froissement d'ailes, une brise fraîche et bienvenue, comme si l'ange sortait de l'illustration pour déployer ses ailes au-dessus de moi. Peu après, nous remontions l'allée menant au village et je l'imaginais nous protégeant sous ses deux ailes.

Nous sommes arrivés au carrefour où nous attendait Sam, avec sa carriole et son cheval. Pauvre Gédéon. Il s'est mis à applaudir parce qu'il devait penser que c'était le jour des courses, quand Sam nous emmenait en ville pour que Mère nous achète de nouveaux habits ou des bottes, ou alors une bouilloire, un lot d'assiettes en porcelaine et, pourquoi pas, une pomme d'amour ou un sucre d'orge pour nous, les enfants, si nous étions bien sages.

– Notre petit bonhomme ne m'a pas l'air trop morose, a dit Sam en lui chatouillant le menton. Mais la petiote, là, elle a l'air un peu tristounette. Que Dieu la garde…

– Allez, dis au revoir à Jem, Millie, m'a dit Mère en installant Gédéon dans la carriole.

– Non, je ne veux pas, ai-je répondu, en larmes.

– Je vais monter dans la carriole avec toi, m'a dit Jem. Calme-toi, Millie.

– Tu vas rater une matinée d'école, a protesté Mère.

– Qu'est-ce que ça peut faire, du moment que je passe une heure de plus avec Millie ?

– C'est impossible, Jem. Sam a des affaires à régler en ville. Il ne pourra peut-être pas te ramener dans sa carriole.

– Dans ce cas-là, je rentrerai à pied.

Personne n'a ajouté un mot. Il m'a déposée dans la carriole avant de sauter à côté de moi, et Mère s'est installée en prenant Gédéon sur ses genoux.

– Chut, mon bébé…

Sam a claqué la langue et son vieux canasson brun a pris la route qui remontait la colline. Je me suis retournée pour regarder le village. Un peu plus haut sur la côte, j'ai reconnu notre chaumière, isolée, tel un petit visage avec des cheveux de chaume… qui ne fut bientôt qu'un point gris à peine visible. Hélas, je commençais à avoir mal au cœur à force de regarder derrière moi, alors je me suis retournée et j'ai posé la tête sur l'épaule de Jem.

9

Nous étions tellement désespérés et épuisés par cette nuit blanche que nos têtes dodelinaient malgré nous. De temps en temps, je me réveillais en sursaut et Jem me rassurait : « Je suis là, Millie, ne t'inquiète pas. » Une fois, c'est moi qui l'ai vu trembler en jetant un regard angoissé autour de lui. « Je suis là, Jem, ne t'inquiète pas », ai-je murmuré en le serrant dans mes bras.

Peu après, nous avons vu apparaître de la fumée et des rangées de maisons le long de la route. Nous approchions de la ville. Avant, les rares fois où nous allions faire des achats, l'apparition de la ville nous mettait en joie et nous hurlions de bonheur. Mais ce matin-là, nous sommes restés muets.

– Pardon, je voulais te raconter une histoire pour te changer les idées, mais je suis incapable d'articuler un mot, s'est excusé Jem à voix basse.

– C'est pas grave. Je t'aime, Jem.

22
THIRD CLASS
S.R.

– Moi aussi je t'aime, ma petite Millie. Tu as toujours ta pièce de six pence ?

– Oui, dans ma poche, regarde. Mais... Jem, je n'ai rien à te donner !

– Donne-moi un baiser, Millie, c'est tout ce que je demande.

Je me suis serrée contre lui et j'ai soufflé un énorme baiser dans le creux de son oreille.

– Voilà, comme ça, mon baiser est à l'intérieur de toi.

J'imaginais le baiser voler comme un oiseau en cage...

Nous étions en pleine ville quand j'ai vu la gare se profiler face à nous, avec son immense voûte métallique qui ressemblait à une gueule grande ouverte. Moi qui adorais pointer le nez dans les trains qui crachaient de la vapeur comme des dragons, j'ai sursauté. J'ai agrippé les montants de la carriole.

– Tu as vu l'heure, Sam ! s'est écriée Mère, les yeux rivés sur la grande horloge. Doux Jésus, dépêchons-nous, nous allons rater le train. Dépose-nous tout de suite.

Elle a bondi de la carriole avec Gédéon dans les bras.

– Allez, Millie, saute. Toi, Jem, tu rentres à la maison.

– Non, laisse-moi monter dans le train, je t'en supplie !

– Pas question. Je n'ai pas de quoi te payer un billet. L'hôpital m'a envoyé juste de quoi acheter une place adulte et deux places enfant en troisième classe.

– Je me cacherai pour que le contrôleur ne me voie pas. Je peux passer le portillon en courant et...

– Tu n'y penses pas ! Tu veux nous attirer des ennuis ? Allez, on est en retard, le train part dans deux minutes. Descends, Millie !

Elle m'a tirée si brutalement qu'elle m'a tordu le bras et j'ai hurlé.

– Oh, tais-toi ! Vite, il faut qu'on repère notre wagon. Toi, Jem, sois prudent. Si tu te perds, tâche de trouver une dame qui ait l'air gentille et qui t'indiquera la route. Promets-moi d'être raisonnable et de rentrer tout de suite. J'ai assez de soucis comme ça.

– Non, je veux venir avec vous, a insisté Jem en sautant de la carriole avant de me prendre dans les bras. Millie a besoin que je l'accompagne et que je m'occupe d'elle.

– Tu en es incapable. Tu as vu ton âge, petit sot ?

C'est comme si ces paroles avaient brisé le lien magique qui nous unissait. Moi qui avais toujours considéré mon grand frère comme un géant, soudain j'avais en face de moi un petit garçon à peine plus âgé que moi, et ce petit garçon éclata en sanglots.

– Dis-leur au revoir immédiatement, Jem.

Il s'est penché vers Gédéon et l'a embrassé sur sa joue livide. Puis vers moi et m'a embrassée sur les deux joues et sur la bouche.

– Au revoir, Millie. Je t'aime.

– Moi aussi je t'aime, Jem. Je t'aime, je t'aime, je t'aime…

– Tu ne m'oublieras jamais, Millie ?

– Jamais de la vie, jamais jamais jamais jamais…

Brusquement Mère m'a arrachée de ses bras avant de me pousser avec Gédéon vers le portillon et le poinçonneur. Je me suis retournée et j'ai vu Jem agiter la main. J'ai fait pareil, agitant mon bras libre jusqu'à ce que Mère trouve le wagon de troisième classe et nous précipite dans le train qui s'est mis à siffler.

Je me suis assise sur le siège le plus proche de la porte de sortie, avec les jambes qui dépassaient, tripotant la courroie en cuir qui servait à ouvrir. Le train commençait à quitter la gare et je me demandais si je serais capable de sauter... de bondir sur le quai, de rejoindre Jem et de m'enfuir avec lui.

– Lâche-moi ça, Millie ! Tu veux tomber, c'est ça, et mourir ?

– Oui !

Oui, je préférais mourir plutôt que d'être séparée de Jem.

Le train a accéléré et bientôt la ville a laissé place à un paysage de campagne.

Je me suis imaginée bondissant dans les champs... Mon ange gardien m'accueillerait dans ses bras et nous nous envolerions vers le paradis. J'aurais une longue chemise de nuit vaporeuse, je construirais des châteaux au milieu des nuages et je sauterais entre les étoiles...

– Oui, je veux mourir, ai-je répété.

– Ne dis jamais ça, c'est affreux, ma fille. Tu n'en penses pas un mot.

– Si, et je veux aller au paradis tout de suite.

– Sauf que si tu mettais fin à tes jours, tu irais dans la direction opposée.

Je songeais à ce qu'on appelait l'e-n-f-e-r. Je m'en souvenais, un soir, une braise rougeoyante était tombée du feu et avait atterri sur ma jambe. J'avais eu tellement mal que j'avais hurlé pendant des heures, et après avoir boité au moins une semaine, j'étais obligée de porter un bandage épais. Je m'imaginais le corps entièrement brûlé, condamnée à la broche pour l'éternité.

Non, je n'avais pas envie de mourir, pas maintenant. J'ai lâché la courroie en cuir et je me suis affalée au fond de mon siège. Gédéon m'a agrippé la main, les yeux écarquillés, transi de peur. Sans un mot, il s'est mis à pleurer, et j'ai éclaté en sanglots, serrant contre moi ma poupée de chiffon et m'essuyant le nez et la figure contre ses jambes toutes molles. Mère m'a prise contre elle et nous a serrés tous les deux dans ses bras.

Le train a ralenti. J'ai jeté un coup d'œil inquiet à l'extérieur.

– On n'est pas encore arrivés, Millie, a dit Mère. On va jusqu'à Londres, il reste deux heures environ.

C'était effectivement une petite gare de campagne. Une grosse dame vêtue d'une robe pourpre s'est glissée dans le compartiment. Elle dégageait un délicieux parfum sucré et avait les joues toutes rouges. Elle avait dû courir pour ne pas rater le train. Curieusement, j'ai vu que Mère s'écartait d'elle en faisant une légère grimace.

– Bonjour, les enfants, a spontanément lancé la dame avec un grand sourire. Dites-moi, vous en faites une tête !

Elle a dévisagé Gédéon, blanc comme un linge, et les yeux cernés.

– Oh, mon Dieu, le pauvre lardon, m'est avis qu'il se sent mal, non ?

– Il est un peu souffrant, s'est défendue Mère.

– Et celle-là ! Pourquoi pleures-tu, ma petite chatte ?

– Je ne veux pas aller en enfer, ai-je bredouillé.

– Millie !

La dame a piqué un tel fou rire que tout son corps tremblait et j'ai cru entendre son corset grincer. Elle a rejeté la tête en arrière avant de prendre un mouchoir en dentelle dans son petit réticule pour s'essuyer les yeux.

– Ah, les enfants ! Ils disent de ces choses parfois !

Elle m'a pincé la joue avec ses doigts boudinés en s'exclamant :

– Ne t'inquiète pas, ma chérie, tout va bien. Je parie que c'est parce que tu as été vilaine avec ta maman ?

Elle a fouillé au fond de son sac avant de me donner un bonbon aux fruits, rouge comme un rubis.

– Tiens, croque-moi ça.

– Je vous remercie, madame, mais Millie n'a pas le droit de…

Trop tard, le bonbon acidulé était déjà dans ma bouche.

– Je savais bien que ça te ferait plaisir, une petite sucrerie ! s'est écriée la dame avec un air triomphant. Et pour ton petit frère ?

Elle a sorti un bonbon vert émeraude qu'elle a offert à Gédéon.

– Bon… a soupiré Mère. Dites merci à la dame, les enfants.

– Merci, madame.

Gédéon a hoché la tête.

– De rien, mes biquets. Quel âge as-tu, jeune demoiselle ?

– Bientôt six ans, madame.

– Et toi, petit garçon ?

Gédéon est resté muet.

– Il a aussi cinq ans.

La dame en pourpre a eu l'air surprise.

– Ce ne sont pas des jumeaux quand même ? Ils ne se ressemblent pas le moins du monde !

– Non, ce ne sont pas des jumeaux, a confirmé Mère, mal à l'aise.

– Sapristi ! Mais ils sont frère et sœur, n'est-ce pas ?

Elle a tiré sur une de mes nattes avant d'ajouter à mi-voix :

– Ils n'auraient peut-être pas le même… père ? Cela dit, aucun des deux ne vous ressemble, ma chère.

– Épargnez-moi le sujet, a répliqué Mère d'un ton sec. Au moins devant les enfants.

Autant dire « Occupez-vous de vos oignons », mais la dame en pourpre n'a pas semblé découragée.

– Ne le prenez pas si mal, ma p'tite dame. J'ai deux marmots de deux pères différents, figurez-vous, et je n'ai jamais été mariée ni à l'un ni à l'autre, mais je vous rassure, on s'en sort très bien. Sans compter que maintenant j'ai un vrai mari qui s'occupe de nous trois.

Elle a brandi son gros annulaire pour nous montrer son alliance. J'avoue que j'avais du mal à comprendre ses allusions, en revanche Mère, elle, avait l'air outrée et s'est défendue :

– Je suis une femme mariée et respectable, et sachez que ces deux amours sont des enfants que j'ai adoptés.

– Vraiment, chère madame ? Ça, c'est quelque chose ! Quelle bonne idée. J'imagine que leur mère naturelle est morte, c'est ça ?

– Pas du tout ! ai-je hurlé.

D'habitude, ce genre d'impertinence me valait une volée de bois vert, mais ce jour-là Mère m'a doucement caressé l'épaule en expliquant, la tête haute, très digne :

– Non, ils n'ont jamais connu leur mère. Ce sont des enfants qui viennent de l'hôpital des Enfants-Trouvés.

La dame en pourpre était impressionnée.

– L'hôpital des Enfants-Trouvés, hum… Ils paient grassement, je parie. Si je puis me permettre, vous recevez combien pour leur entretien ?

– Dix-huit pence par semaine.

– Pour les deux ?

– Non, par enfant.

– Seigneur Dieu, c'est une fortune, surtout vu qu'ils sont maigres comme des coucous. Ils ne risquent pas de vous descendre vos provisions.

– Je m'occupe d'eux parce que je les aime, pas parce qu'ils me rapportent. Si vous saviez à quel point ça me fend le cœur d'être obligée de les ramener aux Enfants-Trouvés !

Elle a éclaté en sanglots et la dame en pourpre a été prise de court.

– Ne vous mettez pas dans cet état, ma chère. Je suis sûre qu'on s'occupera très bien d'eux. C'est pas l'hospice ! Ils seront très heureux et en attendant, vous pouvez prendre un ou deux autres gamins pour mettre du beurre dans les épinards.

– Vous ne comprenez pas. Ces enfants sont comme les miens.

Gédéon et moi, nous avions parfaitement compris. C'était notre maman, comme ça avait été celle de Martha et celle de Saul.

La dame en pourpre a fini par se taire, jusqu'à la station suivante. Une nouvelle voyageuse est montée dans le compartiment et toutes deux se sont lancées dans une longue conversation à voix basse. De toute évidence, elles parlaient de nous.

Peu après, le train a sifflé avant d'entrer dans une immense gare, très bruyante, avec de gigantesques arcs-boutants en acier. Les portes ont claqué. Il y avait une agitation et un vacarme épouvantables. Nous sommes descendus sur le quai au milieu d'une foule de gens qui nous bousculaient en rouspétant avec des voix dures et stridentes.

– Je t'en supplie, Mère, rentrons à la maison, l'ai-je implorée.

Elle nous a regardés en nous agrippant chacun par l'épaule. Un instant j'ai cru qu'elle allait remonter dans le train avec nous. Mais elle a pris une longue respiration en lâchant d'un air contrit :

– Ce n'est pas possible, Millie. Vous êtes mes enfants, je vous adore, mais vous n'avez plus le droit de rester avec moi. Je suis obligée de vous rendre à l'hôpital des Enfants-Trouvés.

Elle nous a emmenés aux toilettes de la gare. Jamais nous n'avions vu ça : de la porcelaine blanche, une chasse d'eau en cuivre et du vrai papier toilette pour nous essuyer. Nous nous sommes soulagés, puis elle nous a lavé les mains et la figure à cause de la suie, puis elle a sorti de son sac deux médaillons en os, chacun suspendu à un ruban de soie.

– Ça, c'est le tien, m'a-t-elle dit en le nouant autour de mon cou.

Un long numéro était gravé dessus. J'ai eu du mal à le lire parce que je connaissais moins bien les chiffres que les lettres.

– C'est le numéro que tu as à l'orphelinat. Tu es l'enfant trouvé numéro 25 629, et Gédéon, le numéro 25 621.

– Ça veut dire qu'il y a des milliers et des milliers d'enfants ?

– Non, bien sûr que non, parce que l'orphelinat existe depuis des lustres. Ça fait beaucoup d'enfants depuis le temps, tu comprends ? En plus, vous deux, avec Saul et Martha, vous êtes les plus gentils enfants trouvés du monde. Surtout ne faites pas attention si les gens vous regardent de haut et vous font des remarques désobligeantes, sous prétexte que votre mère naturelle n'a pas pu s'occuper de vous. Restez dignes et faites en sorte que je sois toujours aussi fière de vous.

Nous l'avons tous deux regardée le plus sérieusement du monde, droits comme des I. Puis elle nous a déposé un doux baiser à chacun sur les lèvres avant de nous prendre par la main.

– Allez, venez, mes enfants.

Sur ce, nous sommes ressortis au milieu de la foule pour rejoindre une station où attendaient des cabriolets.

– Merci de nous conduire à Guilford Street, a-t-elle dit au cocher en brandissant son porte-monnaie.

– À l'hôpital des Enfants-Trouvés ? Pauvres gosses !

Nous sommes montés dans le cabriolet en observant, mi-terrorisés mi-fascinés, les rues bondées. Au moment où nous traversions le Pont de Londres, Mère nous a montré la cathédrale Saint-Paul. Jamais nous n'avions vu une circulation pareille. Nous étions habitués à voir une carriole traverser telle ou telle rue du village, pas plus. Or ici, il semblait y avoir des centaines de cabriolets, de fiacres, de carrioles et d'énormes omnibus pleins à craquer. Des hommes vêtus de costumes sombres passaient le pont à pied. J'ai cru que c'était une sorte d'armée en uniforme, mais Mère m'a répondu qu'il s'agissait d'hommes d'affaires qui allaient à leur travail ou en revenaient. Des dames trottinaient dans des chaussures très étroites, avec des jupes qui leur remontaient dans le bas du dos et formaient des faux-culs assez cocasses. Dès qu'elles traversaient la rue, en général pleine de crottin, elles soulevaient leur robe et avançaient en regardant où elles mettaient les pieds.

Bien sûr, nous étions habitués au crottin, mais pas à une telle puanteur. Même le fleuve dégageait une odeur étrange et rance et il était couvert d'une fine pellicule grasse et brillante. Quelle drôle d'idée, une ville où l'on ne pouvait pas se promener ni se baigner à sa guise !

Après le pont, le cabriolet s'est lancé dans un dédale de rues – certaines extrêmement larges, d'autres au contraire, très étroites, presque des allées –, suivant un chemin si compliqué que je n'avais plus le moindre repère. Jusqu'au moment où il a ralenti pour s'arrêter devant la grille d'entrée d'un grand bâtiment, avec de hautes fenêtres au sommet arrondi.

Mère a pris sa respiration en nous serrant la main très fort. Nous avions compris. Nous étions arrivés devant l'hôpital des Enfants-Trouvés.

10

Il a fallu que Mère nous tire un par un pour nous faire descendre.

– Soyez gentil, attendez-moi, a-t-elle lancé au cocher avant de s'adresser au portier : Bonjour monsieur, je viens ramener mes deux enfants adoptifs à l'orphelinat.

Le portier a hoché la tête avant d'ouvrir le grand portail, et nous avons remonté l'allée de graviers menant à l'entrée du bâtiment, le regard fixé sur les hautes fenêtres. Il n'y avait personne : pas un enfant pour nous observer de l'autre côté de la vitre, pas un enfant jouant sur l'herbe, pas un seul enfant nulle part. J'avais beau tendre l'oreille, je n'entendais rien, ni bavardages, ni chants, ni rires.

Mère a sonné à la porte, et une grande dame vêtue d'une robe noire et d'un tablier blanc est venue ouvrir. Elle portait un minuscule bonnet noué sur la tête. Elle nous a regardés d'un air sinistre, sans esquisser l'ombre d'un sourire.

– Enfants trouvés numéros 25 621 et 25 629, c'est ça ?

– Oui, madame, a répondu Mère d'une voix timide. Gédéon Smeed et Millie Plume. Ils sont adorables, croyez-moi. Ma petite Millie est maligne comme un singe, et mon Gédéon est doux comme un agneau, vous verrez, même s'il ne parle pas encore. Il a besoin qu'on le dorlote...

– Tous les enfants sont traités de la même manière, il n'y a aucun favoritisme. Allez, entrez, les enfants.

Elle a tendu les mains vers nous, mais nous avons eu le réflexe de nous réfugier dans les jupes maternelles.

– Dites au revoir à votre mère.

J'étais muette, comme Gédéon. Je n'arrivais pas à y croire. Ce n'était pas possible, pas maintenant, pas avec cette froideur, pas avec cette rudesse.

Mère nous a serrés contre elle pour nous embrasser.

– Au revoir, mes biquets chéris. Soyez bien sages, n'oubliez pas, il faut que je sois fière de vous. Millie, tu garderas un œil sur ton frère, tu me le promets ?

Elle a reculé. Soudain elle s'est retournée et elle a couru vers le portail.

– Mère ! ai-je hurlé.

La nurse avait déjà claqué la porte. Nous étions piégés. Elle nous a brusquement empoignés et j'ai senti sa main glaciale, mais étonnamment lisse à côté des mains de Mère.

– Je suis Miss Beaufort. Suivez-moi !

Elle marchait tellement vite que nous étions obligés de trottiner. Gédéon a trébuché et elle l'a rattrapé brutalement par le bras. Le pauvre, il a éclaté en sanglots.

– Ne pleure, pas, Gédéon, je suis là. Jamais je ne t'abandonnerai.

– Taisez-vous, les enfants. Il est interdit de parler jusqu'à la récréation.

Elle nous a entraînés dans une grande cage d'escalier au sommet de laquelle nous attendait une autre nurse. Celle-ci portait la même robe noire, avec un tablier blanc parfaitement amidonné et repassé, mais elle était plus petite et plus ramassée. Sa robe tirait un peu aux coutures et son bonnet était trop petit par rapport à son visage rose. Elle avait de petits yeux, de grosses narines et plusieurs doubles mentons : on aurait dit un petit cochon affublé d'un bonnet. Je n'ai pas pu m'empêcher de pousser un léger grognement, entre le rire et les larmes.

– Chut ! m'a-t-elle aussitôt rabrouée. Elle m'a prise par les épaules et m'a poussée vers la droite. J'ai tourné la tête. La grande et sévère Miss Beaufort venait de pousser Gédéon du côté opposé.

– Non ! Je vous en supplie, ne me séparez pas de Gédéon !

– Je suis Mme Peters, surveillante générale, sache-le, et obéis-moi. Et maintenant, suis-moi. Il n'est pas question que tu ailles avec ton frère. L'aile des filles est de ce côté-ci.

– Mais vous n'avez pas compris. Il est trop petit ! Il est incapable de se débrouiller tout seul.

– Grotesque !

– Non, ce n'est pas grotesque. Il faut que je le surveille. Je l'ai promis à notre mère.

– La première chose à faire ici, ma fille, c'est d'oublier ta mère adoptive. Tu es une enfant trouvée et désormais tu obéis au règlement de la maison. Les filles et les garçons vivent séparément, un point c'est tout.

– Alors laissez-moi lui dire au revoir. Laissez-moi lui expliquer. Je vous en supplie !

– Arrête-moi tout de suite ce caprice, Millie Plume.

– Non, je n'arrêterai pas. Vous êtes méchante et cruelle et je vous déteste !

J'ai réussi à libérer ma main et j'ai couru de l'autre côté.

– Gédéon ! Gédéon !

Il a tourné la tête et j'ai vu son visage effaré, les yeux grands ouverts et la bouche tel un immense O.

J'ai senti les gros doigts de la cochonne de service m'attraper pour me forcer à la suivre en m'ordonnant d'aller vers la droite.

– Qu'est-ce que c'est que cette façon de se comporter ? Je n'ai jamais vu une telle insolence ! Tu vas le regretter, ma petite fille, tu vas le regretter amèrement.

Elle m'a poussée dans une grande pièce glaciale avec une rangée de petites baignoires impeccables.

– Allez, miss, on se déshabille, tout de suite. Tu as besoin d'un bon bain.

– Mais je viens d'en prendre un. Je suis propre comme un sou neuf, regardez !

– Propre pour la campagne, oui. Mais je peux te dire que tu as besoin d'être récurée pour te débarrasser des bestioles et des microbes. Déshabille-toi pendant que je fais couler de l'eau dans une baignoire.

J'ai retiré mon manteau et je me suis assise pour enlever mes bottes. La surveillante a ramassé mon manteau pour en faire une grosse boule qu'elle a jetée dans un panier. Elle a pris une première botte qu'elle a balancée par-dessus alors que les semelles étaient crottées. Elle a vu que j'étais choquée.

– Tu n'en auras plus besoin, s'est-elle défendue en secouant le panier d'un air dégoûté.

Les enfants trouvés étaient-ils censés vivre tout nus ?

– À partir d'aujourd'hui, tu porteras un uniforme.

– Je pourrais mettre mes habits du dimanche, miss ?

– Appelle-moi madame, je te prie. Non, le jour du Seigneur, tu porteras ton mantelet et ton tablier blancs, avec des manchons autour des poignets, blancs et immaculés comme la neige. Malheur à toi si tu les salis. Maintenant, dépêche-toi. Finis de te déshabiller et monte dans la baignoire.

Elle s'est retournée pour s'occuper du bain et j'en ai profité pour retirer la pièce de Jem de mon tablier. Ne sachant où la cacher, je l'ai fourrée dans ma bouche.

Elle avait un goût métallique désagréable, et j'avais l'impression d'avoir une mini-assiette plaquée contre la joue, mais je n'avais pas d'autre solution.

J'avais eu raison de me méfier. Une fois mon tablier et mes pantys enlevés, tremblante de froid malgré ma robe et mes collants, la surveillante s'est précipitée sur moi pour m'arracher ma poupée de chiffon et la jeter dans le panier.

– Non, c'est pas un habit ! C'est mon bébé chéri ! me suis-je défendue malgré la pièce.

– Hors de question, elle est dégoûtante. De toute façon les poupées sont interdites.

– Mais je ne peux pas dormir sans elle.

– Dans ce cas-là, tu veilleras.

Elle m'a retiré ma robe, mes collants, puis m'a soulevée et déposée dans la baignoire. Elle a pris un gros morceau de savon au crésol rouge et s'est mise à me frotter énergiquement. J'étais outrée et je n'arrêtais pas de me tortiller et de remuer, surtout quand elle m'a lavé les cheveux en pétrissant mon crâne comme de la pâte. J'ai plaqué les mains sur ma pauvre tête pour essayer de la protéger, mais j'ai griffé ses poignets au passage et elle en a profité pour appuyer encore plus fort.

– Arrête de bouger, sale petit diable !

Elle est allée prendre une grande cruche d'eau pour me rincer.

– Ça au moins, ça va éteindre le feu en toi ! a-t-elle ajouté en m'inondant d'eau glacée.

J'ai cru que j'allais m'évanouir tellement ç'a été brutal. Elle m'a sortie de la baignoire et m'a traînée sur le sol glacé avant de m'envelopper dans une serviette.

– Allez, frotte, dépêche-toi, on n'a pas de temps à perdre.

J'étais à peine séchée qu'elle m'a assise sur un tabouret, d'office, et a pris une paire de ciseaux. Je tremblais. Qu'allait-elle faire maintenant ? Me couper les ongles ? Les doigts ?

Elle a pris une brosse à cheveux et s'est attaquée à ma tête, démêlant un à un chaque nœud et déroulant un long rideau soyeux sur mes épaules, quand soudain, *clac*, *clac*, elle a tout coupé.

– Non, je vous en supplie, ne coupez pas tout !

Elle s'en fichait. Elle a continué, *clac*, *clac*, et je me suis retrouvée avec les cheveux plus courts qu'un garçon, les épaules couvertes de mèches rousses. Hop ! deux ou trois coups de serviette, et elle a tout jeté par terre, puis elle est allée prendre des habits propres, parfaitement pliés, dans un nouveau panier.

– Ça sera ton panier de vêtements, Millie Plume. Tu es priée de ranger tes vêtements dedans le soir, mais fais attention, ne les froisse pas.

Elle a sorti des bottes et des collants et m'a fait un geste pour que je les enfile. Les collants étaient raides, et le bout des pieds durs et épais à force d'avoir été raccommodés ; les bottes étaient dix fois trop grandes. Je l'ai signalé à la surveillante mais elle n'a pas daigné me répondre.

– Allez, enfile ta robe, et du bon côté, petite écervelée. Je vais te nouer ton tablier.

J'hésitais… Et mes nouveaux sous-vêtements ? J'ai repéré une chose blanche dans le panier, mais c'était un petit bonnet démodé. Pas de combinaison ? Pas de pantys ?

Je me suis précipitée sur mes vieux habits.

– Halte-là ! On va tout jeter.

– Mais, miss, euh… madame, je n'ai pas de pantys !

Son visage de cochon rose est devenu plus rose encore.

– Ici, les enfants ne portent pas ce style de sous-vêtements. Allez, vite, enfile ta robe.

J'ai passé ma pauvre tête rasée dans la robe. La peau de mon crâne était à vif et le tissu, de la serge rêche, me grattait. Mme Cochonne m'a aidée à la boutonner dans le dos, puis elle a noué mon tablier et m'a enfoncé le bonnet sur la tête.

– Voilà ! s'est-elle exclamée en m'entraînant devant un miroir tacheté accroché au-dessus des lavabos. Enfin, tu as l'air respectable !

J'ai jeté un long regard sur la fillette éplorée que j'avais face à moi. C'était moi, cette drôle de petite créature ?

– Allez, viens, il est temps que tu rejoignes tes petites camarades.

– S'il vous plaît, miss… madame… j'ai besoin d'aller aux cabinets, ai-je bafouillé en me trémoussant.

– La pause soulagement a lieu dans une heure, m'a-t-elle rétorqué en consultant la montre accrochée sur sa poitrine.

– C'est urgent ! S'il vous plaît, je vais faire pipi dans ma culotte.

– Les cabinets sont de l'autre côté de la cour. Je ne vais pas m'amuser à te traîner jusque là-bas. Cours dans la petite pièce là-bas et utilise un pot de chambre. Dépêche-toi. Il faudra que tu apprennes à maîtriser ta vessie, comme ton mauvais caractère, du reste.

J'ai couru dans la pièce qu'elle m'avait indiquée et j'ai vu un pot affreux sur lequel je me suis assise en tremblant. Qu'est-ce que c'était que cette maison de fous ? J'ai passé la main sur mon crâne et j'ai caressé mes cheveux en brosse. Si j'arrivais à fuir pour retrouver Jem, m'aimerait-il encore avec mes cheveux rasés ? J'étais laide comme un pou !

– Dépêche-toi ! a couiné Face de Cochonne.

J'ai retiré la pièce de ma bouche pour lui tirer consciencieusement la langue. J'ai caché la pièce dans le poignet serré de ma nouvelle robe et j'ai bondi du pot.

– Maintenant lave-toi les mains ! a-t-elle aboyé dès que je suis sortie. C'est pas vrai ! Personne ne t'a jamais appris les règles élémentaires de l'hygiène ?

Personnellement, je ne trouvais pas particulièrement hygiénique de se promener sans sous-vêtements. Je me suis même demandé si la surveillante en portait. Et tout à coup j'ai imaginé ses grosses fesses roses toutes nues !

– Pourquoi souris-tu ainsi ?

– Pour rien.

– Alors viens, suis-moi. Je vais t'accompagner dans ta salle de classe. Tes camarades sont en cours.

Elle m'a empoignée d'une main de fer, et j'ai jeté un dernier regard sur mes habits du dimanche que Mère lavait et repassait avec tant d'amour. Ils étaient en boule, froissés et pleins de boue dans ce vieux panier, avec ma pauvre poupée de chiffon dont les bras et les jambes pendouillaient par-dessus.

– Viens ! Tu n'as plus besoin de ces affreux vêtements, je te le répète.

– Je ne pourrais pas dire au revoir à ma poupée en l'embrassant, s'il vous plaît ?

– Jamais on ne m'a posé une question aussi idiote. Ce n'est pas une poupée, c'est un tas de chiffons.

J'imaginais mon pauvre bébé désespéré et séparé de sa maman. Je l'entendais gémir au fond de son panier. Si seulement elle avait été plus petite, j'aurais pu la cacher sur moi comme ma pièce de six pence. Mais en vain. J'ai été obligée de l'abandonner là, en loques au milieu de mes vieilles frusques. Je ne l'ai plus jamais revue.

Mme Cochonne avançait d'un pas martial en me tirant par la main et je me consolais en songeant que peut-être je reverrais Gédéon. Mais rien, pas la moindre trace de mon frère, quand tout à coup je me suis retrouvée dans une immense salle avec une cinquantaine de fillettes de cinq ou six ans. Chacune était assise devant un pupitre en bois, et toutes étaient habillées pareil, avec la même robe couleur de gadoue et le même bonnet blanc. Elles m'ont dévisagée avec un regard dur en chuchotant entre elles. J'étais intimidée, vacillant d'un pied sur l'autre dans mes chaussures trop grandes.

– Je vous présente Millie Plume, a annoncé Mme Cochonne.

Plusieurs fillettes ont ricané. J'ai serré les poings.

– Merci, madame Peters, a répondu la maîtresse.

Elle au moins, elle n'avait pas un visage de cochon, ni le teint rougeâtre, et elle n'était pas non plus maigre ni sinistre. Elle avait les joues légèrement rosées, des fossettes et de jolies mèches de cheveux qui s'échappaient de son bonnet. Elle m'a tout de suite rappelé Rosie, Elisa, et les filles du village. Elle m'a accueillie avec un grand sourire.

– Je vous recommande de l'avoir à l'œil, a lancé Mme Cochonne. Faut se méfier des petites rousses, c'est toujours des gamines fourbes. Il va falloir qu'elle apprenne à bien se tenir. Qui aime bien châtie bien, je vous rappelle !

Sur ce, elle a tourné les talons en faisant grincer son corset.

– Bonjour, ma petite Millie, m'a dit la maîtresse en me faisant signe de la rejoindre.

J'ai avancé timidement jusqu'au pied de son bureau, sur lequel j'ai vu un martinet en cuir. Mon Dieu, allait-elle me punir ?

Heureusement, elle s'est penchée vers moi et m'a rassurée d'une voix douce :

– N'aie pas peur, mon enfant. Je sais que le premier jour est difficile, mais je suis sûre que tu t'habitueras très vite à la vie ici. Tu m'as l'air bien petite. Tu as déjà cinq ans ?

– Presque six, oui.

– Épatant ! Ça veut dire que tu es assez grande pour apprendre à coudre, Millie.

Elle a sorti un collant, du fil en laine et une aiguille rangés sous son bureau.

– Ta maman adoptive t'a déjà appris à raccommoder, Millie ?

Le mot « maman » m'a mis les larmes aux yeux. Incapable de répondre, j'ai secoué la tête.

– Dans ce cas-là, viens, je vais te montrer.

Elle a écrasé une des extrémités du fil de laine pour le passer dans le chas de l'aiguille, puis elle a enfilé la main dans le collant et passé l'aiguille entre les mailles suivant un parfait tracé.

– Voilà, tu vois ?

Elle a recommencé, dans l'autre sens, jusqu'à ce qu'apparaisse un petit carré de raccommodage bien net. Je l'observais, fascinée. Ma tête me démangeait à cause de la coupe et j'ai levé la main pour me gratter.

– Tâche d'éviter de te gratter, ma chérie, ce n'est pas très élégant.

Elle a déposé le collant et m'a délicatement retiré mon bonnet. Puis elle a caressé mes pauvres cheveux rasés, à peine secs.

– Mon Dieu, mais je me souviens de toi ! Tu étais

minuscule. Le bébé le plus petit que j'aie jamais vu. Et tu avais déjà les cheveux roux !

C'était la nurse qui m'avait recueillie dans ses bras quand j'avais quelques jours à peine et que je refusais de téter. Ma chère et tendre Winnie ! Elle m'a demandé de l'appeler Miss Winterson et m'a installée sur une chaise à côté d'elle pour que je reprise le collant toute seule. Je m'appliquais. J'avais tellement envie de lui montrer que j'étais une grande fille, en dépit de ma taille ! Hélas, je n'étais pas très douée.

Je tirais trop fort et l'aiguille ressortait brusquement de la laine, du coup il fallait que je revienne en arrière. Miss Winterson était sans cesse obligée d'intervenir et j'arrivais difficilement à enchaîner plus d'un point sans me tromper. J'étais tellement irritée que j'ai failli jeter le collant par terre.

Devant moi les filles gloussaient et cancanaient. De temps en temps, je levais les yeux et je les fusillais du regard. Au début, j'avais l'impression qu'elles avaient toutes la même tête, mais peu à peu j'ai distingué des visages au teint plus rose, ou au contraire, particulièrement pâle ; certaines avaient un gros nez, d'autres des taches de rousseur ; certaines les yeux bleus, d'autres les yeux bruns. Il y en avait une qui portait des lunettes et avait le nez sur son collant. Sa façon d'incliner la tête me rappelait quelqu'un, les petites rides de concentration entre ses deux sourcils…

– Martha ! ai-je hurlé en sautant de joie, oubliant mon collant qui est tombé. Martha, c'est toi ?

J'ai couru entre les pupitres et je me suis précipitée pour la prendre dans mes bras. Les filles ricanaient, interloquées. Paniquée, Martha a brusquement reculé.

– Millie ! Millie ! criait Miss Winterson en courant derrière moi. Un peu de retenue, mon enfant. Tu es trop passionnée, il faut que tu apprennes à rester tranquille sur ta chaise.

– Mais c'est Martha, ma sœur ! Dis-leur que je suis ta sœur, Martha !

– Millie ? a-t-elle bredouillé. J'avais une sœur qui s'appelait Millie ?

– Oh, Martha, ne me dis pas que tu m'as oubliée !

– Ça y est, je me rappelle, tu pleurais et tu criais tout le temps !

Évidemment, les filles autour d'elle riaient de plus belle et Martha a reculé en se trémoussant, de plus en plus gênée.

Miss Winterson m'a prise pour me rasseoir sur ma chaise et je me suis laissé faire. J'ai ramassé le collant et je me suis concentrée sur mon raccommodage, mais j'avais les larmes aux yeux et je n'y voyais plus rien. J'étais sous le choc : ma propre sœur, Martha, ne se souvenait pas de moi ! Elle avait donc oublié tout le monde : Rosie, Elisa, Nat, Jem ? Non, elle se souvenait sûrement de Saul.

À quatre heures, la cloche a sonné et toutes les filles ont fourré leur collant dans un panier de couture rangé dans leur pupitre. Miss Winterson a pris le mien et l'a levé à la lumière pour inspecter mes points.

– Oh ! Millie, tu as cousu les deux pieds ensemble. Personne ne va jamais pouvoir enfiler ce collant.

Les filles ricanaient. J'étais cramoisie.

– On recommencera demain. Ne t'inquiète pas. Dans quelques jours tu seras une couturière hors pair. Allez, maintenant va jouer dehors avec tes camarades.

Je n'avais aucune envie de jouer avec elles, et je les ai suivies à contrecœur avant de descendre l'escalier. Elles n'arrêtaient pas de bavasser, jusqu'au moment où une nouvelle maîtresse a surgi et tout le monde s'est tu.

– Silence ! a lancé la maîtresse. Il est interdit de parler avant d'arriver dehors.

Soudain elle m'a vue, boudant toute seule en haut des escaliers.

– Allez, viens, ne traîne pas. La cour de récréation des filles est en bas, de l'autre côté de la grande porte.

– S'il vous plaît… miss… pourrais-je aller jouer avec les garçons ?

Elle s'est redressée, les poings sur les hanches.

– Tu n'y penses pas, petite effrontée !

– Mais il faut que j'aille voir mon frère, Gédéon. Je suis sûr qu'il est perdu sans moi. S'il vous plaît…

Heureusement Miss Winterson est arrivée et m'a posé la main sur l'épaule en disant :

– Peut-être que ça rassurerait Millie de voir son frère quelques instants.

– Winnie ! Quand apprendras-tu enfin les règles ? Nous ne sommes pas là pour répondre aux demandes

des enfants. Il suffit de faire une exception pour que chacune y aille de sa réclamation. Allez, file et va jouer dans la cour, sinon tu seras fouettée, a-t-elle ajouté à mon adresse.

Vite, j'ai pris mes jambes à mon cou car je n'avais aucune envie d'être frappée.

Dans la cour de récréation, les filles jouaient au chat et à la souris, se baladaient bras dessus, bras dessous, ou échangeaient des secrets, assises en cercle. Je n'avais personne avec qui jouer. J'ai cherché Martha du regard. Elle était de l'autre côté de la cour et se promenait avec deux amies en fredonnant une chanson. Discrètement je suis allée les rejoindre quand soudain une des deux filles s'est retournée.

– Arrête de nous suivre !

– Mais c'est ma sœur !

J'ai couru pour les dépasser et je me suis plantée devant Martha qui clignait des yeux nerveusement derrière ses lunettes.

– Je suis tellement contente de t'avoir retrouvée, Martha ! J'ai plein de choses à te raconter sur Père et Mère, et sur mon Jem adoré. Tu sais que Gédéon est ici aussi ? On est venus ensemble dans un grand train à vapeur, et à la maison il y a un nouveau bébé qui s'appelle Eliza. J'espère que tu vois Saul de temps en temps, mais cette horrible surveillante m'a enlevé tous mes vêtements, et même ma poupée de chiffon. En plus j'ai été dans un vrai cirque et je suis montée sur un superbe cheval blanc…

Je racontais n'importe quoi pour essayer de capter son attention… La pauvre, elle avait l'air de tomber des nues.

– Je ne m'en souviens pas. C'était il y a trop longtemps. Je ne me souviens que de maintenant.

– Mais maintenant, c'est affreux ! ai-je crié en éclatant en sanglots.

– Ne pleure pas, m'a répondu Martha. Je t'en supplie, ne pleure pas. Ça me fait mal à la tête. Allez, viens te promener avec nous. Elle, c'est Élisabeth, et elle, Marjorie.

Les deux fillettes ont soupiré mais elles m'ont laissée jouer avec elles. Elles ont recommencé à fredonner leur air idiot et j'ai fait de mon mieux pour les accompagner.

Peu après, Miss Winterson a sonné la cloche pour signaler la fin de la récréation.

– C'est bien, Millie, je vois que tu as déjà des amies, m'a-t-elle murmuré quand je suis passée devant elle.

Sauf que Martha faisait un effort à cause de ce lien dont elle se souvenait à peine. Quant à Élisabeth et Marjorie, ce n'étaient pas du tout mes amies.

Tout le monde s'est dirigé vers les cabinets, et nous sommes entrées, dix filles à la fois, pour nous soulager. Ensuite il fallait se laver les mains avec cet horrible savon au crésol. J'arrivais à peine à la hauteur du lavabo et j'ai mouillé les poignets de mes manches. Ma pièce de six pence frottait contre ma peau et me faisait mal, mais tant pis, je préférais souffrir en silence.

Toujours au pas de charge – un, deux, un, deux –, les filles se sont dirigées vers un grand réfectoire et se sont précipitées sur les bancs. J'ai été tellement prise de court que je n'ai pas pu m'asseoir à côté de ma sœur. J'ai tout juste réussi à me faufiler à côté d'une fille blonde avec un grand front qui n'avait pas l'air très aimable. Las ! J'ai croqué un bout de la tranche de pain posée sur mon assiette et elle m'a flanqué un coup de coude en sifflant entre ses dents :

– Tu es folle, attends !

En effet, il a fallu attendre qu'un long défilé de grandes entrent à leur tour et s'installent. Jusqu'à ce que cette immense salle soit pleine à craquer de filles, toujours des filles, encore des filles, toutes identiques, avec leur robe marron et leur bonnet blanc.

Comme je n'avais rien avalé depuis la veille, j'étais affamée et mon estomac gargouillait, mais il a fallu encore attendre que Mme Cochonne annonce :

– À présent, nous pouvons dire le bénédicité.

– Cité, ai-je murmuré sans comprendre.

Ma voisine a gloussé avec mépris.

– Bénis sois-tu, Seigneur, à qui nous devons la nourriture et la vie.

À la maison jamais nous ne disions les grâces avant les repas. Nous prenions notre bol et nous mangions tout de suite. Cela dit, j'avoue que ce jour-là j'ai été vraiment reconnaissante à Dieu d'avoir une tranche de pain et un morceau de fromage. Je mourais de faim et je les ai dévorés en deux ou trois bouchées, puis j'ai attendu… attendu… Hélas, il n'y aurait rien d'autre, à part une tasse de lait coupé avec de l'eau.

J'étais une fille de la campagne. Nous étions peut-être pauvres, mais Mère mettait un point d'honneur à nous nourrir avec générosité, et tous les jours nous buvions du lait bien crémeux. Est-ce parce que j'étais petite que mes portions étaient si riquiqui ? J'ai regardé autour de moi et j'ai vu que même les filles plus grandes et plus rondes avaient droit à une unique tranche de pain.

J'avais une sensation de vide affreuse au fond du ventre, qui, hélas, n'était pas seulement due à la faim. Je me sentais seule au monde, et la plus belle miche de pain et le meilleur fromage n'y auraient rien fait.

J'ai pensé à Gédéon : comment s'en sortait-il avec ses petits camarades, lui qui était incapable de demander quoi que ce soit ? J'en ai eu les larmes aux yeux.

Ma voisine n'a rien remarqué, mais heureusement, une grande fille avec des nattes s'est approchée de la table :

– Vous pouvez aller jouer, mes agneaux, nous a-t-elle annoncé. Oh, ma chérie, tu as le cafard ?

– Elle est nouvelle, a répondu ma voisine. On a toujours un coup de cafard quand on arrive.

Je ne savais pas exactement ce que signifiait le mot « cafard », mais je pouvais deviner.

– Ne pleure pas, mon bébé, m'a rassurée la grande fille en soulevant son tablier pour me tapoter les yeux.

Tu es un p'tit bout de chou. Ne t'inquiète pas, je vais m'occuper de toi. Je m'appelle Harriet.

– Moi, je m'appelle Millie.

– Nos prénoms se ressemblent, c'est drôle, non ? Certaines filles m'appellent Hatty.

– Avant j'avais des longs cheveux comme toi, ai-je ajouté en caressant ses longues nattes. Mais cette affreuse surveillante avec sa face de truie m'a tout coupé.

Harriet a éclaté de rire.

– Attention à ce que tu dis sur la surveillante générale. C'est la règle : les nouvelles doivent avoir les cheveux rasés à cause des poux. Tu vas voir, dans un an, tes cheveux auront repoussé, ils seront aussi longs que les miens.

Un an ! J'étais ici depuis une journée à peine et j'avais l'impression d'y être depuis une éternité.

– Tu connais bien les lieux ici, Harriet ?

– Bien sûr. Ne t'en fais pas, tu vas très vite te repérer.

– Tu sais où sont les garçons ?

– Oui, dans l'aile ouest.

– Tu sais comment on y va ?

– Oui, mais je n'y ai jamais été. C'est interdit.

– Tu n'as jamais vu les garçons ?

– Oh, si, parfois on les voit qui jouent à la récréation de l'autre côté de la cour, et une fois par an on va regarder leurs compétitions de sport. Et aussi à la chapelle, même si on n'a pas le droit de lever les yeux.

– Tu ne voudrais pas aller y faire un tour maintenant, juste pour jeter un coup d'œil ?

– Tu n'y penses pas, Millie ! C'est beaucoup trop risqué.

– Je m'en fiche. Je veux voir mon frère.

– Ah ! a lâché Harriet avant de réfléchir. Moi aussi j'avais un frère. Deux, même. Et ils sont ici. Michael et… John.

Elle avait prononcé leurs noms en hésitant, comme si elle ne se souvenait pas vraiment d'eux… Pourtant elle était grande, pas comme Martha. Raison de plus pour ne jamais jamais jamais oublier mes frères adorés (surtout Jem), ni mes sœurs. C'était décidé, coûte que coûte, un jour je trouverais l'aile des garçons et j'irais voir Gédéon.

Devant ma déception, Harriet m'a emmenée dans le foyer des grandes. Personne ne les surveillait et les filles bavardaient librement en raccommodant des vêtements, recousant les ourlets ou les plis de tabliers et de ces affreuses robes marronnasses.

– Viens là, Millie, je vais te montrer quelque chose, m'a appelée Harriet.

Pitié, pourvu qu'elle ne me propose pas une nouvelle leçon de couture ! Mais pas du tout : elle a sorti de sa poche un long fil de coton qu'elle a noué et placé autour de ses deux mains grandes ouvertes.

– Regarde, je vais t'apprendre à faire des figures avec du fil.

Elle s'est mise à agiter les doigts pour former un

tas de figures géométriques, jusqu'au moment où elle m'a proposé d'essayer. Soigneusement j'ai pris le fil et j'ai commencé à remuer les doigts. Chaque fois que j'arrivais à le retourner ou à le croiser pour faire une boucle en sens inverse, elle me félicitait avec enthousiasme.

– Tu es maligne comme un singe, mon bébé !

J'étais un peu vexée qu'elle me traite de bébé, mais je n'ai pas bronché. J'étais tellement soulagée de tomber sur quelqu'un de gentil. Avec Miss Winterson, ça me faisait déjà deux amies.

Hélas, le soir venu, je me suis retrouvée sans personne. Les filles se sont alignées devant les lavabos en attendant qu'une grande passe pour leur faire la toilette. Elle avait de longues nattes, comme Harriet, mais elle était loin d'être aussi douce. Elle s'arrêtait derrière chaque fille, lui récurait les mains et la figure avec ce savon au crésol que je détestais, et peu importe si elle nous en mettait dans les yeux.

Ensuite ce fut le dortoir des petites, une immense salle avec une cinquantaine de châlits en métal. On m'a montré le mien, juste à côté de la porte, et une grande m'a aidée à me déshabiller avant de m'enfiler une chemise de nuit, tellement longue qu'elle traînait par terre. Mes cheveux rasés étaient hérissés dans tous les sens. Des filles me montraient du doigt en se moquant de moi. Je me suis léché les doigts pour les humidifier et essayer d'écraser les mèches contre mon crâne.

– Arrête ! m'a tancée la grande. Plie soigneusement tes vêtements, soigneusement, je dis bien, et range-les dans le panier qui se trouve au bout de ton lit.

J'ai obéi. Et j'en ai profité pour glisser ma pièce de six pence au fond du panier, en attendant de trouver une cachette plus sûre.

– Maintenant, dis ta prière, mais ne sois pas trop longue.

Je me suis agenouillée, j'ai joint les mains et j'ai fermé les yeux en murmurant :

– Mon cher Dieu, s'il vous plaît, retirez-moi de cet endroit affreux que je déteste. Je vous en supplie, que ni la surveillante générale ni les nurses ni les autres garçons ne fassent de mal à Gédéon. Je sais que c'est ma faute s'il n'arrive plus à parler et je suis profondément désolée. S'il vous plaît, bénissez toute ma famille chérie et faites que jamais je n'oublie personne. Bénissez surtout Jem, s'il vous plaît.

– Ça suffit, m'a interrompue la grande en me tirant par la manche. Allez, au lit. Tout de suite.

J'ai rouvert les yeux et j'ai vu que toutes les filles étaient couchées, allongées sous leurs couvertures. J'ai sauté dans mon lit.

– Bonne nuit ! a déclaré la grande en éteignant sa lampe. Je ne veux plus entendre un mot.

Elle est sortie en refermant doucement la porte. Aussitôt les filles se sont mises à chuchoter, s'appeler, se raconter leur journée, glousser… ou parler de moi comme si j'étais absente !

– Tu as vu la nouvelle, Millie Plume ?

– Elle en a une tête ! Et ses cheveux !

– Elle est maigrichonne, on dirait une crevette.

– Je l'ai vue, elle faisait la charmante avec Harriet.

– Elle est nulle en couture.

– Elle s'est précipitée à genoux comme une grenouille de bénitier.

– Elle fait semblant d'avoir le cafard pour qu'on ait pitié d'elle.

– Je ne l'aime pas.

Soudain j'ai bondi de mon lit et j'ai sauté sur ma voisine.

– Moi non plus je ne t'aime pas ! ai-je hurlé en lui tirant les oreilles.

Elle a crié pour se défendre et je suis passée au lit suivant.

– Toi non plus, je ne t'aime pas.

Toi non plus… Toi non plus !

Tout le monde s'est mis à brailler quand soudain la porte s'est ouverte et une silhouette brandissant une lampe à huile est apparue : Mme Cochonne !

– Qu'est-ce que c'est que ce charivari ? Vous n'avez pas honte de hurler ainsi ? Et qui est cette petite fille qui n'est pas dans son lit ?

Elle m'a braqué sa lampe en plein visage.

– Millie Plume ! C'est toi qui sèmes la zizanie, dès la première nuit ? Allez, petite diablesse, remonte dans ton lit immédiatement. La prochaine fois que je te surprends debout en pleine nuit, c'est le fouet !

Bang! Elle m'a giflée quand je suis passée devant elle avant de me recoucher.

– Maintenant tout le monde dort!

Elle est sortie en se dandinant et quelques vagues murmures de protestation ont suivi, mais bientôt tout le monde s'est tu. On n'entendait plus qu'une longue respiration. Certaines parlaient tout bas dans leur sommeil. D'autres ronflaient.

J'étais là, allongée dans ce lit trop étroit, triste et abandonnée de tous. Je rêvais de me blottir contre Jem ou Gédéon, et ma poupée de chiffon me manquait car je n'avais pas l'habitude de dormir toute seule. Je me sentais perdue au milieu de toutes ces filles qui se moquaient de moi. Je me suis recroquevillée, les bras enroulés autour des jambes, terrorisée à l'idée de rétrécir pour de vrai. Plus j'y pensais, plus je savais que je ne pourrais compter que sur moi. Je ne voulais surtout pas devenir comme ces orphelines avec cet horrible uniforme. Certes, il faudrait que je porte cette robe, ce bonnet, ce tablier et ce mantelet. Il faudrait que j'obéisse au règlement. Mais dans ma tête, jamais je n'abandonnerais celle que j'étais vraiment, moi, Millie Plume.

11

J'ai été réveillée par la cloche. Une nouvelle grande allait et venait dans le dortoir en criant pour que nous nous levions. Il faisait froid et j'avais une épouvantable envie de faire pipi, mais j'ai été obligée de défaire mon lit, rouler mon matelas et mettre cet uniforme que je détestais avant de pouvoir aller dans la salle de bains. Là, une autre grande – combien y en avait-il, diable ? et quand apprendrais-je à les distinguer ? – nous attendait pour nous aider à nous laver les mains, inspecter notre cou et nous brosser les cheveux. Ensuite les filles se sont mises en rang par deux pour aller au réfectoire. Évidemment je n'avais personne à côté de qui y aller. Tant pis ! Ça m'était égal. J'ai imaginé qu'il y avait une seconde Millie à mes côtés et j'ai descendu l'escalier en parlant à voix basse avec elle. Plusieurs filles ont essayé de nous bousculer, mais nous nous défendions parfaitement. Moi et mon double, nous étions peut-être hautes comme trois pommes, mais gare à nos coudes, très pointus !

aaaaaaaaa
bbbbbbbbb
ccccccccc

– Arrêtez de vous bousculer ! a crié une surveillante. C'est qui, cette gamine, la petite, là ?

– Millie Plume, ont répondu les filles en chœur, ravies que je me fasse remarquer.

– Il faudra apprendre à être patiente et un peu moins agitée, Millie Plume. Les demoiselles sont censées faire tranquillement la queue devant le réfectoire. Vous n'êtes pas des petits cochons dans une porcherie, tout de même !

Ça n'était pas méchant, mais j'ai failli éclater en sanglots parce que tout à coup j'ai pensé à notre pauvre cochon, puis à Jem, à Mère… Ils me manquaient tellement, tous.

– Alors, tu es nouvelle ? m'a demandé la dame qui servait le porridge.

Elle était si fine et si menue que je l'aurais prise pour une des grandes si elle n'avait eu le visage aussi marqué. Son uniforme était beaucoup trop grand pour elle et sa jupe traînait par terre.

– Moi aussi, je suis nouvelle. Ça fait un drôle d'effet, tu ne trouves pas ?

J'ai hoché la tête d'un air désolé.

– Remarque, je suis sûre qu'on va très vite s'habituer. Tiens, j'ai quelque chose pour toi.

Elle a fouillé au fond de la poche de son tablier et sorti un sachet qu'elle a saupoudré sur mon porridge.

– Un peu de sucre, ma chérie !

– Allez, avance, Ida. Ne perds pas ton temps à discuter avec les gamines, l'a interrompue une grosse cuisinière.

Ida m'a adressé un discret clin d'œil. J'ai tâché de cligner pour la remercier mais je ne suis pas sûre d'y être arrivée car je n'étais pas très bonne. J'avais tendance à loucher. En tout cas, sa gentillesse m'a remonté le moral, encore plus que le sucre.

Le petit déjeuner était presque fini et il fallait se préparer pour les cours du matin, qui étaient assurés par une vraie maîtresse. C'était une dame plus âgée qui s'appelait Miss Newman. Elle n'était pas très féminine : grande, avec des épaules carrées et un chignon tiré à quatre épingles au-dessus d'un grand front ridé. Autant ses cheveux bien coiffés semblaient domptés, autant ses sourcils n'en faisaient qu'à leur tête, remuant sans cesse au-dessus de ses petites lunettes. Elle était habillée très simplement – un chemisier gris à col blanc et une jupe gris foncé –, mais elle portait une ceinture à boucle d'argent qui, à côté de la tenue sinistre des nurses, était d'une audace et d'un chic fous.

Elle s'est plantée face à nous en fixant sur nous un regard sévère, quand soudain elle m'a remarquée, alors ses sourcils se sont brusquement redressés.

– Comment t'appelles-tu ?

– Millie Plume, maîtresse, euh… miss.

– Je te prie de m'appeler Miss Newman.

– Oui, Miss Newman.

– Tu es allé à l'école quand tu étais chez tes parents adoptifs ?

– Non, Miss Newman.

– Bon, dans ce cas-là il va d'abord falloir que tu apprennes à te concentrer.

Elle a brandi une grande pancarte sur laquelle figuraient quatre images : une bestiole avec de grosses pattes velues, un objet rond qui planait, un fruit ovale et jaune, et une espèce de poule. Chaque image était accompagnée d'un mot.

– A comme Araignée, B comme Ballon, C comme Citron, D comme Dindon ! ai-je aussitôt déclaré.

– Je croyais que tu n'étais jamais allée à l'école.

– Non, jamais, Miss Newman.

– Alors où as-tu appris à lire ?

– Avec mon grand frère, Jem, ai-je répondu, fière comme Artaban. Grâce à lui, j'ai appris les vingt-six lettres de l'alphabet.

– Tu as de la chance d'avoir eu un frère aussi gentil.

– Ah, ça, oui, c'est le grand frère le plus gentil du monde.

Miss Newman a repris la leçon et nous avons passé en revue tout l'alphabet en suivant les différentes pancartes qu'elle brandissait. Ensuite il a fallu épeler certains mots qui n'étaient pas très longs. C'était moins amusant que les images, mais quand même j'aimais bien. Très vite, j'ai réussi à épeler des phrases courtes, telles que « l-e c-h-a-t d-o-r-t s-o-u-s l-a l-u-n-e », et à la fin de la matinée, j'ai pris un crayon à papier qui traînait et j'ai recopié plusieurs lignes de *a*, de *b* et de c. Ravie, Miss Newman m'a aidée à écrire mon nom avec de beaux pleins et déliés – M-I-L-L-I-E – avant de couronner le tout par une petite étoile dorée.

J'étais vraiment contente, sauf que la petite étoile m'a rappelé Madame Adeline et la soirée merveilleuse que nous avions passée au cirque, suivie par la disparition de Gédéon, et de nouveau j'ai dû lutter pour ne pas fondre en larmes…

– Elle se croit plus maligne parce qu'elle sait lire et écrire, mais tu as vu, elle n'arrête pas de pleurnicher, ai-je entendu susurrer Sheila à son amie, Monica.

Sheila était la fille blonde qui avait un grand front et l'air méchant. De toute façon je la détestais.

Peu après, ma chère Martha est venue admirer mes pleins et mes déliés, suivant attentivement les lettres avec un doigt à cause de sa mauvaise vue. Ça m'a mis du baume au cœur.

– C'est très bien, Millie. En plus, tu as eu une étoile dorée. Je n'en ai jamais eu, moi, et je n'en aurai jamais parce que je suis un cancre, a-t-elle ajouté en soupirant.

– Pourquoi pas ? Moi, je trouve que tu es très intelligente.

Elle ne se souvenait peut-être pas bien de moi, mais moi je me souvenais tout à fait d'elle, et quoi qu'il arrive, nous étions sœurs.

Après la lecture et l'écriture, nous avions droit à un cours de chant. Là, j'ai eu la surprise de découvrir que Martha avait une voix magnifique. Nous étions alignées en rang et obligées de chanter des hymnes sinistres qui n'en finissaient pas. Au début, comme je ne connaissais pas les paroles, je me contentais de suivre le piano en marmonnant, mais Martha avait un timbre superbe qui se distinguait tout de suite. J'étais tellement contente pour elle que j'en tremblais de joie.

« Tu vas voir, le jour où je dirai à Mère que tu as une voix d'ange, pensais-je. Elle sera tellement fière de toi ! » Soudain je me suis rappelé que jamais je ne pourrais le lui dire. Et de nouveau j'ai dû ravaler mon chagrin pour que les filles ne se moquent pas de moi, en faisant toutes sortes de grimaces pour retenir mes larmes.

– Regardez Millie Plume, fredonnait Sheila en rythme. Je parie qu'elle va faire pipi dans sa culotte !

Le pire, c'est que je mourais d'envie d'aller au cabinet. Personne ne m'avait jamais appris à contrôler ma vessie ni mes intestins, et j'avais un mal fou à me retenir en attendant l'heure réglementaire.Je redoutais d'avoir un accident. J'ai vu une fille qui se tortillait au bout de la rangée…

– Cesse de gigoter, Sarah Barnes ! l'a grondée Miss Newman.

La pauvre Sarah a sursauté, et j'ai vu un léger filet d'eau couler le long de ses jambes, formant bientôt une petite flaque à ses pieds. Ses voisines ont bondi pour s'éloigner d'elle et tout le monde l'a fusillée du regard en la montrant du doigt. Miss Newman l'a renvoyée pour la punir. Elle est sortie de la salle en traînant les pieds et en regardant par terre, le visage rouge de honte.

Quant à moi, j'étais en pleine négociation avec ma vessie. Un jour, à la campagne, j'avais vu la vessie d'un porc, si bien que j'imaginais plus ou moins à quoi la mienne devait ressembler. Je me suis concentrée et j'ai fait comme si je nouais l'extrémité avec de la ficelle, en faisant plusieurs nœuds et en serrant bien fort. J'ai eu de la chance, ça a tellement bien marché qu'une fois aux toilettes, j'ai dû rester assise deux ou trois minutes avant d'arriver à lâcher une goutte.

– Dépêche-toi, Millie Plume.

– Tu n'as pas encore fini ?

– On dirait que tu le fais exprès.

Soudain la porte s'est ouverte et une nurse m'a tirée par la main. Évidemment j'ai arrosé le sol avec les dernières gouttes, mais heureusement, pas assez pour qu'il y ait une flaque. J'ai remercié le Seigneur d'avoir une jupe longue et épaisse (quoique très peu confortable).

Le déjeuner avait lieu dans le grand réfectoire. À peine entrée, j'ai repéré Harriet et j'ai essayé de m'asseoir à côté d'elle, mais quelqu'un m'a retenue et m'a forcée à m'installer à la table des filles de mon âge.

Une nouvelle serveuse a distribué des rations de mouton bouilli avec des carottes et des pommes de terre et j'ai eu droit à la portion standard. Heureusement la gentille serveuse que j'avais vue au petit déjeuner est passée derrière moi pour rapporter son plat à la cuisine, et elle en a profité pour me donner une grosse pomme de terre, avec une noisette de beurre en prime. Miam-miam, elle était délicieuse !

– Elle t'a donné une patate en rab ? m'a demandé Sheila, furieuse.

– Oui, parce que je suis très petite et très gentille, contrairement à toi !

J'ai froncé le visage pour imiter Sheila avec son grand front plissé, son air renfrogné et sa bouche qui s'affaissait comme celle d'un chien, et toute la tablée a éclaté de rire. Même Monica, sa meilleure amie, n'a pas pu s'empêcher de glousser.

Quelle imprudence ! Elle était beaucoup plus grande que moi et à la récréation, à peine a-t-elle vu que personne ne nous surveillait qu'elle s'est jetée sur moi.

– Tu vas me le payer, a-t-elle sifflé en me bourrant le ventre de coups.

J'ai réussi à m'échapper, mais elle m'a rattrapée et m'a poussée tellement fort que je suis tombée la tête la première. Je me suis éraflé les mains, écorché les deux genoux en déchirant mon collant, et surtout, méchamment coupé le menton.

– Sheila, tu es folle ! a crié Monica. Elle saigne, regarde.

– Tu parles, elle saigne à peine !

– Et si elle rapporte à la surveillante ? Tu vas te faire fouetter !

– Tant mieux, ai-je répliqué en me redressant.

J'ai failli retomber en voyant le sang sur mes mains, mais j'ai fait comme si de rien n'était. J'avais suffisamment joué à la guerre avec Jem pour savoir qu'un soldat blessé doit se montrer courageux. Je me suis éloignée en balançant les bras et en marchant d'un pas martial, menton en sang mais bien haut.

– Millie Plume ! Mais qu'est-ce qui t'arrive, ma pauvre fille ? s'est exclamée Mme Peters qui venait d'apparaître pour sonner la cloche.

Plus personne ne bougeait. Toutes les filles me regardaient. J'ai aperçu Sheila et Monica se tenant par la main.

– Réponds-moi, Millie Plume.

Non, non et non. Hors de question de reconnaître que Sheila m'avait battue et que j'avais été incapable de me défendre.

La surveillante s'est approchée pour examiner mon menton et mes mains, avant de soulever ma jupe et de découvrir mes collants déchirés et mes genoux en sang.

– Tu t'es bagarrée ?

J'ai secoué la tête.

– Une des filles t'aurait attaquée ?

J'ai regardé Sheila. Je ne voulais pas que quiconque sache qu'elle m'avait battue. Jamais je ne lui ferais ce plaisir.

– Non, miss, euh... madame. Personne ne m'a attaquée. J'ai trébuché à cause de ces maudites bottes qui sont dix fois trop grandes.

La surveillante m'a secoué les épaules avec une telle violence que j'ai eu un instant de vertige. Elle m'a saisi les poignets et m'a traînée jusqu'à la salle de bains *manu militari*. Elle a pris du savon pour me nettoyer le menton, les mains et les genoux, mais ça piquait, ça piquait ! C'était affreux ! J'ai été courageuse, je suis restée droite comme un I parce qu'un soldat blessé ne doit jamais trahir sa faiblesse face à l'ennemi. Elle m'a badigeonné le menton avec un liquide violacé qui piquait encore plus, et j'avoue que j'ai eu du mal à ne pas gigoter.

– Arrête de bouger ! m'a grondée la surveillante avant d'ajouter d'une voix plus douce : Allez, va retrouver tes camarades pour le cours de couture. Mais fais attention où tu mets les pieds, cette fois-ci.

Elle ne m'a pas proposé de m'accompagner. Elle devait penser que je connaissais les lieux, oubliant que j'étais là depuis vingt-quatre heures à peine. Aussitôt j'ai filé, mais j'ai pris la mauvaise direction, à gauche, et non pas à droite. J'ai couru le long d'un immense couloir, tourné au bout… et j'ai cru que j'étais retombée dans la salle de bains.

J'ai scruté cette grande pièce blanche, réfléchissant pour savoir si j'avais fait le tour de l'étage sans m'en apercevoir, jusqu'au moment où un petit garçon est entré en pleurnichant, les mains noires d'encre.

– Qu'est-ce que tu fais dans l'aile des garçons ?

– Je… je me suis perdue, ai-je bafouillé.

Si seulement j'étais tombée sur Gédéon !

– Tu vas te faire fouetter si on te surprend ici.

– Je sais, mais je m'en fiche. En attendant, tu pourrais me dire si tu connais mon frère, un certain Gédéon ?

– Gédéon ! Tu veux dire le petit crétin ?

– Je t'interdis de dire ça ! Fais gaffe, sinon je te frappe.

Il a plaqué les mains sur la bouche et s'est retrouvé avec de l'encre plein le visage.

– Bien fait pour toi, tu as la figure toute noire !

Hop ! j'ai pris mes jambes à mon cou et j'ai foncé dans le couloir, quand soudain une troupe de garçons a déboulé d'une salle, une vraie petite armée ! Mais j'ai eu beau les observer, je n'ai pas vu Gédéon.

– Une fille, une fille, une fille !

Une nouvelle nurse s'est précipitée sur moi. Vite, j'ai tourné les talons et j'ai remonté une série de couloirs avant de reconnaître l'aile des filles. J'ai ralenti et j'ai continué en avançant le plus innocemment possible jusqu'à la salle où avait lieu le cours de couture.

– Où étais-tu, Millie ? m'a interrogée Miss Winterson. Oh, mon Dieu, ton menton ! Qu'est-ce qui t'arrive ?

Tous les regards se sont tournés vers moi, dont celui de Sheila, particulièrement nerveuse. Cette fois-ci j'avais envie qu'elle se fasse gronder, mais je ne voulais toujours pas qu'on sache qu'elle m'avait battue, alors pour la seconde fois j'ai préféré me taire.

– Je suis tombée, mais Mme Peters m'a badigeonnée avec un liquide violet qui piquait.

– C'est du bleu de méthylène, Millie. Tu es courageuse, ma chérie, parce que je sais que ça fait très, très mal.

J'ai eu la surprise de voir les filles hocher la tête comme si elles approuvaient. Je ne le savais pas, mais je venais d'éviter de commettre la faute la plus impardonnable de l'hôpital des Enfants-Trouvés, dont la règle d'or était la suivante : quel que soit le degré du harcèlement qu'on subissait, il était interdit de rapporter à une maîtresse ou à une surveillante. Sinon on devenait un bouc émissaire tout désigné et plus jamais les autres ne vous lâchaient jusqu'à ce que vous quittiez l'orphelinat. Voilà pourquoi mon comportement irréprochable m'avait tout de suite attiré un certain respect de la part de mes camarades.

Je me suis assise et j'ai commencé à coudre sagement en écoutant Miss Winterson lire une histoire. C'était un conte de fées extraordinaire, hélas, j'avoue que j'avais du mal à me concentrer pour écouter.

Toutes sortes de pensées se bousculaient dans mon esprit. Je venais de découvrir le chemin pour rejoindre l'aile des garçons, mais je venais aussi de comprendre qu'il était difficile de ne pas se faire repérer, à moins que… à moins que… et si je me déguisais ? Non, c'était impossible. Comment faire ?

Un peu plus tard dans la journée, Harriet est venue me voir et j'ai eu une idée.

– Millie, ma pauvre, regarde-moi ton menton. Oh, mon Dieu, tu dois souffrir le martyre !

À vrai dire, je n'étais pas fâchée qu'elle ait pitié de

moi, et j'en ai profité pour lui tirer quelques larmes et me faire chouchouter. Gentiment, elle m'a emmenée dans le foyer des grandes et m'a installée à côté d'elle avant de s'attaquer à ses travaux de couture. Elle a sorti d'un panier un pantalon de garçon dont l'un des genoux était déchiré. J'ai louché sur le pantalon avec un grand sourire : je l'avais sous le nez, mon déguisement !

J'ai attendu qu'elle se lève pour prendre du fil dans une armoire, j'ai jeté un rapide coup d'œil autour de moi, et hop ! j'ai chipé un autre pantalon dans le panier et je l'ai fourré sous ma jupe.

Peu après, je suis rentrée au dortoir en me dandinant un peu, mais peu importe, j'ai réussi à glisser le pantalon sous mon matelas, ni vu ni connu.

Le lendemain, j'ai volé une veste et le tour était joué ! J'ai réfléchi : le meilleur moment pour rejoindre l'aile des garçons sans me faire prendre, c'était pendant la récréation, après le déjeuner. La plupart des maîtresses et des surveillantes déjeunaient à ce moment-là. Le jour même, j'ai traîné dans la cour de récréation en attendant que les grandes personnes disparaissent. Aucune des filles ne semblait rien remarquer. Sheila avait l'air un peu déconcertée, sans doute parce que je n'avais pas dit un mot contre elle, du coup elle me fichait la paix.

J'hésitais... Je me trouvais près de l'entrée des filles, mais je tournais en rond car j'avais peur. Et si je me faisais prendre ? J'aurais droit à une sacrée correction !

Je me suis concentrée en pensant à Gédéon. Je l'imaginais déjà face à moi, pâle comme la mort, tremblant et en larmes, ouvrant et fermant la bouche mais incapable d'articuler un mot. L'image était tellement atroce que je me suis sentie galvanisée.

J'ai jeté un dernier coup d'œil autour de moi, et brusquement j'ai foncé à l'intérieur, jusqu'au dortoir des filles. J'ai arraché mon bonnet, mon mantelet, mon tablier, ma robe. Vite, j'ai enfilé la veste et le pantalon volés. Le pantalon était beaucoup trop grand et trop long, mais j'ai roulé le bas de chaque jambe. Quant à la veste, trop large elle aussi, il suffisait que je hausse un peu les épaules pour qu'elle tombe à peu près correctement. Pour la première fois, je me suis félicitée d'avoir les cheveux rasés. Je n'avais pas de glace pour me regarder, mais j'ai aperçu un reflet de moi sur le montant métallique du lit et j'ai été rassurée : je passais facilement pour un garçon, en dépit de ma taille. J'ai martelé ma poitrine pour m'encourager.

– Courage, Millie !

J'ai pris le couloir de gauche, empêtrée dans cette grande veste, avec le tissu du pantalon qui frottait contre mes petites cannes toutes maigres, mais tant pis… Soudain j'ai entendu un bruit de bottes sur le sol bien ciré.

Au secours ! Si quelqu'un découvrait le pot aux roses, j'étais fichue. J'ai bifurqué et foncé dans la salle de bains des filles pour me cacher derrière la porte. *Couic*, *couic*, *couic* grinçaient les bottes qui se rapprochaient dangereusement… avant de s'arrêter devant la porte. Une surveillante a pointé la tête, observé la salle de bains, puis plus rien. Ouf ! elle s'est éloignée. J'ai attendu quelques secondes, vérifié que le couloir était vide, et repris ma course.

J'ai tourné à droite jusqu'à ce que je retrouve la salle de bains des garçons, puis continué en prenant le couloir qui menait en haut de l'escalier. Mais je l'ai dévalé tellement vite que j'ai failli ne pas voir une surveillante plantée en bas, juste à côté de la porte, devant la cour de récréation des garçons. J'ai pilé avant de me réfugier dans l'ombre. J'ai attendu, attendu… jusqu'au moment où elle s'est étirée en bâillant et en s'éloignant.

J'ai couru dehors, mais j'ai été prise de court par cette immense foule de garçons tous vêtus de brun. Et tellement turbulents ! Nous, les filles, nous traînions tranquillement bras dessus, bras dessous, nous papotions, nous jouions à des jeux bien sages en frappant dans les mains. Les garçons, eux, couraient dans tous les sens, faisaient des galipettes, donnaient des coups de pied dans des pierres, hurlaient… Tous, sauf un : un petit gringalet aux cheveux en brosse, esseulé dans un coin, la tête penchée et les mains bizarrement ouvertes, comme s'il cherchait quelque chose.

– Gédéon !

Il a levé les yeux et je me suis précipitée vers lui. Il a reculé comme si j'allais le frapper.

– C'est moi, Gédéon ! Tu ne me reconnais pas, Millie, ta sœur adorée !

Il a observé mes cheveux courts et mon accoutrement d'un air sceptique.

– Oui, c'est bien moi, Millie. Oh, Gédéon, si tu savais comme tu me manques !

Je l'ai pris dans mes bras et j'ai senti qu'il flanchait, abandonnant sa tête sur mes épaules et éclatant en sanglots.

– Mon pauvre Gédé, c'est atroce, je parie ? Si seulement on était ensemble, ce serait tellement moins dur.

Il s'est redressé et m'a lancé un regard implorant.

– Je ne peux pas rester, Gédéon. Les surveillantes risquent de voir que je suis déguisée en garçon, surtout si je vais au cabinet.

Je n'ai pas pu m'empêcher de glousser et j'ai vu qu'il souriait.

– Alors, dis-moi, comment ça se passe, mon Gédé chéri ? Les garçons ne sont pas trop méchants avec toi ?

Il a piteusement relâché la tête et les épaules.

– Et Saul ? Il est sûrement ici, non ? Il ne te défend pas ?

Les épaules de Gédéon se sont affaissées davantage. J'avais compris : Saul ne le protégeait pas.

– Bon, dans ce cas-là, il faut que tu te défendes tout seul. Mais si tu pleures, ça sera pire. Tu sais, moi aussi, les filles sont chipies avec moi, mais je ne me laisse pas faire, je les bourre de coups de poing, je leur tire les cheveux et je leur marche sur les pieds. Il faut que tu fasses pareil.

Gédéon me regardait fixement, comme si ce que je disais n'avait pas grand sens.

– Essaie au moins un peu, Gédéon. En plus, il faut que tu parles, sinon tout le monde va te prendre pour l'idiot de service. Tu es loin d'être idiot, je te connais, moi, je sais que tu es un petit garçon très malin, comme moi. S'il te plaît, parle-moi, Gédéon.

Il a secoué la tête d'un air désespéré.

– Pense à moi, tu te rappelles ? Tu as arrêté de parler le jour où tu t'es perdu dans les bois quand je suis allée au cirque avec Jem.

J'ai vu qu'il s'en souvenait très bien.

– Si tu savais comme je m'en veux. Ça me soulagerait tellement si tu disais quelque chose. N'importe quoi, un mot. Si tu veux, tu peux même m'injurier. « Millie Plume est vilaine, elle a une face de truie et elle pue du cul ! » Vas-y, dis-le !

Gédéon souriait.

– Alors dis-le dans ta tête puisque tu n'arrives pas à le dire tout haut. Et j'ai un conseil à te donner : essaie de parler un peu tout seul chaque jour pour ne pas oublier la maison. C'est ce qu'il y a de plus important. J'ai revu Martha, elle a presque tout oublié et elle m'a à peine reconnue. La seule façon de ne pas oublier c'est de parler tout seul et de se concentrer pour faire remonter les souvenirs, tous les jours, sans arrêt. Comme ça, notre maison restera toujours dans notre tête. Essaie d'imaginer Mère…

Il a émis un léger gémissement.

– Oui, essaie de te rappeler Mère, avec son beau visage rose, son doux parfum sucré, sa grosse poitrine… Et notre père, énôôôrme : tu te rappelles quand il te prenait sur ses épaules et galopait comme un cheval ? Et Nat, avec ses plaisanteries vaseuses, toujours en train de tailler un truc avec son canif ? Ils t'ont enlevé ton éléphant, je parie ? Moi aussi, ils m'ont arraché ma poupée de chiffon, mais je m'en fiche, j'ai gardé la pièce de Jem. Oh, Gédéon, j'espère que tu ne l'as pas oublié, Jem, c'était le plus gentil des grands frères, mais je vais te dire une chose : il m'a promis qu'un jour il viendrait me chercher, et toi aussi, et on ira vivre ensemble. On sera heureux, tu verras, tu seras libre et tu pourras danser comme tu voudras ! Tu pourras même avoir un costume doré, comme les acrobates que j'ai vus au cirque.

Le visage de Gédéon s'est illuminé. Il a tendu le pied et tournoyé tandis que je l'applaudissais. Hélas, les autres garçons l'ont tout de suite montré du doigt en ricanant.

– Regardez, il y a le crétin qui danse !

– Je vous interdis de le traiter comme ça ! Le premier qui le traite de crétin, je lui fiche mon poing dans la figure.

– C'est qui, ce petit avorton rouquin ?

– Un nouveau ? Je ne l'avais jamais remarqué.

Je n'en menais pas large.

– Où sont passés son manteau et sa casquette ? Il n'est même pas habillé comme il faut.

– Comment tu t'appelles ?

– Je sais ! Je la connais, c'est Millie Plume.

J'ai pivoté sur place, interloquée. Là, devant moi, se tenait Saul, un peu plus grand et plus mince qu'autrefois, et les traits tirés. Sa patte folle semblait fiche le camp de côté et il avait une béquille.

– N'importe quoi, le boiteux ! Millie Plume ? C'est un nom de fille.

– Parfaitement, c'est une fille ! C'est ma sœur de lait, s'est défendue Saul. Souviens-toi, Millie. Je t'ai entendue expliquer à Gédéon comment faire pour se souvenir, mais toi tu m'as oublié.

– Lui, une fille ? s'est écrié le plus grand des garçons.

Il m'a empoignée avant de plonger la main dans mon pantalon.

– Oui, c'est une fille !

– Une fille, une fille !

– Une fille en pantalon !

– Approchez-vous, venez voir la fille aux cheveux roux !

Soudain j'ai aperçu une surveillante qui s'approchait.

– Il faut que j'y aille, Gédéon, sinon je vais me faire tuer. Mais tu as compris, tu n'oublies rien, promis ? Pense à chaque personne à la maison. Et pense à moi, ta Millie qui t'aime.

J'ai déposé un rapide baiser sur sa joue et j'allais embrasser Saul… qui m'a craché en pleine figure. J'ai craché pour me venger et j'ai pris mes jambes à mon cou.

Les garçons étaient déchaînés. Malgré le tumulte j'ai entendu un gémissement ; je me suis retournée et j'ai vu Gédéon en larmes, agitant désespérément la main vers moi.

– Ma Millie adorée ! a-t-il bredouillé d'une drôle de voix.

Un cri de stupeur général a retenti, car personne ne l'avait encore entendu prononcer un mot, mais trop tard, je ne pouvais plus faire demi-tour pour l'embrasser. J'ai foncé dans l'entrée et j'ai couru comme une dératée du côté des filles. Les cloches ont sonné, signalant la fin de la récréation. J'ai réussi à retrouver le dortoir des filles sans me faire pincer. Vite, je me suis changée. De nouveau métamorphosée en fille. Incroyable ! J'avais réussi mon coup !

12

Chaque jour, l'emploi du temps était le même : on se réveillait au son de la cloche, on s'habillait, on faisait notre toilette, on avalait notre petit déjeuner, on allait au cabinet. Et tous les jours c'étaient les mêmes leçons : lecture, écriture, chant, Écritures saintes, et l'après-midi, ce satané cours de couture. Les repas ne variaient pas non plus : porridge le matin, bœuf ou mouton bouilli à midi, et pain et fromage au souper, lundi, mardi, mercredi, jeudi, vendredi, samedi, quoi qu'il arrive. En revanche, le dimanche, c'était la surprise.

Ce jour-là nous avions droit à un tablier et à un mantelet blancs comme neige, et gare à celle qui renverserait la moindre goutte de porridge au petit déjeuner ! Ensuite nous allions à la chapelle en bons petits soldats, avançant les unes derrière les autres tel un immense crocodile. Comme je n'avais pas d'amie, j'étais obligée de me mettre derrière la surveillante, et Sheila et Monica se plaçaient systématiquement

derrière moi pour me donner des coups dans les mollets et écraser le talon de mes bottes.

Si j'avais le malheur de me retourner pour me venger, Mme Cochonne m'attrapait par le bras et me foudroyait du regard.

– Tiens-toi bien, Millie Plume. Demande plutôt au Seigneur de faire de toi une jeune fille humble et douce, et non pas l'affreuse petite vermine que tu es déjà.

Je ne savais pas exactement ce que signifiait le mot « vermine », mais puisque c'était comme ça, j'en serais une, et le plus longtemps possible. Je n'avais aucune envie d'être humble et douce. Aucune envie que les autres m'écrasent comme un rien. Et je me fichais d'être une jeune fille. Puisque j'étais une enfant trouvée, autant être garçon manqué, vu que les garçons avaient l'air de s'amuser dix fois plus.

Le culte qui avait lieu dans la chapelle n'était pas très drôle, ni pour les filles ni pour les garçons. Nous étions obligées de rester assises, raides comme des piquets sur les bancs durs comme du bois. Il suffisait que nous remuions vaguement les jambes pour que la surveillante nous frappe. Si l'une des plus jeunes s'agitait, ou au contraire s'endormait pendant le sermon qui n'en finissait pas, une des grandes lui donnait un grand coup dans le dos – et je suis sûre que les garçons de l'autre côté de la chapelle avaient droit au même traitement.

La chorale étant mixte, c'était le seul endroit où

les filles et les garçons avaient le droit de se côtoyer. J'ai eu la surprise de découvrir que ma sœur, Martha, apparemment la plus jeune, se tenait toujours au premier rang du chœur l'air particulièrement sérieux avec ses lunettes posées sur le bout de son nez rond.

Un jour, elle a chanté un solo avec sa voix d'ange, les mains croisées, la tête bien haute et la bouche grande ouverte. J'étais tellement fière que j'en avais la chair de poule. Si seulement Mère avait été là pour l'écouter !

Oubliées les fillettes assises avec leur affreuse robe marronnasse ! Je m'imaginais avec toute ma famille, assise à côté de Jem qui m'assurait que j'avais une voix aussi mélodieuse que celle de Martha. Nat taillait discrètement un morceau de bois. Rosie et Elisa portaient leur jolie robe imprimée du dimanche et leur mise en plis bouclée. Père, toujours aussi grand et baraqué, remuait le cou à cause du col amidonné de sa chemise qui frottait contre sa peau, et Mère berçait sa petite dernière, protégeant tous ses enfants avec son beau regard. Et puis il y avait Gédéon, assis droit comme un I, marquant le rythme du pied. Et Saul, mais à l'autre extrémité du banc, le plus loin possible de moi.

J'ai scruté les bancs des garçons pour voir si je reconnaissais le vrai Gédéon et le vrai Saul au milieu de cet océan de petits galopins en brun, mais soudain j'ai senti un coup dans le dos. Hors de question de bouger, nous étions tenues de chanter, de prier et d'écouter le pasteur qui prêchait en interpellant les pauvres pécheurs que nous étions. J'étais malheureuse car je savais que je péchais souvent, du coup j'ai décidé que je ferais mieux de prier si je ne voulais pas être jetée tout droit en enfer.

– Seigneur, s'il vous plaît, faites que je sois plus sage, répétais-je à l'envi, mais plus le sermon traînait, plus ma prière se transformait en « Seigneur, s'il vous plaît, faites que ce culte finisse le plus vite possible ! »

Quand le service a pris fin, j'avais des fourmis partout, du bout des pieds jusqu'en haut des jambes, à tel point que j'ai vacillé en me redressant. Nous avons quitté la chapelle en ordre, sous les regards intrigués de l'assemblée. Qui étaient tous ces messieurs et ces dames ? Ce n'était sûrement pas le personnel de l'hôpital. Des parents qui venaient chercher leur enfant ? Qui sait, peut-être que ma vraie mère était là, à la recherche de son bébé disparu ? Peut-être que Madame Adeline était là ? Je les ai observés pour voir s'il n'y avait pas une mèche de cheveux roux qui s'échappait d'un de ces chapeaux, ou un bout de ruban rose d'une des robes raides.

– Arrête de fixer les gens, Millie Plume, m'a grondée Mme Peters.

– Mais c'est eux qui me fixent !

Quand nous rentrions de la chapelle, nous avions le droit de nous arrêter aux cabinets, et le dimanche, c'est Harriet qui nous surveillait.

– C'est qui, les dames et les messieurs dans la chapelle ? lui ai-je demandé un jour.

– Oh, des visiteurs du dimanche.

– Pourquoi ils viennent ?

– Parce qu'ils aiment bien nous regarder. Quelquefois ils assistent aussi au déjeuner. Alors tu as intérêt à bien te tenir.

Parlait-elle sérieusement ? En tout cas, ce jour-là, quand je suis entrée dans le réfectoire, ils étaient là, alignés le long du mur en nous attendant. Une grande a dit les grâces en chantant d'une voix particulièrement forte, tous les regards braqués sur elle. Puis tout le monde s'est assis et les plats ont commencé à passer.

Le dimanche, nous avions droit à du rôti de bœuf – une tranche par personne –, accompagné de pommes de terre au four, de carottes et de chou du potager. La gentille serveuse qui avait un petit faible pour moi s'est débrouillée pour me donner une énorme tranche avec une superbe pomme de terre, bien croustillante, et un clin d'œil en prime.

– Merci beaucoup, ai-je murmuré avec mon plus beau sourire. Vous êtes vraiment bonne avec moi. Comment vous vous appelez ?

– Ida Battersea.

– Vous préférez que je vous appelle madame ou miss ?

– Tu peux m'appeler Ida. Et toi comment t'appelles-tu, ma chérie ?

– Millie Plume, ai-je répondu en remuant le bout du nez. C'est un peu idiot, comme nom.

– Non, pas du tout, c'est un nom très original.

– En tout cas j'adore Ida !

Une surveillante est passée derrière moi en me fusillant du regard.

– C'est toi qui parlais ?

– Non, c'est moi, m'dame, a répondu Ida. Je suis désolée, m'dame.

– Il est temps que tu apprennes à tenir ta langue, a répliqué la surveillante, comme si Ida était une des pensionnaires.

Elle a baissé la tête en rougissant, mais dès que la surveillante s'est éloignée, elle lui a fait une affreuse grimace, et j'ai piqué un fou rire, manquant de m'étouffer avec ma pomme de terre chaude.

Ida a été obligée d'aller servir à la table voisine, et trois dames fort élégantes se sont approchées.

– Comme elles sont mignonnes et bien élevées ! Vous avez vu avec quelle grâce elles se servent de sauce ! s'est exclamée l'une d'elles.

Bien sûr qu'on était mignonnes et bien élevées. Il suffisait qu'on renverse une goutte de sauce pour qu'on se prenne des coups de règle sur les doigts.

– Adorables ! Il y en a une qui a un très grand front. On dit que c'est un signe d'intelligence, a ajouté une autre en montrant du doigt Sheila, qui a répondu par un sourire mielleux à souhait.

– J'avoue que j'ai un faible pour celle-ci. Pauvre petit bout de chou, je doute qu'elle passe l'hiver.

Je lui ai jeté un regard noir, et j'ai eu tort.

– Oh, mon Dieu, vous avez vu cet air farouche !

Cette petite chose toute renfrognée ! Mais regardez-moi la mienne, qui sourit si gentiment. Tiens, ma chérie, j'ai un cadeau pour toi.

La dame a déposé un bonbon sur l'assiette de Sheila, qui, hop ! l'a balancé dans son mantelet. Ah, c'est pour ça qu'elle souriait avec tant d'insistance !

Désormais j'avais compris. Les trois femmes se sont éloignées en trottinant, bientôt remplacées par un monsieur et une dame, bras dessus, bras dessous.

– Oh, comme je les adore, ces petites ! s'est ébaudie la dame.

Je les ai regardées avec de grands yeux, en leur offrant mon plus beau sourire.

– Regarde-moi cette petite au bout de la table. Elle est mignonne tout plein !

– Bénie soit-elle, elle s'est entichée de nous.

Hélas, j'ai eu beau minauder pendant qu'ils s'extasiaient, ils sont passés sans me donner quoi que ce soit. Sheila a éclaté de rire en voyant ma tête, tapotant ostensiblement sur son bonbon caché et se léchant les babines.

Un nouveau couple s'est approché, tous deux tellement gras que les boutons du paletot du monsieur et le haut de la robe de la dame étaient à deux doigts d'exploser.

– Mon Dieu, vous avez vu ce qu'on leur donne ! Mais ces petites meurent de faim !

Là-dessus j'ai aspiré mes joues et j'ai pris mon air le plus misérable.

– Vous avez vu la petite au bout de la table ! Quelle honte, je suis sûre qu'elle ne mange pas à sa faim. Tiens, ma chérie, c'est pour toi, m'a dit le monsieur en me déposant un caramel dans la main.

Je l'ai gratifié d'un beau sourire et j'ai caché la confiserie dans mon mantelet en adressant un rictus triomphal à Sheila.

Peu après, ma chère Ida est arrivée avec un second plat, du pudding au lait avec de la confiture à la framboise. Comme c'est elle qui nous a servies, j'ai eu droit à une belle part de pudding et à une grosse cuillerée de confiture. J'étais aux anges. J'ai pensé à Gédéon qui devait manger dans le réfectoire des garçons : pourvu qu'il s'en sorte aussi bien ! Depuis toujours, les dames avaient tendance à vouloir le protéger, alors je me disais qu'il avait sans doute droit à des sucreries, lui aussi.

Ce jour-là, j'ai réussi à récolter quatre berlingots et un sucre d'orge. On aurait dit que j'avais de la poitrine sous mon mantelet ! J'avais prévu de les déguster une fois dans mon lit, mais à peine sommes-nous sorties du réfectoire que les grandes se sont précipitées sur nous.

– Allez, donnez-nous ces bonbons. À chacun son dû ! hurlaient-elles en plongeant la main dans nos mantelets.

Tout juste si elles ne nous secouaient pas pour faire tomber les bonbons.

L'une d'elles m'a arraché mon caramel, une autre m'a volé mes berlingots, mais j'ai eu beau crier et me débattre, elles étaient trop nombreuses.

– Arrêtez ! Fichez-lui la paix ! s'est écriée Harriet en se précipitant à ma rescousse.

Elle a réussi à me sauver mon sucre d'orge.

– Tiens, mon bébé, mange-le vite avant que les autres ne te le volent. Vous devriez avoir honte de vous jeter sur les petites comme la vermine sur le bas clergé !

Sur ce elle m'a prise par la main pour m'éloigner, et je me suis blottie contre elle en suçant mon délicieux sucre d'orge.

Le dimanche suivant, j'ai été beaucoup plus prudente et j'ai caché mes bonbons dans mon bonnet. Tant pis si mes cheveux collaient. De toute façon ils auraient droit à un bon bain le soir. En attendant, sucer mes bonbons le soir me faisait du bien, j'avais l'impression d'être un peu moins seule dans mon lit.

Cette nuit-là, j'ai rêvé de la maison. Je me demandais comment la vie se passait sans moi, surtout pour Jem. Je savais qu'il pensait à moi, à tel point que j'avais fait des progrès très rapides en écriture au cours de Miss Newman, car dès que nous écrivions suffisamment bien, nous avions le droit d'envoyer des lettres chez nous.

J'avais donc commencé à écrire une longue lettre que Miss Newman avait rédigée au tableau, dont nous devions soigneusement recopier le texte.

Chère Mère,

J'ai le plaisir de vous envoyer ces quelques lignes en espérant qu'elles vous trouveront en pleine forme. Pourriez-

vous avoir la gentillesse de transmettre mes amitiés à toute la famille ?

Avec mon éternelle affection,
Votre fille,
Millie.

Nous étions tenues de recopier la lettre mot à mot et il était interdit d'ajouter ou de retirer une ligne. Les filles un peu plus grandes avaient le droit d'ajouter quelques mots personnels, soumis à l'approbation de Miss Newman avant l'envoi de la lettre.

Le temps d'arriver au mot « affection », j'étais épuisée et je n'arrivais plus à me concentrer. Mais si je faisais la moindre faute d'orthographe, si j'inversais le *i* et le *o*, par exemple, Miss Newman barrait le mot et il fallait tout recommencer à zéro.

J'avais hâte de faire assez de progrès pour avoir le droit d'ajouter le petit mot que j'avais déjà rédigé dans ma tête : « Je déteste cet endroit et vous me manquez tous, et il y a une fille affreuse qui s'appelle Sheila, et je déteste Mme Peters, en plus elle m'a volé ma poupée de chiffon et maintenant je ne porte plus de pantys. »

J'avais vu plusieurs filles à qui l'on avait confisqué leur lettre parce qu'elles avaient osé écrire que la nourriture était toujours la même, ou parce qu'elles se plaignaient des gens qui venaient nous observer le dimanche. Du coup, j'ai été prudente, et pour la première fois j'ai simplement ajouté : *Pourriez-vous avoir la gentillesse de transmettre mes amitiés à toute la famille, et surtout à Jem ?*

J'ai signé et j'ai rempli le reste de la page de baisers.

Je savais donc plus ou moins écrire, et peu à peu j'ai pris l'habitude de noter toutes les histoires ou les saynètes que j'inventais pour ne pas oublier la maison. Mais j'avais du mal à trouver du papier. Un jour j'ai été assez audacieuse pour chiper une grande feuille dans la réserve de Miss Newman, mais la plupart du temps son armoire était fermée à double tour. Plus tard, Harriet m'a donné deux feuilles qu'elle avait déchirées dans son cahier d'exercices, mais en général, Ida était la seule sur qui je pouvais vraiment compter. Elle arrivait toujours à me glisser des sachets en papier ou des feuilles de papier sulfurisé que je cachais dans mon mantelet. Du coup je griffonnais toute la journée jusqu'au moment où je pouvais les planquer sous mon matelas !

Il n'était pas non plus facile de trouver un endroit où je pouvais m'isoler. Parfois je me réveillais en pleine nuit et je m'asseyais dans mon lit pour gribouiller avec un bout de charbon, même si le lendemain matin je découvrais que mes lignes valsaient, quand elles ne se chevauchaient pas.

Écrire me plaisait, mais ça ne me suffisait pas. J'avais soif de lire de nouvelles histoires. Certes, j'avais une Bible, dont certains récits étaient fabuleux, mais souvent difficiles à déchiffrer. Miss Winterson m'avait prêté un livre de contes de fée que j'adorais et n'arrêtais pas de relire. J'allais au bal en pantoufles de vair avec Cendrillon, je me faisais pousser de longs cheveux comme Raiponce, je nageais sous des palais de corail avec la petite sirène...

Un jour, Ida m'a surprise en train de lire pendant le déjeuner, le livre caché sur les genoux.

– Fais attention, tu vas te faire houspiller.

– Mais j'adore lire, Ida. Si je rends le livre de contes de fées de Miss Winterson, je n'aurai plus rien à faire.

– Je vais essayer de t'en trouver d'autres. C'est merveilleux qu'un p'tit bout de chou comme toi lise déjà si bien. Il faut t'encourager.

– Qu'est-ce que vous racontez ? nous a interrompues Mme Peters.

Je me suis assise sur mon livre. J'ai cru qu'Ida allait se défendre et s'en aller, mais elle a poursuivi :

– Je disais simplement qu'elle aurait besoin qu'on l'encourage.

– En quel honneur ?

– Parce qu'elle est très douée.

– Douée ? Elle n'a pas inventé le fil à couper le beurre, tout de même ! En plus il faut sans cesse l'avoir à l'œil. Elle a besoin d'être vissée, oui, pas d'être encouragée.

– Mais elle a une mémoire incroyable. À mon avis, elle pourra faire de vraies études.

– Une enfant trouvée ? Grotesque ! Elle sera bonne, comme tout le monde. C'est tout ce qu'elle mérite et je t'interdis de dire le contraire. Allez, file dans la cuisine ! Tu es ici pour servir, pas pour dire ce que tu penses, petite impertinente. Et que je ne te surprenne pas en flagrant délit de favoritisme, sinon je me débrouillerai pour que tu sois renvoyée.

– Je vous demande pardon, a bredouillé Ida en décampant.

J'étais assise sur le livre de contes de fées, terrorisée. Pourvu qu'Ida n'ait pas d'ennuis…

Le soir, ce n'est pas elle qui a servi à notre table, et elle n'a pas quitté le coin des grandes. Mme Peters-Cochonne est passée plusieurs fois derrière moi sans rien dire, mais l'expression sur son visage était suffisamment parlante : « Bien fait ! Tu n'auras plus ton amie avec toi. Il était temps qu'on te remette à ta place, Millie Plume. Ici, c'est moi qui décide. »

Le lendemain au petit déjeuner, Ida est revenue près de moi. J'ai regardé dans la salle : pas de Mme Cochonne.

– C'est son jour de repos, m'a murmuré Ida. Si seulement elle pouvait disparaître. Je ne peux pas la piffer.

– Je l'appelle Mme Cochonne.

– Ça, c'est culotté ! Tiens, cache ça dans ton mantelet. C'est un petit journal qui appartient à Cook, *Police Gazette*. Elle a fini de le lire.

– Oh, Ida, merci mille fois !

Je ne pense pas qu'elle lisait beaucoup, en tout cas elle n'avait sûrement pas lu ce journal, sinon elle ne me l'aurait pas donné. Il était plein d'histoires de meurtres et de passions, pas vraiment recommandées pour les petites filles, mais qu'évidemment je dévorais.

Malgré moi, j'ai appris à lire extrêmement vite, car il était difficile de trouver un endroit où s'isoler longtemps. En général je me cachais dans un placard ou dans un coin de la cour en surveillant l'arrière des bâtiments, mais j'avais rarement plus de cinq minutes avant que la maudite cloche me rappelle à l'ordre. Je parcourais la page à toute vitesse, comme si je dévorais un repas entier en cinq minutes. J'avalais chaque récit telle une grosse bouchée indigeste – qui souvent me maintenait en éveil une partie de la nuit.

Dès que la surveillante éteignait les lumières et que les chuchotements démarraient, je me bouchais les oreilles avec les mains et je me répétais les histoires tout bas. Hélas, souvent les filles m'embêtaient. Surtout Sheila, qui me harcelait en se moquant de mes cheveux roux et de mon soi-disant sale caractère.

– Tu ne pourrais pas te coudre le bec avec du fil et une aiguille ? ai-je répondu un soir. Je te préviens, je risque de craquer, comme Flora Jackson. Je parie que tu ne la connais pas. C'est une servante qui travaillait dans un manoir où la maîtresse de maison n'arrêtait pas de la rabrouer. Un jour elle en a eu marre et elle est allée prendre une pelote de fil et un couteau pointu dans la cuisine. Elle a ligoté sa maîtresse dans sa chemise de nuit et elle lui a coupé la langue. Alors, fais gaffe, Sheila Mayhew, parce que je sais très bien où sont rangés les couteaux dans la cuisine !

Des cris étouffés ont retenti dans le dortoir.

– Ce que tu peux être bête, Millie ! Tu crois que tu me fais peur ?

Sauf que sa voix, haut perchée et stridente, prouvait qu'elle était terrorisée.

– Et qu'est-ce qui est arrivé à la maîtresse de maison ? Elle est morte ?

– Oh non ! Mais elle avait la langue coupée en deux et elle ne pouvait plus articuler un mot, elle ne sortait plus que des gargouillis incompréhensibles.

– Ooooooh ! se sont exclamées les filles – tellement fort que la surveillante a tout entendu et a soudain déboulé pour nous gronder.

– Elle aussi, elle a intérêt à faire attention, ai-je ajouté dès qu'elle a eu tourné les talons.

Le lendemain soir, les filles m'ont suppliée de leur raconter la suite de l'histoire, et j'ai tout raconté, en détail, car il y en avait trois pages entières dans *Police Gazette*. Puis le lendemain, ç'a été un nouveau récit, et ainsi de suite jusqu'à ce que j'aie épuisé tout le journal. Alors, j'ai été obligée d'inventer mes propres histoires.

Elles en redemandaient toutes, y compris Sheila et Monica, alors que beaucoup en faisaient des cauchemars et se réveillaient en pleine nuit en hurlant. Quelques-unes faisaient pipi au lit, humiliation suprême, d'autant qu'elles étaient condamnées à traîner leur drap humide et puant devant tout le monde le lendemain matin. Pourtant c'était celles-là qui réclamaient des « histoires sanglantes » dès l'extinction des lumières.

À un moment, je suis passée aux histoires de Shéhérazade parce que Winnie nous lisait *Les Mille et Une Nuits* pendant les cours de couture. Mais, une nuit, j'ai été réveillée par des sanglots dans le lit voisin du mien.

J'avais l'habitude d'entendre les filles pleurer, et moi-même je pleurais régulièrement, mais là c'était différent. Je suis sortie de mon lit et je suis allée voir : c'était Polly, la nouvelle, qui semblait terrorisée.

Trois nouvelles filles étaient arrivées après moi : Jane, Matilda et Maria, et chaque fois mon cœur battait car j'espérais que je pourrais me faire une amie. J'essayais d'être gentille et de les rassurer. Je les guidais jusqu'à la salle de bains, au réfectoire, dans la salle de classe ou la cour de récréation. Je les prenais sous mon aile pour leur épargner les sarcasmes de Sheila et de Monica, je les aidais à lire, parfois je les aidais à coudre, bien que je sois toujours un peu empotée.

Mes efforts n'aboutissaient pas toujours. Jane, par exemple, se révélait ennuyeuse, ennuyeuse, mais ennuyeuse ! Quand je lui faisais un dessin pour imaginer quelque chose, elle regardait dans le vide, la bouche grande ouverte, et quand je racontais des histoires le soir, elle paniquait.

– C'est très mal de raconter des horreurs pareilles, a-t-elle déclaré un soir.

Et plus jamais elle n'a voulu avoir affaire à moi.

Matilda était plus drôle, et j'aimais bien ses grands yeux bruns et son sourire vif. Elle mettait un certain temps à interpréter mes dessins, mais elle adorait que je transforme la cour de récréation en désert de sable ou en océan pour jouer aux explorateurs ou aux pirates. Elle me suppliait de lui lire les histoires les plus Grand-Guignol de *Police Gazette*. Elle a été ma meilleure amie pendant une semaine ou deux, jusqu'au moment où est arrivée Maria.

Le lit de Maria se trouvait à côté de celui de Matilda, et en classe elles étaient assises l'une à côté de l'autre, si bien qu'au début c'est Matilda qui l'a prise sous son aile, normal. Mais très vite, elles ont commencé à marcher bras dessus, bras dessous et à échanger des secrets dont elles m'ont exclue. Et voilà, c'est elles qui étaient devenues amies et je me retrouvais toute seule, abandonnée et dépitée.

Il fallait absolument que je me trouve une nouvelle amie. La solitude me faisait trop mal. Souvent, je m'inventais de nouvelles compagnes de jeu, des camarades imaginaires qui me suppliaient de les laisser me prendre le bras pour se promener avec moi ou de leur raconter les histoires les plus abracadabrantes possibles.

Jusqu'au jour où Polly est arrivée. Elle était un peu ronde et avait de grands yeux bleu pâle. Elle a débarqué avec de longs cheveux blonds en pleine journée, mais elle est tout de suite passée entre les mains de la redoutable Mme Peters, et *clac ! clac !* On aurait dit qu'elle avait des aigrettes de pissenlit qui dépassaient de son bonnet. Elle a pleuré toute la journée mais personne n'y a fait attention. Chaque nouvelle faisait pareil. Quand je lui ai raconté mes histoires macabres le soir, elle n'a pas moufté. Puis je lui ai gentiment souhaité bonne nuit, mais elle ne m'a pas répondu, du coup j'ai pensé qu'elle dormait.

Pas du tout. Elle ne dormait pas du tout. Elle avait le visage enfoui dans son oreiller et elle pleurait toutes les larmes de son corps.

– Ne pleure pas, l'ai-je consolée en lui tapotant l'épaule. C'est horrible, mais tu vas t'y habituer.

Elle a continué à sangloter.

– Je suis désolée de t'avoir raconté cette histoire. Je ne voulais pas te faire peur. Je te promets, je ne te parlerai plus jamais de ce meurtre à la hache. De toute façon, le meurtrier est en prison, alors il ne peut plus s'attaquer à personne.

– Ça n'a rien à voir avec ça. C'est parce que je veux rentrer chez moi.

– Moi aussi, si tu savais !

Je me suis mordu la langue pour ne pas éclater en sanglots, en pensant soudain à Mère, à Jem… J'ai tendu la main pour la caresser mais elle a sursauté.

– Qu'est-ce qu'il y a ? Je t'ai fait mal ?

– Non, mais ta main est glacée.

– C'est parce que le dortoir est glacé. Viens, monte dans mon lit.

Mais c'est moi qui me suis glissée sous ses couvertures.

– Ton oreiller est trempé, ma pauvre ! Tu pleures depuis combien de temps ?

J'ai soulevé sa tête et retourné l'oreiller.

– Voilà, ça va mieux ?

– Je suis tellement laide, s'est-elle lamentée en passant la main dans ses cheveux rasés.

– Un peu bizarre, c'est vrai, mais ne t'inquiète pas, tes cheveux vont repousser. Finalement j'aime bien les miens. On dirait que je suis un garçon.

– Mais je n'ai aucune envie de ressembler à un garçon !

– C'est pas mal, tu sais. Les garçons s'amusent dix fois plus que nous. À la maison j'ai un grand frère que j'adore, Jem. Quand je serai assez grande, il va venir me prendre. Et puis j'ai un autre frère, Nat, encore plus grand. Et deux autres, ici, et une sœur, Martha, qui a une voix superbe et chante dans la chorale. Je vais te confier un secret : un jour, je m'inquiétais pour mon frère Gédéon, alors je me suis déguisée en garçon et je suis allée le voir ; d'ailleurs j'ai l'intention d'y retourner bientôt. Mon autre frère, qui est ici aussi, s'appelle Saul, mais je ne l'aime pas beaucoup. Et toi ? Ah, oui, j'en ai encore un, qui est parti à la guerre et qui s'appelle…

Bloquée. Impossible de me rappeler son nom ! J'étais tétanisée. Ça y est, je commençais à oublier ma famille. Bien sûr, je ne l'avais jamais vu, ce frère, mais on parlait très souvent de lui à la maison. Mère prononçait toujours son nom en soupirant et elle conservait soigneusement ses lettres dans un petit paquet noué avec un ruban bleu.

J'ai murmuré les noms de chaque membre de la famille.

– Tu pries ?

– Marcus ! Ouf ! Je m'en souviens ! Il faut vraiment que je me débrouille pour ne plus jamais les oublier. À partir de maintenant, tous les soirs j'énumérerai les noms de chacun de mes frères et sœurs. N'oublie jamais tes frères et sœurs, Polly.

– Je n'en ai aucun. J'ai été adoptée par Miss Morrisson, la dame qui dirigeait l'école qu'on appelle le couvent de jeunes filles, le jour où elle a pris sa retraite. Elle me manque tellement, si tu savais ! Quand j'étais chez elle, tous les soirs je m'asseyais sur mon couvre-lit rose et elle me brossait patiemment les cheveux. Tu as vu ? Je n'ai plus rien à brosser.

– Attends, on va faire comme si tu avais encore tes cheveux longs, ai-je répondu en passant la main dans ses mèches. Tiens, voilà la brosse, et là… tu ne sens pas que tes cheveux poussent ? Ils poussent, ils repoussent, regarde… jusqu'aux oreilles ! Je continue à brosser, et, mon Dieu, ils poussent encore plus ! Tu ne les sens pas sur tes épaules ?

Polly a levé les mains dans l'obscurité et j'ai attendu, persuadée qu'elle réagirait comme Jane. Mais elle a palpé l'air et murmuré :

– Oh, ils sont de retour, si longs, si bouclés !

– Fabuleux ! Tu arrives à voir ce que je décris ? Tu ne voudrais pas être ma meilleure amie ?

– J'en rêve, Millie !

Je suis restée blottie dans son lit jusqu'à l'aube, puis j'ai bondi dans le mien, juste avant que la grande de service ne déboule dans le dortoir. Au moment de nous habiller, j'ai aidé Polly à lisser son tablier et son mantelet, puis je lui ai posé son bonnet sur la tête en chuchotant :

– Tes longues boucles tombent en cascade sur tes épaules.

– Je te présente ma nouvelle amie, Polly, ai-je annoncé à Ida au petit déjeuner.

Ida a gentiment hoché la tête vers elle.

– Ida est la plus gentille des nurses, ai-je expliqué à Polly.

Ida a rougi, les joues si roses qu'elle était presque jolie.

– Millie est la plus douée des élèves, a-t-elle répondu en saupoudrant du sucre sur mon porridge, puis un peu sur celui de Polly.

En cours, nous nous sommes assises l'une à côté de l'autre. J'avais décidé de l'aider à lire le plus patiemment possible, mais je n'en ai pas eu besoin. Sa mère adoptive était institutrice et lui avait déjà appris à lire. Elle lisait aussi bien que moi, alors que j'étais la première de toute ma section. Elle écrivait aussi très bien, avec de belles lettres bien rondes qui mettaient Miss Newman en joie.

– Admirez ces lignes parfaites, mesdemoiselles, quelle calligraphie ! Vous avez vu cette écriture, et en plus, sans faute !

J'avoue que si Polly n'avait pas été mon amie, ça m'aurait agacée. Du reste, la moitié des filles ont rouspété par pure jalousie. Sheila et Monica ont commencé à inventer des rimes scabreuses sur Polly la Calligraphe, mais je les ai fusillées du regard jusqu'à ce qu'elles se taisent. Gare à quiconque osait se moquer de ma meilleure amie !

Peu après, j'ai découvert que Polly était douée aussi en couture, à la fois agile et soignée, ce qui, pour le coup, lui a tout de suite valu un franc succès. Car les vêtements que nous portions n'étaient jamais marqués ni personnalisés. Tous les dimanches, on nous les distribuait au hasard. Il suffisait donc de tomber sur des collants mal reprisés pour passer la semaine exaspérée, les doigts de pied collés les uns contre les autres, à devoir sans cesse retirer ses bottes pour remettre en place le collant dans un sens ou dans un autre.

Pendant la récréation, Polly et moi, nous jouions à nos jeux d'évasion. Nous étirions les bras en faisant semblant de voler. Aux yeux des autres, nous courions tout simplement avec les bras écartés, mais nous, nous prenions notre envol pour planer au-dessus des toits de Londres. Un jour, nous allions rendre visite à la mère adoptive de Polly et nous nous asseyions à ses pieds pour déguster une tranche de gâteau à l'anis avec une tasse de thé. Le lendemain, nous filions jusqu'à mon village pour aller voir Jem dans sa cabane d'écureuil et grignoter des biscuits au gingembre à trois.

J'ai raconté à Polly l'histoire du cirque Tanglefield

et ma rencontre avec Madame Adeline. Je lui ai proposé d'y retourner avec moi, mais sans trop insister, car je ne la voyais pas très bien dans un rôle de saltimbanque. Elle avait beau avoir les mêmes rations que tout le monde aux repas, elle était un peu ronde et elle avait les pieds plats. En revanche, elle avait une imagination aussi débordante que la mienne.

– Miss Morrisson avait un perroquet qui s'appelait aussi Polly, mais je crois que c'était un mâle, me dit-elle un jour. Il jasait de façon atroce et donnait des coups de bec aux visiteurs, mais il était très gentil avec moi. C'est moi qui étais chargée de le nourrir et il répétait « Gentille fifille, gentille fifille ». Alors, au cirque, je pourrais être entraîneur d'oiseaux et apprendre à chanter à des perroquets, et il y aurait des faucons, des aigles et des albatros qui voleraient au-dessus de moi en décrivant des figures extraordinaires.

Elle a agité la main et j'ai vu les oiseaux de dressage exécuter de merveilleux numéros.

Avec Polly, je partageais les *Police Gazette* que je récupérais en douce, et nous riions ou tremblions ensemble en lisant les feuilletons macabres du journal. Parfois je me demandais si elle aurait aimé faire peur aux filles en inventant des histoires, mais manifestement elle préférait que ce soit moi qui parle en public.

Il lui arrivait encore de pleurer pendant que les autres dormaient. Aussitôt je me glissais dans son lit et je me blottissais contre elle pour la consoler.

13

Un hiver, je suis tombée malade en même temps que Polly. Je ne sais plus laquelle d'entre nous a commencé à renifler et à éternuer la première, mais en quelques heures nous nous sommes retrouvées avec le visage tout rouge, le nez qui coulait et de violentes quintes de toux. Mme Peters nous a donné à chacune un mouchoir, mais il était rêche et nous irritait la peau. Tout nous faisait mal, la tête, les bras, les jambes, et nous n'avions qu'une envie, nous réfugier au fond de notre lit. Hélas, il fallait suivre la routine sans broncher. Il faisait un tel froid qu'à la récréation nous sommes restées dans un coin en tremblant, tenant à peine debout.

– Mais courez donc, les filles ! Vous avez besoin de respirer de l'air frais pour chasser cet épouvantable rhume. Ne faites pas cette tête et arrêtez de me jeter des regards noirs ! s'est écriée Mme Peters.

– On a trop froid. On ne pourrait pas rester à l'intérieur, exceptionnellement ? ai-je osé demander.

– Froid ? Bien sûr que vous avez froid ! Il faut bouger, sauter. Allez, un peu d'exercice, petites paresseuses ! Et arrêtez de trembler alors que vous avez vos manteaux bien chauds.

Oui, nous avions nos manteaux, mais nous n'avions ni gants ni écharpes en laine. Et comme nous ne portions pas de sous-vêtements et que le vent s'engouffrait sous nos jupes, nous frissonnions sur place, gelées, livides, avec le nez qui coulait. Ce soir-là, à l'heure du coucher, nous avions de la fièvre et nous arrivions à peine à respirer. Je n'ai pas eu la force de raconter une histoire aux filles. Je me suis blottie sous mes couvertures, assaillie par des élancements au crâne, et j'avais l'impression que mon lit tanguait, montant et redescendant entre le sol et le plafond. Soudain j'ai vomi et rendu tout ce que je savais. Je me suis recroquevillée en tremblant, désespérée. J'imaginais déjà la punition qui m'attendait. Il fallait que je nettoie les dégâts, mais comment ?

– Millie ? C'est toi qui viens de vomir ? a lancé Sheila. Ça pue, je le sens d'ici. Quelle horreur !

– C'est pas de sa faute, m'a défendue Polly. Moi aussi, j'ai mal au cœur. Oh, non… !

Et elle aussi a vomi.

– Arrêtez ! C'est dégoûtant, a insisté Sheila.

Plusieurs filles se sont réveillées en gémissant.

– Chut ! J'entends des pas. La surgé ! a sifflé Monica.

J'ai éclaté en sanglots. Non seulement je ne pouvais plus m'allonger dans mon lit, mais j'allais me faire fouetter parce que je ne dormais pas. Heureusement ce n'était pas la surveillante mais la gentille nurse, Winnie, qui était de garde.

– Oh mon Dieu ! Qui est malade ? C'est toi, Millie ? Toi aussi, ma jolie Polly ?

Elle m'a tâté le front en ajoutant :

– Tu as de la fièvre, ma chérie. Tu as besoin de vrais soins ; toi aussi, Polly. Venez avec moi, les filles.

Nous l'avons suivie jusqu'à une pièce qui ressemblait à un mini-dortoir avec une douzaine de lits.

– C'est l'infirmerie. Allez, on enlève tout de suite ces chemises de nuit. Je vais vous laver pour que vous soyez propres, mes petites chattes.

Elle était si douce que nous avons fondu en larmes. Après nous avoir nettoyées et rhabillées, elle nous a installées chacune dans un lit en nous donnant un nouveau mouchoir, moins rêche, et une bassine au cas où nous aurions encore envie de vomir.

– Voilà. Allez, essayez de vous rendormir. Je vais jeter un coup d'œil dans le dortoir et retirer vos draps. Ne pleurez plus. Ça va aller.

– On va pas être punies ?

– Seigneur ! Millie ! Vous êtes malades, vous avez une grippe carabinée. Bien sûr que personne ne va vous punir. Diantre, qu'est-ce que vous devez penser de nous !

– Moi, je trouve que vous êtes la plus gentille, Miss Winterson !

Elle a été d'une bonté inouïe. C'est elle qui nous a

tenu la bassine quand nous avons de nouveau vomi ; elle qui nous a prises dans ses bras pour nous poser sur un pot de chambre ; elle qui nous a enroulé la tête dans une serviette humide pour faire tomber la fièvre ; elle qui nous a donné de l'eau sucrée à boire ; elle qui nous lisait une histoire dès que nous nous agitions ; et elle qui nous a pris la main dans la sienne quand le docteur est venu nous examiner. À ce stade-là, l'infirmerie était bondée. Une nuée de filles éternuaient et crachouillaient, à tel point que des lits supplémentaires avaient été installés dans le couloir.

– La moitié de l'hôpital des Enfants-Trouvés est victime de cette maudite épidémie de grippe, a déclaré le médecin en auscultant Polly. Mais tu es une petite fille solide, toi, avec des poumons en pleine santé. Demain ou après-demain, tu seras guérie.

Il est passé à moi et a ouvert ma chemise de nuit pour m'examiner avec son stéthoscope glacial. Il était penché tellement près que ses cheveux pommadés me frôlaient le nombril.

– Cette petite est loin d'être aussi robuste, je dirais même qu'elle est gravement sous-alimentée, a-t-il déclaré. Elle est maigre comme un coucou.

– Mais je mange la même chose que Polly, monsieur.

Il ne m'a pas répondu.

– Je vous conseille de lui donner de la bière noire tous les matins, avec du lait crémeux et du bon porridge, sinon vous risquez de la perdre.

J'étais ravie ! Cela dit, quand Polly est sortie de l'infirmerie le lendemain, j'ai commencé à avoir des craintes. Je redoutais qu'elle ne devienne l'amie d'une autre pendant mon absence. En même temps, je profitais de l'attention de l'infirmière de nuit et j'avais de la chance : même la grosse Mme Cochonne avait attrapé la grippe et était clouée au lit. Plusieurs nurses aussi, si bien que nous étions surveillées par la première personne disponible. Parfois c'était tout simplement une grande. Jusqu'au jour où j'ai eu le plaisir de voir débarquer Ida avec un grand bol de porridge préparé spécialement pour moi. Elle s'est assise au bord de mon lit en insistant pour me nourrir à la cuillère, comme un bébé. Hélas, je me sentais encore assez faible et j'avais du mal à avaler quoi que ce soit.

– Une cuillère pour Ida... Allez, tu es une gentille petite fille, Millie. Regarde ce que je t'ai apporté – une plaque de caramel que j'ai fait moi-même. Dès que tu auras fini ton porridge, je t'autorise à prendre un morceau aussi gros que tu voudras.

J'étais tellement émue que j'ai versé quelques larmes.

– Ne pleure pas, ma chérie. Tu as mal ? Tu veux une petite laine pour protéger ta gorge ?

– Non, non, c'est parce que vous êtes tellement gentille. Ça me rappelle la maison. Si vous saviez comme mon grand frère, Jem, me manque, et Mère...

– Parle-moi de ta mère adoptive, Millie. Comment était-elle ?

– Ben... c'était... ma mère, quoi.

– Elle était douce ?

– Très douce, oui. Mais parfois elle me donnait des coups de louche, quand j'étais trop vilaine.

– Je suis sûre que tu n'étais jamais si vilaine que ça.

Elle m'a soulevée de mon oreiller pour que je puisse boire mon lait et je me suis laissée aller dans ses bras avec bonheur. Finalement, je n'étais plus tellement sûre d'avoir envie de guérir. Ida et Winnie s'occupaient de moi avec tant d'attention !

Un jour, Winnie m'a même fait passer un mot de la part de Polly.

Ma chère Millie,

J'espère du fond du cœur que tu n'es pas trop malade. Tu me manques affreusement. La vie sans toi est HORRIBLE.

Ton amie qui t'adore,

Polly.

Voilà ce que j'ai répondu :

Ma chère Polly,

C'est ÉPOUVANTABLEMENT *horrible d'être séparée de toi, mais je fais ce que je peux pour m'y habituer. Ne t'inquiète pas, je vais bientôt revenir. Winnie est mon amie, et Ida aussi, mais toi, tu es ma meilleure amie, vraiment spéciale, ma préférée au monde, et moi je suis ta Millie qui t'aime très affectueusement.*

J'avoue que j'ai eu du mal à rédiger ma lettre. J'ai demandé à Ida qu'elle m'épelle les mots les plus longs, tels que « épouvantablement » et « affectueusement », mais elle a rougi d'un air embarrassé.

– Je ne suis pas très bonne en orthographe, Millie. Je ne suis pas sûre de…

– C'est pas grave, je demanderai à Miss Winterson.

– Je n'ai jamais été vraiment à l'école, tu comprends ? D'ailleurs, c'est un des avantages de l'hôpital des Enfants-Trouvés. Les filles ont droit à une vraie éducation car nous voulons faire de vous des jeunes filles de qualité.

– Oui, sauf qu'on est condamnées à être soubrettes, et moi, je n'en ai aucune envie.

J'ai piqué un fard. Je venais de faire une gaffe.

– Pardon, Ida.

– Il y a pire dans la vie. En plus, tu as la chance d'être particulièrement intelligente, Millie. Qui sait, tu pourrais obtenir un poste chez une dame très bien. Tu porterais un bel uniforme et on ne t'imposerait jamais les corvées les plus pénibles. Tu n'aimerais pas ?

J'ai réfléchi avant de répondre :

– Peut-être, oui, si la dame était vraiment très gentille, si elle m'autorisait à porter des vêtements de soie et de velours et si elle m'offrait du gâteau à l'heure du thé.

– Tu as beau être mignonne comme tout, je doute qu'une vraie dame aille jusque-là.

– Dans ce cas-là, je m'enfuirai et je retournerai au cirque.

– Ah bon ? Et qu'est-ce que tu y feras ? Le chien savant ?

– Non, je serai écuyère et j'aurai un superbe cheval blanc.

– Avec des bagues aux doigts et des bracelets à la cheville ?

– Pas du tout. Je retrouverai ma vraie maman, Madame Adeline, et elle m'offrira un costume à paillettes roses, et on galopera ensemble autour de la piste.

– Qui t'a mis dans la tête que ta maman était écuyère ?

– Personne, mais j'en suis certaine. C'est Madame Adeline qui me l'a dit. Enfin… Et quand je serai assez grande, j'irai la retrouver.

– Pour l'instant, tu n'es pas assez grande, Millie. Tu es même la plus petite de toutes tes camarades. C'est pour ça qu'il faut que tu finisses le pudding au lait que je t'ai préparé. Tu verras, tu iras beaucoup mieux.

En effet, bientôt je me suis sentie beaucoup mieux, même si c'était sans doute dû à l'affection d'Ida et de Winnie, plus qu'au pudding et aux médicaments. En revanche, Sarah Barnes, ma voisine de lit, allait de plus en plus mal. Les infirmières avaient beau l'enrouler dans des draps humides, son front était toujours aussi brûlant. Elle arrivait à peine à siroter de l'eau sucrée. Elle était si faible qu'il fallait la soulever pour la déposer sur son pot de chambre comme un bébé. Et elle n'arrêtait pas de tousser, nuit et jour.

Un jour, elle allait tellement mal que je me suis glissée hors de mon lit et je lui ai demandé tout bas :

– Ma pauvre, tu as mal à la gorge, c'est ça ?

– Oui, j'ai mal…

– Tu veux que j'appelle l'infirmière ?

– Non, je voudrais…

– Qui ?

– Je voudrais voir ma maman, a-t-elle répondu en éclatant en sanglots.

Le lendemain, j'en ai parlé à Winnie qui a été prise de court.

– Pauvre chérie ! Je ne demanderais pas mieux, mais c'est interdit.

– Mais elle est malade comme un chien.

– Je sais, Millie, je sais, m'a-t-elle répondu en prenant sa tête dans ses mains.

– Miss Winterson… vous croyez qu'elle va mourir ?

– J'espère que non, mais elle est très gravement malade.

Cette nuit-là, Sarah a longuement pleuré en réclamant sa mère. Winnie avait beau la dorloter, elle ne parvenait pas à la calmer. J'ai fini par sortir de mon lit pour faire semblant que sa maman venait s'occuper d'elle, mais Miss Winterson n'a pas voulu que je m'approche de son lit.

– Je sais que c'est pour son bien, Millie, mais tu risques d'attraper un nouveau virus, surtout quand elle a des quintes de toux. Tu es trop faible. Allez, recouche-toi, ma chérie.

J'ai obéi. Je me suis rallongée et j'ai tiré ma couverture sur ma tête pour ne plus entendre les gémissements de Sarah. Le lendemain matin, quand je me suis réveillée, l'infirmerie m'a paru étrangement silencieuse. Le lit de Sarah était vide et les draps avaient été retirés.

– Où est Sarah ? Dans la salle de bains ?

– Non, ma petite Millie, m'a répondu Miss Winterson, le visage livide, marqué par des cernes violacés. Sarah est partie au ciel. Elle est avec les anges.

J'étais sous le choc. La veille, je lui avais demandé si Sarah risquait de mourir, mais je ne mesurais absolument pas ce que je disais. Sarah Barnes ! Tellement vraie, tellement réelle, avec ses quintes de toux, son nez qui coulait et son incapacité à arriver sur le pot à temps. Et maintenant elle était au milieu des anges, vêtue d'une longue robe blanche, avec des ailes poussant à partir de ses frêles omoplates ? J'avais beau m'évader facilement, j'avais du mal à l'imaginer volant au milieu des nuages, un halo planant au-dessus de sa longue chevelure châtain.

– Ne sois pas trop triste, Millie. Sarah est heureuse, désormais, et puis elle ne tousse plus.

Et si je mourais, moi aussi ?

Une nouvelle infirmière est venue prendre le relais de Miss Winterson. C'était une petite femme avec un visage anguleux que je n'avais jamais vue. Apparemment, elle travaillait dans l'aile des garçons, mais elle était venue prêter main-forte du côté des filles car trois de nos infirmières étaient malades.

Miss Winterson lui a annoncé la mort de Sarah.

– J'espère que c'est la seule que le ciel va nous enlever.

– De l'autre côté, il y a un petit garçon qui va de mal en pis. Un gamin tristounet et très perturbé. Il n'arrête pas de réclamer ses parents et ses frères et sœurs.

– Je parie que c'est mon frère ! Il faut que j'aille le voir ! ai-je hurlé en bondissant de mon lit.

– Millie, je t'en prie, ne t'agite pas. Il y a peu de chance que ce soit ton frère, m'a répondu Winnie.

– Si, si, il a une sœur qui s'appelle Millie ! a corrigé l'autre infirmière.

– Il faut absolument que je le voie. C'est moi qu'il réclame ! Sinon, les anges vont l'emporter, comme Sarah.

– Chut… Tu n'as pas le droit d'aller chez les garçons.

– Exceptionnellement, je lui donne la permission, a dit Winnie.

Elle m'a enroulée dans une couverture et m'a prise dans ses bras. Heureusement que j'étais légère comme une plume, parce qu'elle devait être épuisée après une nuit aussi pénible.

– Tu es folle ! Tu n'as pas le droit de l'emmener ! s'est écriée l'infirmière.

– Si.

– Oh, Miss Winterson, je vous adore ! me suis-je exclamée dans le couloir. Il faut absolument que je voie mon frère Gédéon.

– J'ai compris, ma chérie.

Elle a ouvert une porte en donnant un coup de hanche et nous nous sommes retrouvées dans une pièce qui empestait le savon au crésol et la maladie. Une foule de petits garçons étaient blottis dans leur lit, toussant et éternuant. Une infirmière penchée au-dessus du dernier lit avait l'air particulièrement inquiète. Elle a levé les yeux, sidérée de nous voir débarquer.

– Ne t'inquiète pas, l'a rassurée Winnie. J'arrive avec la petite Millie qui voudrait voir son frère.

– Gédéon ! Gédéon, je suis là !

Sauf que… ce n'était pas du tout Gédéon !

– Mon Dieu, mais c'est Saul ! Et Gédéon ? Il va bien ? Il est tellement fragile. Où est-il, s'il vous plaît ? Ne me dites pas qu'il est mort et qu'il est avec les anges !

– Chut… Ne parle pas si fort. Saul est gravement malade. Gédéon va parfaitement bien. Il a la chance d'avoir été épargné par la grippe.

– C'est vrai ? Promis ?

– Millie, tout de même ! est intervenue Miss Winterson. Tu ne veux pas dire quelques mots pour réconforter ton grand frère ?

Non, c'était le mauvais frère, et je n'avais qu'une envie, courir pour retrouver Gédéon et vérifier qu'il allait vraiment bien. J'ai pris ma respiration et j'ai longuement regardé Saul, recroquevillé au fond de son lit, les cheveux trempés par la transpiration et les joues rouges à cause de la fièvre.

– Salut, Saul. C'est moi, Millie.

– Je ne suis pas sûre qu'il te reconnaisse, mon enfant. Il a une fièvre carabinée, a dit l'infirmière.

Il avait les yeux grands ouverts et fixés sur moi. Il m'avait parfaitement reconnue. En plus il m'avait entendue appeler Gédéon... Je me sentais affreusement coupable.

– Saul, ai-je murmuré, mon pauvre Saul, tu as l'air vraiment mal en point. Moi aussi, je suis malade, mais pas autant que toi. Tu dois souffrir le martyre. Tiens, donne-moi la main.

J'ai essayé de prendre sa main, mais il l'a retirée.

– Je sais que tu ne m'aimes pas, mais tant pis, parce que moi, je t'aime.

J'avais conscience de mentir, mais peu importait.

– Tu es mon grand frère chéri et je suis venue te réconforter. Ah, si seulement Mère pouvait venir !

Il a failli éclater en sanglots.

– Tu sais, je pense que tu étais le chouchou de Mère, ai-je chuchoté en caressant ses cheveux.

Et pour une fois, il ne m'a pas repoussée.

– Parfaitement, tu étais son bébé préféré, son petit agneau chéri, jusqu'au jour où moi et Gédéon, on est arrivés, et il a fallu qu'elle s'occupe de nous. C'est normal que tu nous en aies voulu. Sauf que tu étais toujours le chouchou. Si tu avais vu comme elle était triste après t'avoir ramené ici. Elle ne disait plus un mot. Elle était assise toute seule dans son coin et elle pensait à toi.

Il a souri et j'ai compris que mes paroles le réconfortaient. Je suis restée accroupie à côté de lui en lui parlant de Mère, et il a fini par arrêter de gigoter pour se rapprocher de moi. Je lui ai pris la main et il s'est laissé faire.

Peu à peu ses paupières se sont fermées et j'ai eu peur : était-il mort ? Heureusement, j'ai entendu le bruit de sa respiration douloureuse.

– Allez, viens, Millie, m'a rappelée Winnie. Il s'est endormi, il est en paix. Il faut que je te ramène.

Je me suis relevée mais j'ai trébuché sur un objet : sa béquille.

– Il n'en a plus besoin, a déclaré l'autre infirmière avant de la ranger dans un placard.

J'ai fondu en larmes. C'est comme si elle avait ramassé Saul pour le remiser au fond du placard. J'ai pleuré… pleuré toutes les larmes de mon corps jusqu'à ce qu'on arrive dans l'aile des filles. Pauvre Winnie ! Elle faisait ce qu'elle pouvait pour me consoler ; en plus elle avait pris le risque de m'emmener dans l'aile des garçons. J'ai essayé de me calmer, ne serait-ce que pour lui éviter des ennuis, mais j'étais folle de chagrin. Jamais je n'avais essayé de m'imaginer à la place de Saul.

J'ai décidé d'être une vraie sœur pour lui, si par miracle il guérissait. Je me déguiserais en garçon et je filerais régulièrement dans l'autre aile. Je m'occuperais de mes deux frères en les traitant à égalité. Je me débrouillerais pour récolter des bonbons auprès des visiteurs du dimanche et je les garderais pour eux.

Je les imaginais déjà en train de m'embrasser avec la bouche collante parce que j'étais leur petite sœur adorée.

Le lendemain matin, j'ai surpris l'infirmière de la veille qui chuchotait à l'oreille de Winnie. J'ai entendu le nom de Saul et j'ai compris. Il était mort. J'ai éclaté en sanglots.

– Millie, on ne peut rien te cacher ! Tu entends tout. Ma biquette chérie, je suis désolée pour toi. Heureusement que tu as pu lui dire au revoir.

Winnie essayait de me consoler.

– Je ne veux pas qu'il soit mort ! Je n'ai pas eu le temps de me réconcilier avec lui pour qu'il m'aime !

– Comment ça ? Mais il t'aimait beaucoup, Millie. Tu as été adorable avec lui. Je suis sûre qu'il est heureux. Il a dû rejoindre notre chère Sarah au ciel.

J'ai essayé de les imaginer jouant ensemble, chacun vêtu d'une longue robe blanche, mais je ne pense pas que Saul aurait apprécié Sarah. Elle avait tout le temps le nez qui coulait et elle pleurnichait beaucoup. Je le voyais déjà en train de la provoquer et de la taquiner avec sa béquille.

– Miss Winterson ? Vous pensez que Saul boite toujours au paradis ?

– Non, c'est ça qui est formidable. Dieu l'a sûrement guéri et je suis sûre qu'il court comme un lapin.

– Pourquoi est-ce que Dieu ne l'a pas guéri ici ?

– Oh, Millie, tu en poses des questions, même quand tu es malade !

Le lendemain, je suis sortie de l'infirmerie.

– J'ai cru que tu allais mourir, c'était épouvantable, s'est exclamée Polly en se précipitant sur moi.

– Mais j'ai failli mourir, tu sais, comme Sarah et Saul, mon grand frère.

– Tu vas aller à leur enterrement ?

Je voulais vraiment y aller car je n'avais jamais assisté à un enterrement. Je savais que c'était une cérémonie très solennelle et très triste, mais je me sentais prête à tout pour échapper à la routine de l'orphelinat.

Sarah et Saul ont sûrement eu droit à un enterrement, mais je n'y ai pas été conviée. En revanche, le dimanche suivant, nous avons chanté un hymne en leur mémoire. C'est la dernière fois que leurs noms ont été prononcés.

14

La fin de l'année approchait mais j'avais du mal à me réjouir. Jusqu'au jour où j'ai demandé à Harriet comment on fêtait Noël chez les Enfants-Trouvés.

– Noël ? Oh c'est comme un dimanche, un peu spécial, disons.

Sa réponse m'a découragée. Non seulement je détestais les heures interminables et glaciales que nous passions dans la chapelle, mais maintenant je redoutais le déjeuner qui suivait. Je continuais à minauder devant les visiteurs pour avoir des bonbons, mais les grandes avaient compris ma tactique et à peine étais-je sortie du réfectoire qu'elles se précipitaient sur moi et me volaient mon butin.

J'avais beau rechercher la protection de Harriet, elle s'était entichée d'un des jeunes visiteurs qui venait régulièrement et elle se tenait en retrait, rougissant et souriant, et souvent elle était la dernière à quitter le réfectoire.

Le jeune monsieur en question avait une épingle

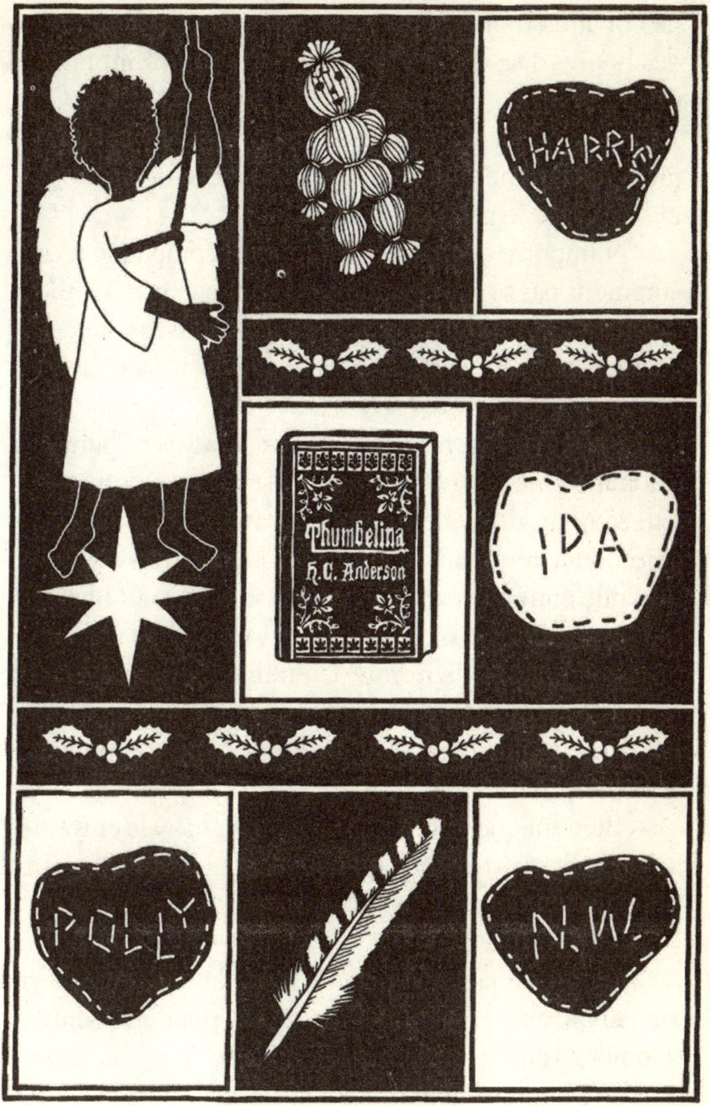
HARRIET
Thumbelina
H.C. Anderson
IDA
POLLY
N.W.

de cravate en or en forme de P, si bien qu'elle passait des heures à se demander s'il s'appelait Philip, Peter ou Paul.

– Je crois que j'ai entendu sa femme l'appeler Pérégrin, ai-je lâché un jour en inventant le nom le plus absurde que je pouvais imaginer.

– N'importe quoi ! La dame qui l'accompagne n'est sûrement pas sa femme, elle est beaucoup trop vieille. Si ça se trouve, c'est sa mère, sauf que j'ai tendance à penser que c'est sa grande sœur, qui doit être vieille fille.

Il s'agissait effectivement d'une dame assez banale, au teint pâle, d'apparence très sérieuse et qui portait toujours des robes gris anthracite, sans le moindre bijou. Harriet avait donc sans doute raison. En tout cas, elle était persuadée que ce monsieur était libre et elle ne se gênait pas pour flirter ostensiblement avec lui, même si lui l'ignorait. C'était sa façon à elle de rêver et de s'accorder un peu de bonheur.

– Tu sais si tous ces visiteurs nous observeront aussi bêtement le jour de Noël ?

– Bien sûr que oui ! m'a-t-elle répondu avec enthousiasme. Ils assistent à la messe de Noël qui a lieu dans la chapelle, avec la chorale et la crèche vivante.

– La crèche vivante ?

– Tu ne sais pas ce que c'est ? C'est la représentation de la Nativité. Chaque année je prie pour être Marie. J'aimerais tellement jouer le rôle de la Vierge, la sainte parfaite que tout le monde admirerait – surtout lui.

La Nativité, je connaissais. Chaque année à Noël, Mère accrochait au mur une image de l'Enfant Jésus dans l'étable, entouré par tous ceux qui venaient l'adorer.

– Si je comprends bien, la crèche vivante est une sorte de pièce ?

– Sauf que personne ne dit un mot et il ne faut pas bouger. Disons que c'est plutôt un tableau vivant.

Tout ça ne m'enchantait guère. Car au fond il ne se passait rien, et moi, je rêvais d'action : j'imaginais les anges annonçant la bonne nouvelle à tue-tête, les aubergistes refusant d'héberger Marie et Joseph, les Rois mages apportant des cadeaux exotiques…

– Comment on sait qui est qui si personne ne bouge ou ne parle ?

– Ne sois pas sotte ! Chacun est déguisé. Marie porte une superbe robe bleue brillante et un long voile blanc. Tu imagines !

Oh oui, j'imaginais ! Pauvre Harriet ! Depuis qu'elle avait cinq ans, elle était condamnée à porter la même robe marronnasse sinistre.

– J'espère que tu seras Marie, ai-je répondu. Sinon… pourquoi pas moi ?

J'étais émue. Je me voyais déjà dans cette belle robe bleue, dont le tissu soyeux glisserait sur mes bras, et portant ce long voile qui me balaierait les épaules.

– Toi ? Tu es beaucoup trop petite. En plus tu as les cheveux roux.

J'étais vexée comme un pou. Harriet était censée être mon amie.

– Il suffirait que je monte sur une caisse. Et si j'avais un voile on ne verrait pas mes cheveux.

Soudain j'ai eu une idée.

– Puisque je suis plus petite que tout le monde, pourquoi est-ce que je ne serais pas l'Enfant Jésus ? Je me recroquevillerais au fond d'une boîte comme si c'était une mangeoire.

– Tu me fais rire, Millie ! Jamais tu ne pourrais passer pour le petit Jésus ! Ils prennent un vrai bébé, un orphelin de l'hôpital des Enfants-Trouvés. L'année dernière il pleurait tellement fort qu'on entendait à peine la chorale.

– Ça je sais faire, pleurer, je suis même particulièrement bonne ! Mais qui est-ce qui choisit les enfants ?

– Je ne sais pas. Sans doute les surveillantes et les nurses.

Si Mme Peters avait son mot à dire, je n'avais aucune chance. En revanche, si Winnie était de la partie…

– Ou peut-être que ce sont les maîtresses et les maîtres.

Ah ! Autant Miss Newman était beaucoup trop stricte pour avoir des chouchous, autant elle avait un faible pour Polly et moi parce que nous étions les meilleures. Et si elle nous sélectionnait toutes les deux ? Je réfléchissais aux déguisements. Je n'avais aucune envie d'être un berger ou un des hôtes de l'auberge. Leurs costumes manquaient sûrement d'intérêt. En revanche, les Rois mages devaient porter des costumes de velours et de brocart, et vu leur condition de rois, des couronnes !

– Harriet, on pourrait être les trois Rois mages, toi, Polly et moi. Tu serais le plus grand et c'est toi qui t'inclinerais en premier devant le petit Jésus en lui offrant le plus gros cadeau. Ensuite, il y aurait Polly, qui est de taille moyenne et offrirait un cadeau de taille moyenne. Puis moi, un mini-mini-Roi mage avec un mini-mini-cadeau.

Harriet riait aux larmes.

– Ce n'est pas *Boucle d'or et les Trois Ours*, Millie ! En plus on est des filles, alors on ne peut pas jouer les rôles des garçons.

– C'est pas juste !

J'ai compté sur mes doigts et ajouté :

– Il y a plein de rôles de garçons, mais il n'y en a que deux pour les filles : Marie et la femme de l'aubergiste. Sauf si… un ange, c'est un garçon ou une fille ?

– Je crois que ça dépend.

– Dans ce cas-là, je pourrais être un ange avec une longue robe blanche. Et puis, je pourrais avoir des ailes, immenses, avec des plumes. Tu crois que je pourrais avoir des ailes avec lesquelles je pourrais voler pour de vrai ?

– C'est pas demain la veille qu'ils te laisseront jouer le rôle d'un ange, crois-moi. Tu as la réputation d'être sacrément farouche et dissipée. En plus tu bouges tout le temps. Dans une crèche vivante il faut rester immobile du début à la fin de la célébration. Allez, arrête de me casser les pieds avec cette histoire. Au fait, tu as remarqué la cravate que portait mon jeune homme préféré ce matin ?

Non. Je m'en fichais. Je n'avais aucune envie de parler de Philip, Peter, Paul ou Pérégrin. Qu'est-ce que j'en avais à faire de sa cravate ? Je n'avais qu'une envie, avoir un rôle dans la crèche vivante.

Le soir même j'en ai parlé à Polly.

– On pourrait être toutes les deux des anges. Bon, peut-être pas celui qui annonce l'arrivée de Jésus aux Rois mages.

– L'ange Gabriel.

– Oui, c'est ça. Mais il y en a plein d'autres, comme dans le chant de Noël *Les Anges dans nos campagnes*... Je suis sûre que ça veut dire qu'ils étaient nombreux. On serait des petits anges, des bébés anges...

– Des chérubins.

– Oui, des chérubins !

Je me suis rappelé la veillée de Noël à la maison et j'ai poursuivi :

– Bien sûr qu'il y avait des chérubins le jour de la Nativité. Ils planaient au-dessus de l'étable, mais ils n'étaient pas vraiment habillés, ils avaient à peine quelques voiles.

– Nous, il faudrait qu'on soit habillées, m'a répondu Polly avec fermeté.

Hélas nous n'avons pas été sélectionnées pour être des anges, avec ou sans voiles.

C'est Monica qui a été choisie, à la surprise générale, car c'était une fillette à la personnalité particulièrement fade. Elle répétait tout ce que disait Sheila, qui, du reste, en a été estomaquée, persuadée qu'elle aurait été un ange beaucoup plus convaincant. Elle s'est mise à harceler et à railler sa meilleure amie, qui ne cherchait même pas à se défendre. Car depuis qu'elle avait été choisie, Monica faisait preuve d'une sagesse angélique exaspérante.

– Ça fait de la peine à Jésus quand tu me pinces en me traitant de tous les noms, Sheila. Je refuse de jouer avec toi tant que tu ne m'auras pas demandé pardon.

– Je n'ai rien à me faire pardonner. Je préfère encore jouer toute seule.

Nous étions dans la cour de récréation et Sheila s'est réfugiée dans un coin, furieuse, lançant des regards noirs à Monica qui était à gifler, minaudant et prenant des poses qui se voulaient angéliques. Je suis passée avec Polly devant Sheila et j'ai eu presque pitié d'elle. Si j'avais été un peu plus charitable, je lui aurais proposé de venir jouer avec nous, mais je reconnais que j'étais un peu égoïste.

En revanche, avec mes vraies amies, je faisais de réels efforts pour être gentille. J'avais donc décidé d'offrir un cadeau de Noël à Polly, Harriet, Winnie et Ida. Sauf que je n'avais pas un sou, à part la pièce de Jem, soigneusement cachée dans ma tête de lit. Et jamais l'occasion de faire des courses. Je n'étais pas sortie de l'hôpital depuis mon arrivée.

Autrement dit, il fallait que je fabrique moi-même

mes cadeaux. Un ouvrage de couture ? Impensable. J'étais trop mauvaise et je n'avais pas le moindre bout de tissu. Cependant, il m'arrivait de chaparder çà et là des babioles. Un jour j'ai été envoyée dans le bureau de Mme Peters parce que j'avais été insolente avec une nurse. J'étais en train de me faire consciencieusement rabrouer quand j'ai repéré un bol de lavande et de pétales de roses séchés sur son bureau. Discrètement, je me suis approchée du bol, les mains dans le dos…

La surveillante a consulté son « registre de châtiments » pour voir combien de fois j'avais déjà été punie, et soudain, hop ! j'ai piqué une poignée de fleurs séchées que j'ai fourrées dans ma manche.

Le soir en faisant ma prière, j'étais un peu inquiète. Les voleurs aboutissaient-ils directement en enfer ? J'ai demandé pardon à Dieu. Ce qui ne m'a pas empêchée de subtiliser un tablier déchiré dans un panier le lendemain, ni de garder le fil et l'aiguille avec moi au lieu de les rendre à Miss Winterson après la séance de couture.

Le tour était joué ! J'ai confectionné quatre petits sachets de lavande et de fleurs séchées en forme de cœur (enfin, plus ou moins, car ils pendouillaient et ne présentaient pas un aspect très régulier). J'aurais aimé broder un message d'amour sur chacun, mais je n'étais pas assez douée et je n'avais pas le temps, si bien que j'ai simplement brodé le prénom de chacune. Ida, c'était court, Dieu merci. Polly, assez simple. Harriet, en revanche, j'ai dû faire de minuscules points et encore, son nom passait de l'autre côté. Quant à Miss Winterson, je n'ai jamais réussi à arriver au bout et j'ai été prise par le temps, j'ai donc fini par me contenter de MW. Peu importe, elle était ravie et elle m'a embrassée comme du bon pain. Harriet m'a aussi embrassée et m'a offert un cadeau : une minuscule poupée de chiffon qu'elle avait fabriquée avec des bouts de laine. La poupée était trop petite pour que je la berce comme celle qu'on m'avait enlevée, mais j'étais vraiment contente et j'ai couvert Harriet de baisers pour la remercier.

Polly, elle, m'a offert une plume. Elle avait trouvé dans la cour une plume d'oie dont elle avait taillé l'extrémité pour que je puisse écrire avec.

– Je n'ai pas pu t'offrir d'encre, s'est-elle excusée. Si j'avais pris celle de nos pupitres, elle aurait coulé.

– Ne t'inquiète pas. J'écrirai avec de l'encre invisible, ou je me piquerai le bout du doigt et je tremperai ma plume dans mon sang, mais il faudra que ce soit une histoire très courte. En tout cas j'adore ma nouvelle plume !

– Et moi, j'adore mon cœur qui sent bon la lavande.

Enfin, Ida m'a offert un cadeau. Je m'attendais à ce que ce soit une friandise, une plaque de caramel fait maison ou un petit gâteau avec un joli glaçage appétissant.

– Tiens, Millie, m'a-t-elle dit au dîner, la veille de Noël, en me déposant un petit paquet carré sur les genoux. Mais tu n'as pas le droit de l'ouvrir avant demain matin !

« C'est forcément un gâteau », pensais-je en me léchant les babines. J'imaginais déjà le glaçage exceptionnel, et qui sait, un peu de massepain jaune doré et quelques cerises confites. J'étais tellement impatiente que j'ai failli oublier que j'avais mon cadeau pour Ida. J'ai fouillé dans ma manche pour le lui donner.

– Tu cherches un mouchoir, Millie ?

– Non, non, mais… où est-il passé ?

Le cadeau avait remonté jusqu'en haut de la manche et glissé dans ma robe. J'ai tapoté sur ma poitrine. Ah, ça y est, il était là, c'était cette petite boule juste au-dessus de mon cœur. J'ai poussé pour le faire passer au-dessus du col de ma robe.

– Ça bouge ? Oh mon Dieu ! on dirait que tu as caché une souris dans ta robe ! a couiné Ida en reculant.

– Mais non, idiote ! Regarde.

– Tu as un cadeau de Noël pour moi ?

– Oui, chut…

J'ai jeté un coup d'œil autour de moi avant de passer la main sous ma robe.

– Je n'ai pas trouvé de joli papier pour l'emballer, alors tu vas tout de suite le voir. Mais si tu l'emballais et que tu essayais de l'oublier jusqu'à demain pour que ce soit une surprise ?

J'ai sorti mon petit cœur, mais, à force de faire des allers-retours sous ma robe, il était un peu écrasé. En plus, mes points de couture n'étaient pas très discrets ni réguliers. Je l'ai donné à Ida, un peu intimidée, espérant qu'elle sourie en admirant mes efforts.

Non seulement elle n'a pas souri, mais elle a éclaté en sanglots en contemplant le cœur écrasé dans sa main.

– Ida ! Ne pleure pas. Je suis désolée qu'il soit aussi minable. Je te promets que, l'année prochaine, je m'appliquerai pour faire mieux.

– Au contraire, Millie, ton cadeau est merveilleux, c'est tellement gentil de ta part ! Bénie sois-tu, mon enfant, a-t-elle murmuré avant de filer vers la cuisine, oubliant son plateau sur la table.

– Qu'est-ce que tu as encore fait pour qu'elle pleure ? m'a demandé Sheila.

– Je lui ai fait plaisir, voilà ce que je lui ai fait, ai-je répondu alors que j'avais des doutes.

En attendant, j'avais hâte d'ouvrir le cadeau qu'Ida m'avait offert. Tellement hâte que je me suis levée au milieu de la nuit en le prenant et je suis allée dans la salle de bains à pas de loup. J'avais repéré la cachette où les nurses rangeaient les allumettes et les bougies au cas où l'une de nous serait malade en pleine nuit. J'ai pris une bougie et je l'ai allumée. Je me suis assise en tailleur et j'ai ouvert mon cadeau en frémissant.

Ce n'était pas un gâteau, ni rien qui se mange. C'était beaucoup mieux : un petit livre rouge relié, avec un titre en lettres dorées, *La Petite Poucette*, et des illustrations en couleur. L'histoire d'une petite fille pas plus grosse qu'un pouce qu'on appelait la Petite Poucette. Sur une des illustrations on voyait la Petite Poucette avec des joues roses et des cheveux jaune paille recroquevillée dans une coque de noix en guise de lit. J'étais tellement émue que je n'ai pas pu résister : j'ai caressé ses cheveux et tapoté sur son mini-couvre-lit, et j'ai lu les premières pages à la bougie, tremblant sur le sol glacé de la salle de bains.

Ma chère Ida ! Elle avait eu la délicatesse de choisir le plus petit livre possible pour que je puisse le cacher. Et une héroïne encore plus menue que moi, dont la vie était un vrai conte, qui finissait bien : je n'ai pas pu m'empêcher de jeter un coup d'œil sur la fin et j'ai vu qu'ils se mariaient et avaient beaucoup d'enfants.

Je suis retournée me coucher, transie de froid, mais réchauffée par la générosité d'Ida. Au petit déjeuner, j'ai attendu qu'elle vienne servir le porridge et je l'ai prise par la main.

– Merci, Ida ! Je t'adore !

Les filles ont ricané parce qu'elles pensaient que je la remerciais pour le porridge, mais Ida a parfaitement compris. Elle m'a offert une ration supplémentaire de sucre brun avec un sourire radieux.

Peu après je me suis dirigée vers la chapelle, la tête dans les nuages. Pour une fois, je suis restée assise sans bouger pendant toute la cérémonie. La crèche vivante était magnifique. Les enfants étaient immobiles, telles des statues. Même le nouveau-né dans sa mangeoire dormait paisiblement. Marie était jouée par une des grandes de la classe de Sheila, une fille maigre et tristounette, un peu godiche, qui semblait soudain pleine de grâce. Elle était agenouillée devant l'Enfant Jésus, les mains jointes, avec une belle robe bleue drapée autour d'elle.

Le rôle de Joseph était joué par un des grands garçons, qui trônait dans une longue tunique orange rayée. Sur la gauche se tenaient les bergers, placés de façon étudiée, certains debout, d'autres à genoux. Il y avait même un mouton empaillé, et le plus jeune des bergers portait dans la main un agneau miniature. Sur la droite se dressaient les trois Rois mages, chacun coiffé d'une couronne en or sertie de perles de verre et affublé d'une fausse barbe qui le vieillissait et lui donnait un air très digne. Oh ! comme j'aurais aimé porter une barbe, moi aussi !

Enfin, le clou du spectacle, une nuée d'anges couverts de longs voiles blancs et d'immenses ailes planaient au-dessus de l'étable. J'ai tout de suite reconnu Monica, en rose, qui priait en levant les yeux vers le ciel. Puis j'ai repéré un ange sublime suspendu à une poutre qui avait vraiment l'air de voler, et dont les pieds nus frôlaient les branches d'une étoile dorée. Un halo illuminait ses boucles noires. Vous ne devinerez jamais qui c'était ! Mon petit frère chéri, agitant les bras avec grâce, les pointes de pied tendues comme s'il dansait dans les cieux.

– C'est mon petit frère, Gédéon ! ai-je annoncé tout bas à Polly.

J'aurais pu rester assise dans la chapelle pendant des heures. J'étais tellement soulagée qu'il aille bien, tellement contente qu'il ait été choisi pour ce rôle exceptionnel ! Plus tard, pendant le repas, j'ai entendu les gens faire des commentaires et j'étais fière comme Artaban.

– Bénis soient ces enfants, la crèche vivante était un vrai bonheur.

– Ils étaient tellement concentrés, même les plus jeunes.

– Vous avez vu le chérubin qui planait ? Impressionnant !

– Ah oui, tout à fait ! Cet adorable angelot suspendu dans les airs !

J'ai donné un coup de coude à Polly en dégustant ma dinde rôtie et mon pudding. En plus nous avions droit à une orange. La plupart des petites, qui n'en avaient jamais mangé, ont essayé de mordre directement la peau, et j'ai failli les imiter, car moi non plus je n'en avais jamais eu à la maison. Heureusement j'ai regardé Polly et j'ai fait comme elle. J'ai pelé mon orange avec un couteau et je l'ai séparée en quartiers.

Nous n'avons pas vraiment eu de cadeaux, mais au moment de soulever notre tasse, chacune a découvert un penny caché dessous. J'ai caché ma pièce avec celle de Jem. Et ce soir-là, je me suis endormie avec la plume de Polly sous mon oreiller, la poupée de Harriet blottie contre moi, et mon livre minuscule contre ma poitrine.

15

Un an plus tard, le jour de Noël, nous avons reçu les mêmes cadeaux : une orange et un penny. Puis l'année suivante… et encore l'année suivante… C'était ce qu'il y avait de pire dans cet hôpital d'enfants trouvés : la routine, la même chose chaque jour de chaque année.

Si d'aventure il y avait un changement, il aggravait toujours la situation. Harriet, par exemple, était partie travailler comme gouvernante. Elle avait beaucoup pleuré en me disant au revoir, et elle me manquait énormément, moi qui adorais m'asseoir sur ses genoux pour me faire dorloter. Heureusement, j'avais Polly !

Entre-temps nous étions passées dans la grande école et nous avions changé de dortoir. J'avais soigneusement emporté la pièce de Jem pour la cacher dans ma nouvelle tête de lit. Hélas, j'avais été obligée de faire mes adieux à Winnie et à Miss Newman. Dieu merci, Ida continuait à servir au réfectoire et à me glisser çà et là des raisins secs, une cuillerée de

confiture ou une noisette de beurre, quand personne ne regardait.

– Comment vas-tu, Millie ? me demandait-elle.

– Ça va…

Non seulement je n'allais pas très bien, mais j'allais très mal. Je n'aimais pas la nouvelle maîtresse, une certaine Miss Morley, qui, elle non plus, ne nous appréciait pas, ni moi, ni Polly. Miss Newman était sévère, mais au moins elle nous avait à la bonne. Quand nous répondions correctement ou quand nous posions une question intéressante, ses yeux brillaient derrière ses lunettes et on la sentait ravie. Miss Morley, elle, ne nous posait aucune question parce qu'elle savait qu'on connaîtrait la réponse et ça l'agaçait.

– Arrête de rester assise avec cet air suffisant, Millie Plume. Tout le monde sait que tu connais la réponse, me lançait-elle en faisant exprès de bâiller pour que les autres se moquent de moi.

Bien sûr que je connaissais les réponses ! Parce que les leçons n'avançaient pas. La plupart d'entre nous savaient déjà lire et écrire, et compter, mais la maîtresse ne cherchait pas à nous faire progresser.

La salle de classe était tapissée de cartes de géographie que je contemplais, perdue dans mes pensées. Je m'imaginais telle une puce voguant sur les océans bleus et s'arrêtant sur chaque petit bout de terre, rose, jaune, ou vert.

– Arrête de rêvasser, Millie, concentre-toi sur ta dictée !

– Vous ne pourriez pas nous parler des pays qui sont sur les cartes, Miss Morley ? Je rêve de savoir à quoi ressemble l'Afrique, par exemple, ou l'Inde, ou le Japon ? Vous croyez que les enfants font aussi des dictées là-bas ? Est-ce qu'ils portent des robes longues et des chapeaux, ou plutôt des vêtements courts, ou… puisqu'il fait si chaud, pas de vêtements du tout ?

Miss Morley rougissait et les élèves gloussaient, alors que je n'avais aucune intention d'être impertinente.

– Quand est-ce que tu arrêteras de poser des questions sans queue ni tête, Millie ? À quoi te serviraient les réponses, de toute façon ? Je me demande bien comment tu pourrais voyager dans des pays aussi lointains. Tu es destinée à être servante, comme tes petites camarades. Tout ce dont tu as besoin, c'est d'écrire correctement, de savoir lire une recette et de calculer le prix de tes courses.

J'avais une telle soif d'apprendre ! Et l'idée de devenir soubrette me répugnait toujours autant. En outre, je redoutais de ne pas me montrer à la hauteur. Car désormais, on nous apprenait à laver le linge et à récurer le sol, et nous étions tenues de participer aux corvées ménagères. Non seulement j'avais horreur de transpirer, mais ça m'ennuyait tellement que j'avais du mal à me concentrer et j'essayais de me distraire en me racontant des histoires.

– Tu pourrais y mettre un peu plus de bonne volonté, Millie Plume ! me criait-on.

– Regarde ce que tu fais ! criait-on si je renversais mon seau d'eau.

Polly s'ennuyait autant que moi, surtout pendant les cours. Elle détestait notamment les cours d'arithmétique parce que Miss Morley se trompait souvent et Polly repérait tout de suite ses erreurs au tableau, levant automatiquement le doigt.

– Quoi encore, Polly Renfrew ? Je n'ai pas fini mon calcul.

– Je sais, Miss Morley, je suis désolée de vous interrompre, mais je crois que vous avez soustrait un huit d'un trois et écrit cinq comme réponse, mais vous avez oublié d'ajouter une dizaine à la ligne supérieure...

Ce n'était pas de l'insolence. Polly était beaucoup trop jeune pour comprendre la fragilité des connaissances arithmétiques de Miss Morley. Ce jour-là, elle a simplement pensé qu'elle avait réagi un peu trop vite mais que Miss Morley serait contente de son intervention.

Hélas, la maîtresse est devenue écarlate et elle a brusquement tout effacé au tableau.

– Tu oses me reprendre, petite impertinente ! Viens ici tout de suite.

Polly s'est avancée en tremblant.

– Tends la main.

Miss Morley a sorti sa longue règle de son tiroir, et *bang ! bang !* elle a frappé plusieurs fois sur les jolies mains blanches de Polly.

Toutes les élèves ont frémi, les larmes aux yeux. Ce

n'était pas faute d'avoir été menacés de fouet quand nous étions à la petite école, mais le seul vrai châtiment auquel nous avions droit, c'était une oreille tirée ou quelques tapes derrière les jambes. La punition de Miss Morley était d'une cruauté exceptionnelle.

Pauvre Polly ! Elle avait d'affreuses traces rouges sur les mains. Brusquement elle a éclaté en sanglots.

– Pourquoi la frapper alors qu'elle n'a rien fait de mal ? me suis-je exclamée, hors de moi. Vous êtes une femme méchante et cruelle, voilà ce que vous êtes !

J'ai pris la règle et je l'ai jetée au fond de la salle. Les filles en sont restées bouche bée. Même moi j'étais sous le choc. C'était sorti tout seul, les mots avaient jailli de ma bouche comme un torrent.

– Viens ici tout de suite, Millie Plume ! Jamais je ne tolérerai un tel comportement.

Persuadée que j'allais avoir droit à des coups de règle carabinés, je me suis juré de ne pas éclater en sanglots comme Polly. Je garderais la tête haute et je serais courageuse, tel un martyr. Miss Morley pouvait me frapper trois fois, six fois, douze fois, elle pouvait me réduire les mains en charpie, je ne lui accorderais pas un gémissement ni une larme. Je la fusillerais du regard jusqu'à ce qu'elle en crève.

Je n'ai pas eu droit au moindre coup de règle. Mais elle m'a empoignée en enfonçant ses ongles dans ma main et m'a traînée hors de la classe. Je m'attendais à ce qu'elle me mette au piquet dans le couloir et je m'en fichais. Il suffisait que je patiente et que je m'évade en rêvant. Au lieu de quoi elle m'a tirée jusqu'au bout du couloir, et c'est là que j'ai compris qu'elle m'entraînait dans le bureau de Mme Groderrière.

J'ai senti de violents élancements dans le crâne. À côté d'elle, Mme Peters était douce comme un agneau. Mme Groderrière était maigre, noueuse et avait en permanence le front plissé. Son grand nez crochu, tel un long bec, semblait toujours prêt à vous donner de méchants coups. Elle m'avait punie plusieurs fois parce que je parlais dans les couloirs. Un jour, elle m'avait frappée parce que j'avais déchiré ma robe alors que je jouais à chat ; une autre fois, elle m'avait obligée à récurer le sol deux fois parce que j'avais laissé trois ou quatre traces de savon. Si seulement elle avait pu glisser et atterrir sur ses grosses fesses !

Alors à quelle punition allait-elle me condamner en apprenant que j'avais hurlé contre la maîtresse et jeté sa règle à l'autre bout de la classe ?

J'étais au bord des larmes, mais je luttais pour ne pas flancher, regardant droit devant moi et osant à peine ciller, de peur de me mettre à pleurer.

– J'appelle ça un acte d'insubordination et une tentative d'agression physique, déclara Miss Morley après avoir raconté sa version de l'incident sur un ton dramatique.

Mme Groderrière s'est redressée sur son siège et m'a transpercée du regard. J'avais beau trembler, je l'ai regardée droit dans les yeux.

« Ne pleure pas, ne pleure pas, me répétais-je en

silence. Je m'y ferai, quelle que soit la punition. Elles ne peuvent pas te tuer. Tu tiendras le coup. »

– Tu es une vraie fille de Satan, Millie Plume, m'a-t-elle lancé. Tu as les cheveux roux et le tempérament de feu du diable. Il faut que tu apprennes à éteindre ce feu. Par conséquent, tu as besoin d'une bonne leçon.

J'avais une telle frousse que j'ai cru qu'elle parlait d'une vraie leçon. J'étais soulagée, parce que je savais que j'apprenais très vite. Mais la leçon dont elle parlait n'avait rien à voir avec les cours.

– Prenez-la par la main, Miss Morley.

Brusquement toutes deux m'ont empoignée et j'ai cru qu'elles m'emmenaient dans l'aile des garçons. Des rumeurs épouvantables circulaient comme quoi on y fouettait les élèves les plus turbulents avec un martinet à neuf cordes. J'étais morte de trouille.

Arrivées au pied du grand escalier, elles m'ont traînée au premier étage, puis au deuxième… jusqu'au dernier, devant l'entrée d'une petite pièce située dans le grenier de la tour.

La pièce était vide. À part un pot de chambre et une couverture.

– Non ! ai-je crié. Je vous en supplie, vous n'avez pas le droit de m'enfermer là !

– Oh que si, nous avons le droit, Millie Plume ! Non seulement tu vas rester enfermée ici mais j'espère que tu prieras pour devenir une petite fille raisonnable.

La porte a claqué et j'ai entendu un bruit de clé dans la serrure. Bouclée à double tour ! Leurs pas s'éloignaient. Peut-être qu'elles voulaient simplement me faire peur. Elles n'allaient quand même pas me laisser prisonnière dans ce trou !

J'ai regardé autour de moi. Il y avait juste une petite lucarne en haut du mur, protégée par des barreaux, comme dans une vraie prison. J'ai bondi mais j'arrivais à peine à apercevoir un bout de ciel. De toute façon, j'avais beau être menue, jamais je n'arriverais à passer entre les barreaux. En plus c'était beaucoup trop haut pour sauter de l'autre côté.

– Bof ! Après tout qu'est-ce que ça peut me faire ? me suis-je exclamée tout haut. C'est pas si terrible que ça, d'être enfermée une heure ou deux. Bientôt ça sera l'heure du déjeuner et elles seront obligées de venir me chercher. Pendant ce temps-là je ferai semblant d'être une princesse enfermée par deux sorcières au sommet d'une tour.

J'ai imaginé un prince appelé Jem qui grimpait pour venir à ma rescousse. Et plus tard nous allions vivre dans notre magnifique royaume, heureux jusqu'à la fin de nos jours, tandis que les deux sorcières étaient condamnées à rester captives à jamais.

Au bout d'un moment j'ai senti des gargouillis au fond de mon ventre. J'étais trop haut pour entendre la cloche mais je me doutais que l'heure du déjeuner était largement passée. Elles avaient l'intention de me faire mourir de faim, c'était ça ? Il fallait que je reste enfermée jusqu'au dîner ?

J'ai regardé le pot de chambre. Si on l'avait mis là,

ce n'était pas pour rien, autrement dit je me trouvais là pour un certain temps. Non, non et non, je refusais de m'asseoir dessus. Trop humiliant. J'imaginais déjà Miss Morley et Mme Groderrière inspectant le contenu…

Le temps passait et j'avais froid. Je m'agitais sur la couverture en essayant de me changer les idées. J'ai été obligée d'aller sur le pot, mortifiée, sinon c'était la catastrophe. Puis j'ai attendu, attendu… mais mon imagination commençait à se tarir. L'heure du dîner devait approcher…

Impossible, il fallait qu'elles me laissent sortir pour le dîner. Elles ne pouvaient pas m'abandonner dans cette pièce jusqu'à ce que je meure de faim. J'ai tendu l'oreille au cas où j'entendrais des bruits de pas, mais seul un silence infini vibrait. J'ai essayé de chanter pour qu'il y ait un peu de son, mais ma voix sonnait bizarrement, trop haut, comme si j'étais folle.

Je me suis allongée sous la couverture mais le plancher était dur et glacial, et la couverture avait une odeur de renfermé qui m'a prise à la gorge. J'ai pensé à ma vieille poupée de chiffon et j'ai fondu en larmes. C'était plus fort que moi. Je ne pouvais plus m'arrêter. Je pleurais, je pleurais… mais personne ne venait.

– Pardon ! ai-je hurlé. Je vous en supplie, revenez ! J'ai compris la leçon, je vous promets.

Personne. La pièce était de plus en plus sombre. Mon Dieu ! Déjà le début de la soirée ? Elles comptaient me laisser enfermée toute la nuit ?

J'ai hurlé jusqu'à ce que je me casse la voix, mais en vain. Je me suis tapé la tête contre les murs, j'ai crié, j'ai sangloté. J'ai jeté ce bonnet que je détestais et tiré de toutes mes forces sur mes nattes pour les défaire en secouant la tête, désespérée, jusqu'à ce que je sois complètement échevelée.

J'avais tellement crié que je mourais de soif et j'arrivais à peine à avaler ma salive. Comment pouvaient-elles m'abandonner sans une goutte d'eau ? Soit elles revenaient bientôt, soit je mourrais de soif. Mon Dieu ! Et si c'était ça qu'elles voulaient ? Que je pourrisse dans cette prison sinistre ? Que je devienne un squelette couvert de lambeaux marronnasses et en pleine décomposition ?

Enfin, après une éternité, alors qu'il faisait nuit noire, j'ai entendu des pas dans le couloir, suivis par un cliquetis.

– Ah, merci ! me suis-je exclamée. Je suis désolée. Vous m'autorisez à sortir ? Je vous en supplie…

C'était Miss Macclesfield, une des nurses les plus anciennes de l'école. Elle portait un seau, une assiette et une tasse.

– J'espère bien que tu es désolée, Millie Plume, et que tu le seras encore plus demain matin !

– Quoi ? Ne me dites que vous allez me laisser enfermée toute la nuit !

– C'est le seul moyen pour toi d'apprendre à corriger tes erreurs, mauvaise fille.

Elle a pris mon pot d'un air dégoûté et l'a vidé dans

le seau. Puis elle a déposé l'assiette et la tasse par terre avant de tourner les talons.

– Non, Miss Macclesfield ! Je vous en supplie, ayez pitié de moi ! Laissez-moi sortir ! ai-je crié en me précipitant sur elle.

Elle m'a violemment repoussée.

– Attention ! Ne t'avise pas de m'agresser comme tu as agressé la pauvre Miss Morley. Pire qu'une bête sauvage, elle m'a dit. Il est temps que tu sois domptée.

Elle a claqué la porte, fermé à double tour et disparu.

– Je vous en supplie, revenez ! Revenez ! Revenez !

En vain.

J'ai ramassé la tasse d'eau que j'ai bue en deux ou trois gorgées et j'ai mangé l'unique tranche de pain posée sur l'assiette. Puis je me suis couchée sous la couverture. J'étais incapable de me raconter une histoire. Seuls de vieux récits que j'avais lus dans *Police Gazette* me revenaient en tête. J'imaginais Flora la folle accroupie à côté de moi avec son couteau, prête à me saucissonner. Ou le meurtrier à la hache bavant à la porte, en sang. J'avais tellement peur que je me suis bouché les oreilles pour ne pas entendre leurs menaces.

– Millie, tu es là ?

Bizarre… Était-ce une vraie voix, là, juste derrière la porte ? J'ai entendu quelqu'un frapper.

– Millie ? Elles t'ont enfermée, c'est ça ?

Je la connaissais, cette voix légèrement rauque.

– Ida ? C'est toi ?

– Oh, mon Dieu ! Elles t'ont enfermée pour de bon.

– Ida, je t'en supplie, ouvre-moi !

– Je ne peux pas, ces vieilles biques ont pris la clé.

– Mais combien de temps elles vont me garder prisonnière ?

– Je ne sais pas. Sans doute jusqu'à demain matin. Je suis navrée pour toi, ma chérie, je viens de m'en apercevoir. Je ne t'ai pas vue au déjeuner, mais j'ai cru que c'était parce que je t'avais ratée. Mais comme je ne t'ai pas vue non plus au dîner, j'ai interrogé Polly et elle m'a dit qu'on t'avait emmenée pour te punir. Elle pleurait, la pauvre, elle est persuadée que c'est à cause d'elle, parce que tu l'as défendue contre Miss Morley. Mais dis-moi, qu'est-ce que tu as fait, Millie ?

– J'ai pris la règle de la maîtresse parce qu'elle venait de frapper Polly sur les doigts avec. Le pire, c'est que je regrette de ne pas l'avoir frappée moi-même. Je la déteste, je les déteste toutes, ces vieilles sorcières !

– Moi aussi je les déteste. Mais pour l'instant, je ne peux rien faire, alors il faut que tu sois courageuse, Millie. Demain tu sortiras, j'en suis sûre. Sinon j'irai voir un des directeurs pour dénoncer ces ignobles harpies ! s'est emportée Ida.

– Je ne sais pas si je vais tenir la nuit entière. Il fait trop noir et j'ai peur de dormir toute seule.

J'ai pensé à Gédéon, abandonné au pied de la cabane, le jour où j'étais allée au cirque avec Jem, et j'ai paniqué : et si je perdais la parole ?

– Tu n'es pas toute seule, Millie. Je suis là. Je ne peux pas entrer mais je reste juste de l'autre côté de la porte. Je vais rester jusqu'à ce que tu t'endormes.

– Mais si tu te fais prendre, tu vas être punie.

– Personne ne me prendra. Au moindre bruit, je file au fond du couloir et je me cache, et après je reviens discrètement. Jamais je ne te laisserai toute seule dans un tel état.

– Tu es trop gentille avec moi, Ida.

– Je donnerais tout pour m'occuper de toi, Millie. Si je pouvais je frapperais ces deux mégères jusqu'à ce qu'elles me donnent la clé et je te prendrais dans mon lit, mais je ne peux pas risquer de me faire renvoyer. J'ai besoin d'avoir des recommandations pour trouver un autre travail. Je n'ai aucune envie de retourner travailler à l'hospice. Je vais t'avouer une chose, Millie : j'ai passé trois ans là-bas, et c'est un endroit terrifiant, terrifiant… Pour l'instant, je suis assez contente et j'en profite pour économiser. Il faut que je pense à mon avenir. Je ne sais pas si je vais oser te le dire…

– Me dire quoi ?

– Non, peut-être pas. Pas encore.

Silence.

– Ida ? Tu es toujours là ?

– Oui. Allez, couche-toi, ma chérie, et tâche de t'endormir. Tu as un matelas ?

– Non, juste une couverture qui empeste.

– Mets ton bonnet sur ton nez, je suis sûre qu'il sent le linge frais et l'huile pour les cheveux. Et essaie de faire appel à ton imagination. Tu es allongée sur un oreiller tout doux, parfaitement propre, tu as un matelas en duvet et un bel édredon bien chaud… de plus en plus confortable…

– Je ne savais pas que toi aussi tu pouvais t'évader comme ça, Ida !

– Je peux faire plein de choses, Millie. Allez, maintenant, glisse-toi sous ton édredon bien douillet. Ferme les yeux, ma chérie. Tu as sommeil, de plus en plus sommeil. Bientôt tu vas t'endormir et faire de beaux rêves, de si beaux rêves… Et un jour tes rêves deviendront réalité, Millie. Comme les miens…

J'ai entendu la voix d'Ida murmurer longtemps, jusqu'au moment où, comme si la porte s'était évaporée, nous étions blotties l'une contre l'autre sous l'édredon, la tête sur notre oreiller bien frais…

Tout à coup je me suis réveillée. J'avais un torticolis, mal partout, et j'étais enfermée dans le noir, toute seule. Heureusement la voix d'Ida résonnait encore dans mon esprit et j'ai réussi à m'imaginer dans un lit douillet et à me rendormir.

Jusqu'au moment où j'ai entendu une clé dans la serrure. La porte s'est ouverte et j'ai été aveuglée par la lumière.

– Bien, bien, Millie Plume ! m'a lancé Mme Groderrière-qui-pue avec un regard triomphant. Tu m'as l'air suffisamment sonnée. Tu es sincèrement désolée, ou tu as besoin de vingt-quatre heures supplémentaires ?

– Je suis profondément désolée.

– Je suis contente de voir que tu fais enfin pénitence. Et ravie d'avoir pu briser l'esprit perfide qui t'anime. Dorénavant j'espère que tu montreras un peu plus de respect pour les personnes plus âgées et plus dignes.

Je l'aurais tuée. Elle parlait de moi comme d'une bête qu'elle aurait domptée. Moi, désolée d'avoir pris la défense de Polly ? Hors de question. En plus je n'avais aucun respect, ni pour elle ni pour Miss Morley. D'accord, elles étaient plus âgées que moi, mais plus dignes ? Certainement pas. Elles étaient malfaisantes, cruelles, et sûrement pas faites pour s'occuper d'enfants. Quand je pense qu'elles nous enfermaient comme des criminelles, soi-disant pour notre bien !

16

– J'ai décidé de fuir.

– Oh, Millie ! Moi aussi, je rêve de m'échapper, a réagi Polly en m'embrassant.

Elle avait les mains striées de cicatrices brunâtres, et elle avait tant pleuré pendant que j'étais enfermée qu'elle avait les yeux tout rouges.

Le jour même, nous avons essayé de mettre au point un plan d'action pour préparer notre fuite. Malheureusement, nous étions peut-être les élèves les plus douées, mais nous manquions cruellement d'idées. Que connaissions-nous du monde en dehors de l'hôpital des Enfants-Trouvés ? Rien, si ce n'est la maison où nous avions vécu après avoir été adoptées, illuminée par la présence de notre mère.

– Si Miss Morrisson savait la façon dont on nous traite, je suis sûre qu'elle me reprendrait chez elle. Toi aussi, Millie, parce que tu es extrêmement intelligente.

– Si Mère apprenait qu'ils m'ont enfermée une nuit

entière, c'est sûr. J'imagine déjà Jem qui prendrait ma défense. Il se jetterait sur Mme Groderrière et lui botterait les fesses comme pas permis ! Tu pourrais venir avec nous, Polly. Tu aimerais bien Nat, il est presque aussi gentil que Jem, et si ça se trouve tu te marierais avec lui et on vivrait dans des chaumières les uns à côté des autres.

Nous échangions toutes sortes de projets fous, volant d'une maison à l'autre, comme à l'époque où nous imaginions que nous rendions visite à notre famille. Hélas, nous avions grandi et la réalité nous rattrapait peu à peu. Nous n'avions aucun mal à nous échapper en paroles, mais dès qu'il s'agissait de concrétiser les choses, c'était une autre paire de manches. D'abord, nous ne savions pas exactement comment retourner chez nous. Je me rappelais qu'il fallait compter une journée de train, mais je ne connaissais pas le nom des stations ; par ailleurs, j'avais économisé quelques sous, mais ce n'était sûrement rien par rapport au prix du billet.

– Comment est-ce qu'on pourrait quitter l'hôpital, concrètement, je veux dire ? m'a demandé Polly.

Le fait est que nous mettions rarement les pieds à l'extérieur. Nous avions pris le thé chez le directeur plusieurs fois, et un jour, certaines filles, mais pas nous, avaient été sélectionnées pour une sortie à Hampton Court. Le reste du temps, nous étions soumises à une surveillance impitoyable, sans compter les rondes de gardiens autour de l'hôpital. Impossible de ne pas se faire prendre. Or l'idée d'une nouvelle nuit de captivité m'était insupportable.

– Il faut qu'on ait un plan extrêmement précis, déclarais-je alors que je n'avais pas la moindre idée de la façon de procéder.

Je vivais dans cet orphelinat depuis si longtemps que le monde extérieur devenait de plus en plus flou. L'univers de ma petite enfance ressemblait désormais à un rêve. Je pensais encore à mes parents, mais comme à deux anges gardiens. Pourtant je n'avais pas oublié les coups de louche de Mère ni les hurlements de Père. Mes frères et sœurs étaient comme les fratries dont je lisais les aventures dans les livres, sans lien réel avec moi. Et Martha n'était plus que la petite fille que j'apercevais le dimanche avec ses lunettes et sa voix ravissante.

J'avais même fini par m'éloigner de Gédéon. Je m'étais déguisée deux ou trois fois pour aller le voir, mais un an plus tôt, le jour des compétitions sportives des garçons, je l'avais longuement cherché du regard. C'est lui qui avait fini par me repérer, avant de s'approcher pour me saluer timidement. Je ne l'aurais jamais reconnu toute seule. Il avait beaucoup grandi et un peu grossi, et il avait l'air moins triste.

– Salut, Millie !

– Gédéon, c'est toi ?

Tant pis si c'était interdit, je l'avais serré dans mes bras devant tout le monde. Cela dit, c'était un peu bizarre, j'avais l'impression d'embrasser un étranger.

Après avoir échangé deux ou trois mots pour savoir comment chacun allait, nous étions restés debout l'un en face de l'autre, mal à l'aise, ne sachant comment poursuivre. J'étais ravie qu'il ait retrouvé la parole mais je n'osais pas le lui dire de peur de le vexer. J'avais fini par lui demander s'il pensait souvent à la maison et à Mère. J'aurais mieux fait de me taire parce que ses grands yeux bruns se sont voilés. Il a fait non de la tête, mais je suis sûre qu'il mentait. Jusqu'au moment où l'un de ses maîtres nous a vus et il a filé.

Je l'avais aperçu plusieurs fois depuis, en allant à la chapelle, par exemple, mais je n'étais pas toujours certaine que ce soit lui. Il y en avait tant, des grands garçons aux yeux bruns !

Quoi qu'il en soit, il était impensable de lui proposer de fuir avec moi et Polly. Nous étions séparés depuis trop longtemps pour que je puisse le considérer comme mon frère. À vrai dire, il ne me restait qu'un frère dont j'étais sûre : Jem, dont le visage illuminait encore ma mémoire. Je revoyais chaque tache de rousseur sur sa figure adorée, chaque boucle de ses cheveux, chaque courbe de ses oreilles. Je me rappelais sa façon d'éternuer, de bâiller, de rire si joyeusement. J'avais l'impression que je le reconnaîtrais entre mille. À présent, ce devait être un vrai jeune homme, prêt à aller travailler. Il pourrait donc s'occuper de moi et de Polly, qui désormais m'était aussi chère qu'une vraie sœur.

Mais Polly avait changé. Peu à peu, elle se résignait.

Elle ne répondait plus jamais aux questions posées par Miss Morley. Elle faisait ses calculs tranquillement dans son coin, et quand Miss Morley se trompait, elle recopiait ce qui était écrit au tableau sans réagir – mais en se mordillant la langue. Avec moi elle parlait, sinon elle ne disait presque rien, gardant la tête baissée pour ne pas se faire remarquer.

Pourtant quelqu'un l'avait parfaitement remarquée. Une grosse dame en noir, au visage très pâle, marqué de cernes, qui venait de plus en plus souvent le dimanche, toujours au bras de son mari. Elle portait autour du cou un médaillon à cheveux en émail qu'elle frottait tout le temps de ses doigts blancs potelés, telle une lampe miniature contenant un génie caché.

Contrairement aux autres visiteurs, elle ne semblait pas particulièrement intéressée par les plus jeunes. Et pas non plus par les grandes, celles qui étaient prêtes à aller travailler et se faisaient dévisager par de drôles de bonnes femmes venues recruter des servantes. Non, cette grosse dame en noir traînait du côté de la table des fillettes de dix ans : elle nous regardait manger attentivement, tendait l'oreille pour écouter nos messes basses, penchait la tête pour nous examiner, telle une nurse inspectant l'état de nos tresses et la propreté de notre cou.

Depuis quelque temps, elle avait systématiquement le regard tourné vers nous, et surtout vers Polly.

– Je commence à en avoir marre que cette grosse

dame en noir nous dévisage, ai-je rouspété un jour. Tire-lui la langue, Polly !

– Ne sois pas méchante, Millie. Elle a l'air tellement triste. Tu penses que c'est qui ?

– Ta mère, peut-être. Elle a l'air riche et très respectable, alors elle peut sûrement payer l'hôpital pour te récupérer.

– Justement, je me demande si son mari n'est pas un des administrateurs de l'hôpital. Je l'ai vu vendredi quand les mères sont venues signer une pétition. Je reconnais ses favoris et la chaîne de sa montre.

– Tu as vu les boutons de son gilet, prêts à exploser ! Je n'ai jamais vu un ventre aussi rond de ma vie !

– Oui, mais il a l'air bienveillant.

Avait-il lu sur ses lèvres ? En tout cas, il a hoché la tête en direction de Polly et souri.

Polly a répondu par un sourire timide et la dame en noir a vacillé, s'accrochant au bras de son mari comme si elle était sur le point de s'évanouir.

– Tu as vu ! Je parie qu'elle t'a reconnue et que tu es la petite fille qu'elle a perdue…

J'imaginais déjà toute une histoire, mais Polly ne m'écoutait plus. Elle avait les yeux rivés sur eux, et tous trois se dévisageaient comme s'ils étaient seuls dans le réfectoire. Plus personne n'existait – pas même moi.

J'ai senti une boule au fond de mon estomac et je n'ai pas pu finir mon déjeuner. Quel soulagement quand on est venu frapper sur notre table pour nous signaler que nous pouvions nous lever ! Je me suis jetée sur Polly pour lui proposer d'aller lire dans un coin. Manque de chance, Mme Groderrière nous attendait dans l'encadrement de la porte.

– Ah, te voilà, Polly Renfrew. Suis-moi dans mon bureau.

Polly est tombée des nues. Il n'y avait pas trente-six raisons pour lesquelles la surveillante générale vous conviait dans son bureau. C'était forcément sérieux.

– Mais elle n'a rien fait, ai-je répondu en lui prenant la main.

– Je t'ai demandé ton avis, Millie Plume ? Allez, viens vite, ma fille.

Je les ai laissées passer. Polly m'a jeté un regard inquiet en se retournant. J'ai agité la main pour l'encourager, mais j'étais bouleversée.

Je suis allée l'attendre au dortoir. J'ai attendu, attendu, attendu… Personne ne restait longtemps dans le bureau de la surveillante. Soit on avait droit à un bon savon, soit, en cas de faute grave, à des coups de bâton. Jusqu'ici j'étais la seule à avoir été enfermée au grenier. Cela dit, je ne voyais vraiment pas pourquoi on aurait enfermé Polly. La pauvre, elle avait tellement peur du noir qu'elle perdrait complètement la tête. Dès qu'elle se réveillait, en pleine nuit, elle m'appelait pour que je lui prenne la main. En plus, elle n'avait rien fait – même si nous étions habituées à nous faire alpaguer sans discrimination et punir pour une broutille, quand ce n'était pas pour une bêtise inventée de toutes pièces.

Je me suis jetée sur son lit en frappant du poing. J'étais trop frustrée.

– Je déteste cet orphelinat, je le déteste, je le déteste !

J'ai fermé les yeux et je me suis imaginée entrant dans le bureau de la surveillante pour venir en aide à Polly, mais j'avais tellement peur de me refaire enfermer que je n'aurais jamais osé y aller.

Enfin ! J'ai fini par entendre les pas de Polly. Je me suis redressée et je l'ai regardée droit dans les yeux. Elle n'était ni rouge ni ravagée par les larmes. Elle n'avait pas de nouvelles blessures aux mains. Mais quelque chose avait changé. Elle avançait lentement, avec un air évaporé, comme si elle marchait sur l'eau.

– Millie ! Millie… je ne sais pas comment t'annoncer la nouvelle.

– Quelle nouvelle ?

– Je… je quitte l'orphelinat.

– Quoi ?

– Oui, je sais. J'ai du mal à y croire, mais je te jure que c'est vrai. La surveillante m'a demandé de rassembler mes affaires pour partir tout de suite. Je vais vivre chez M. et Mme McCartney. Tu sais, la dame en noir…

– Oh, mon Dieu ! C'est ta mère ?

– Non, pas du tout. Elle avait une fille de notre âge, une certaine Lucy, qui est morte de la grippe l'hiver dernier, et elle a décidé de m'adopter.

– Je croyais que personne n'avait le droit de nous adopter et qu'on appartenait à l'hôpital ?

– Oui, sauf que M. McCartney est un des administrateurs et un donateur particulièrement généreux. Ils sont prêts à faire ses quatre volontés.

– Et toi ? Qu'est-ce que tu préfères ?

– Oh, Millie, je ne sais plus, m'a-t-elle répondu en éclatant en sanglots. L'idée d'être séparée de toi me fait horreur, en même temps tu penses bien que je suis ravie de partir.

– Et eux, tu les aimes, M. et Mme McCartney ?

– Plutôt, oui. Ils ont l'air très gentils, mais encore assez tristes. Ils comptent m'installer dans la chambre de leur fille et me donner tous ses vêtements et ses jouets. Il paraît qu'elle a cinq poupées de porcelaine et une maison de poupée avec une famille entière : la mère, le père, la grand-mère avec des lunettes, le grand-père avec une barbe grise, et cinq enfants dont un nourrisson enroulé dans un châle en crochet. La maison appartenait à Mme McCartney quand elle était petite et elle me l'a longuement décrite.

– Tu es trop âgée pour jouer à la poupée, avec ou sans maison.

– Je sais, mais je m'en fiche.

– Moi, je ne m'en fiche pas. Au contraire. Oh, Polly, je t'en supplie, ne pars pas ! Ne me quitte pas ! Tu es ma seule amie. Je ne supporterai jamais de rester dans cet orphelinat sans toi.

– Je suis navrée, m'a-t-elle répondu en me serrant dans ses bras. Je n'ai pas le choix. Je te promets que je demanderai à ma nouvelle maman et à mon nouveau papa de revenir, et je t'écrirai plein de lettres. Et puis le jour où tu auras quatorze ans, on pourra se retrouver, parce que toi aussi tu sortiras.

– Oui, mais pour être soubrette. Toi, tu seras une vraie dame.

– Sauf qu'on sera toujours Polly et Millie.

Hélas, nous savions déjà qu'une barrière nous séparait. En plus, si j'avais été à la place de Polly, j'aurais sauté sur l'occasion. Jamais je n'aurais sacrifié ma chance pour quelqu'un, même ma meilleure amie. Mais ce n'est pas moi qui avais été choisie, c'était elle, et je savais pourquoi.

Elle avait les cheveux blonds et un tempérament calme, elle était naturellement distinguée, alors que j'étais minuscule, farouche et rousse. À table elle se tenait très bien, parce que sa mère adoptive l'avait élevée comme il faut. Elle coupait ses aliments proprement, mâchait lentement et tenait sa tasse en levant le petit doigt avec une élégance irréprochable. Quant à moi, j'avais des manières de péquenaude : je dévorais tout ce que j'avais dans mon assiette, je parlais la bouche pleine, et je buvais en faisant du bruit. Polly avait une voix douce et articulait parfaitement ; moi, je parlais à toute vitesse.

J'ai essayé de ne pas perdre la face.

– Tu vas épouvantablement me manquer, Polly, ai-je dit en l'embrassant sur ses joues ruisselantes de larmes, mais je suis vraiment contente pour toi.

– Je suis désolée d'avoir une telle chance.

– En tout cas M. et Mme McCartney ont de la veine de t'avoir comme fille.

Je l'ai aidée à rassembler ses quelques affaires et elle a insisté pour me rendre chaque cadeau que je lui avais offert, y compris le cœur. Soudain Mme Groderrière a déboulé en se frottant les mains.

– Tu es prête, ma chère Polly ? lui a-t-elle demandé, mielleuse à souhait, comme par hasard au moment où elle partait. Le cabriolet de M. McCartney t'attend. Tu as de la chance, tu sais !

– Toi aussi, j'espère que la vie te sourira, m'a dit Polly en me serrant la main.

– Penses-tu ! s'est écriée la surveillante. Je doute que quiconque ait jamais envie d'adopter un petit diable pareil ! Allez, viens, Polly. Tu as mis un mantelet et un bonnet propres ? Remarque, ils te demanderont de les enlever dès que tu franchiras le seuil de ta nouvelle maison. Tu leur diras bien à quel point tu as été heureuse à l'orphelinat, n'est-ce pas, ma chérie ?

– Oh oui ! heureuse comme c'est pas permis, ai-je répliqué.

– Mademoiselle se croit obligée de conclure par une petite plaisanterie, c'est ça ? a-t-elle répondu en me fusillant du regard. Rira bien qui rira le dernier. Ta petite amie va te manquer, crois-moi.

– Mais nous serons toujours amies, est intervenue Polly.

J'en étais moins sûre qu'elle. Et j'avais raison. J'ai

attendu des semaines et des semaines en espérant qu'elle revienne un dimanche.

Jusqu'au jour où j'ai reçu une lettre de Polly. Une lettre écrite dans un style très formel, sans doute parce qu'elle savait que la surveillante ne se gênerait pas pour l'ouvrir avant de me la remettre.

Ma chère Millie,

Tu me manques beaucoup, mais d'un autre côté je suis très heureuse. Papa et maman sont extrêmement bons avec moi, et je mène une vie très agréable et luxueuse. Si seulement tu pouvais venir me rendre visite ! Maman préfère que je ne retourne pas à l'hôpital car elle pense que cela m'évoquerait trop de souvenirs. J'ai changé de prénom ; désormais je m'appelle Lucy, mais pour toi, ma chère, je serai toujours Polly.

Avec toute mon affection,

Polly

J'ai lu et relu sa lettre, mais un beau dimanche, désespérée, je l'ai déchirée. « Elle pourrait quand même insister auprès de ses parents pour venir me voir, pensais-je. Ils ne peuvent pas faire preuve d'un minimum de compassion ? C'est tellement dur de se retrouver seule après avoir vécu si longtemps avec une amie aussi proche. »

– Essaie de te faire de nouvelles amies, Millie, m'encourageait Ida quand je la voyais aux repas.

Mais comment faire ? Toutes les filles de mon âge

avaient leur clique. Je pouvais toujours traîner autour de telle ou telle élève, personne ne voudrait jamais de moi.

Me voyant seule, Sheila et Monica se montraient particulièrement perfides. Elles passaient leur temps à m'imiter et à se moquer de moi. Dans la journée je faisais semblant d'être indifférente, légèrement distante, mais souvent, le soir, je pleurais toute seule contre mon oreiller.

Le fait d'avoir un âge intermédiaire constituait un handicap. Je ne faisais pas encore partie des grandes, qui avaient droit à une commode, échangeaient des petits secrets et ricanaient à qui mieux mieux. Je n'étais pas non plus assez âgée pour servir d'assistante à une nurse ou à une maîtresse, ni pour qu'on me confie de vraies responsabilités. Ma vie était une éternelle routine qui se résumait aux cours et aux corvées domestiques, toujours les mêmes, encore et encore, jour après jour.

Jusqu'au moment où ce fut mon tour d'accueillir les nouvelles, de laver les mains et le visage de ces petites orphelines de cinq ans à peine qui réclamaient leur mère en hurlant. Contre toute attente, je n'étais pas très maternelle et je ne les prenais jamais sous mon aile, comme Harriet m'avait prise sous la sienne. J'avais le moral dans les chaussettes et je me fichais comme d'une guigne de ces petites gosses chétives qui débarquaient. Je les nettoyais, je les transportais en chariot aux toilettes, je les installais en rang deux par deux avant de les accompagner dans la cour, mais je ne cherchais jamais à connaître leur nom… Pourtant, un jour est arrivée une petite orpheline que j'ai tout de suite remarquée. Elle avait de grands yeux bruns, la tête rasée et le corps noueux et musclé, et elle n'arrêtait pas d'éclater en sanglots. Je la consolais en lui essuyant le nez.

– Allez, arrête de pleurer, Alicia.

– C'est pas de ma faute. Et je m'appelle Eliza, pas Alicia.

Sur le moment je n'ai pas réagi. Son nom ne me disait rien. J'étais amorphe. Contrairement à elle, particulièrement alerte.

– Les petites ne sont pas encore prêtes à se coucher, Millie Plume ? m'a lancé Mme Peters-Cochonne en passant.

Eliza s'est frotté les yeux et m'a regardée, soudain souriante.

– C'est toi, Millie ! Je t'ai enfin trouvée !

Je l'ai fixée avec un regard incrédule.

– Et toi, tu serais… ma petite sœur ?

Oublié l'orphelinat ! Je me suis revue à la maison avec Jem, et Mère berçant le nouveau bébé, la petite Eliza.

– Oh, Eliza, quel bonheur de te retrouver !

– Jem m'avait dit que j'avais des frères et sœurs, mais c'est surtout toi que je voulais retrouver, Millie.

– Mon cher Jem adoré ! Tu sais, on a aussi une sœur, Martha. Tu vas voir, dimanche, quand tu l'entendras chanter, tu seras vraiment fière d'elle, mais elle ne se souvient pas aussi bien de la maison que toi ou moi. On a aussi un frère, très gentil, Gédéon, malheureusement tu le verras rarement parce que les garçons vivent dans une autre aile.

– Et Saul ? Voilà ce que Jem m'a dit : Martha a une très mauvaise vue, Saul une mauvaise jambe, Gédéon peut à peine parler, mais Millie se porte comme un charme et c'est un moulin à paroles !

– Oh, je l'adore, mon Jem ! Eliza, il faut que tu me racontes en détail tout ce que tu te rappelles de la maison. Surtout, je veux tout savoir sur Jem.

– Jem ? Il est fabuleux ! Il est au courant de tout.

– C'est vrai, cela dit, pas… pour Saul. Tu sais, il est mort il y a plusieurs années, de la grippe.

– Tu crois que je vais l'attraper, Millie ?

– Mais non, tu m'as l'air d'être un bout de chou solide comme un roc et en pleine santé ! En plus on est en été.

– Millie Plume, mets-moi tout de suite cette gamine au lit ! a rugi la surveillante.

– Ne te laisse pas impressionner, c'est qu'une vieille bique bête comme ses pieds, ai-je chuchoté à Eliza en la couchant. Ne pleure pas ! Je reviendrai quand toutes les lumières seront éteintes.

Je l'ai soigneusement bordée dans son lit et j'ai déposé un baiser sur ses petites mèches tristounettes. Les fillettes nous observaient, intriguées, et Mme Peters secouait la tête en signe de désapprobation.

Je suis retournée dans mon dortoir, la tête dans les étoiles. J'étais tellement heureuse que j'ai étendu les bras et tournoyé en sautillant de bonheur.

– Vous avez vu Millie ? Elle est devenue zinzin, a ricané Sheila.

– Elle a toujours été givrée, a renchéri Monica. J'espère que tu ne te prends pas pour une vraie danseuse, Millie ?

Elle a bondi de son lit pour m'imiter. En temps normal, je me serais précipitée sur elle pour la gifler, mais ce soir-là je m'en fichais. Je me suis déshabillée et je me suis couchée en tirant bien haut les couvertures sur ma tête.

J'étais tranquillement allongée dans le noir et je pensais à ma petite sœur. Je me souvenais du jour où j'étais arrivée, au même âge, terrorisée, seule au monde – et de ma déception en voyant que Martha me reconnaissait à peine. C'était décidé, je serais une vraie grande sœur pour Eliza. Tous les jours je me débrouillerais pour la voir, et malheur à qui oserait se moquer d'elle ou lui voler ses bonbons le dimanche. Je l'aiderais à apprendre à lire et à écrire jusqu'à ce qu'elle devienne la meilleure de sa classe. Je pourrais même l'aider à coudre, puisqu'au bout de cinq ans d'acharnement j'étais devenue une couturière accomplie.

Je préviendrais Ida pour qu'elle lui donne du beurre et du sucre en rab. J'inventerais des histoires pour lui changer les idées. Non pas des adaptations des feuilletons sordides de *Police Gazette*, mais des histoires de princes et de palais, des contes avec des fées brandissant leur baguette et des petites orphelines portant des robes blanches soyeuses et des pantoufles de vair… Ils se marieraient et ils auraient beaucoup d'enfants…

Je commencerais par lui en raconter une dès ce soir. Je serais sa bonne fée et j'agiterais le bras au-dessus d'elle pour qu'elle soit heureuse et au chaud. Qui sait si nous ne pourrions pas nous échapper et rentrer ensemble à la maison ? J'avais confiance en Jem. Il avait recommandé à Eliza de chercher ma protection à moi, Millie.

J'avais tant de questions à poser à ma petite sœur ! Quelle était la taille de Jem ? La largeur de ses épaules ? Sa voix avait-elle mué ? Est-ce qu'il sifflait toujours quand il travaillait ? Parlait-il souvent de moi ? Avait-il fait part de nos projets à Eliza ? J'aurais préféré qu'il les garde secrets, mais s'il les avait confiés à Eliza, ce ne serait pas trop grave. Elle était tellement mignonne qu'elle pourrait venir vivre avec nous et je serais une seconde mère pour elle.

J'ai attendu que toutes les filles du dortoir soient endormies et je suis sortie sur la pointe des pieds. Le couloir était si sombre, si désert, que j'ai failli flancher et faire demi-tour, mais j'avais honte. Une grande fille de onze ans ne devrait plus avoir peur du noir.

J'ai imaginé la petite Eliza en larmes au fond de son lit et attendant désespérément ma venue. Je ne pouvais pas l'abandonner. J'ai pris une profonde respiration, serré les poings et avancé en frissonnant jusqu'au dortoir des petites. Je suis passée devant la chambre de Mme Peters et j'ai entendu des ronflements. Elle devait être allongée sur le dos, son gros museau frémissant et ses lèvres épaisses grimaçant. J'ai failli éclater de rire.

Le dortoir était plongé dans une nuit noire et je distinguais à peine les lits, encore moins les silhouettes des petites, mais en général on installait la dernière arrivée près de la porte. J'ai tendu l'oreille et j'ai entendu des sanglots étouffés.

– Eliza ?

– Millie, enfin ! Je suis là !

J'ai tâtonné jusqu'à son lit et je l'ai prise dans mes bras.

– C'est moi, oui ! Je t'avais promis que je viendrais. Pousse-toi pour me faire un peu de place. Je meurs de froid.

Elle était aussi frigorifiée que moi, mais je lui ai frotté les bras et nous nous sommes vite réchauffées.

– Voilà, ça va mieux ?

– Oui, beaucoup mieux.

– Tu sais quoi, Eliza ? Quand j'étais encore plus petite que toi, je me réfugiais dans le lit de Jem et je me blottissais contre lui pour avoir chaud.

– Moi aussi !

J'avoue que j'ai été un peu étonnée. Jem n'avait jamais pris personne dans son lit, ni Martha, ni Saul, ni Gédéon…

– Oui, ben… c'est parce qu'il est particulièrement

gentil, ai-je fini par répondre. Il doit te manquer affreusement, je parie. En tout cas, moi, il me manque toujours autant. Je t'en supplie, parle-moi de lui, et de Père, de Mère, de Rosie, de la grande Elisa, de Nat…

– Oh, ils vont tous très bien. Mère a mal aux mains parce qu'elle a des rhumatismes, et parfois Père se fâche très fort. La grande Elisa est restée à la maison pour aider Mère, et Nat court après les filles. Un jour je l'ai vu embrasser Sally, une fille du village, avec une énorme poitrine toute flasque.

– Chut ! Parle plus bas, Eliza. Maintenant parle-moi de Jem. Lui aussi, il court après les filles ?

– Jem ? Non. Il m'a dit qu'il attendait.

– Qu'il attendait ? ai-je répété, le cœur battant.

Oh, mon cher Jem que j'aimais si tendrement !

– Je me demande qui il attend.

– Moi, je sais !

– Alors dis-le-moi, ai-je murmuré, ivre d'excitation.

– Moi !

– Tais-toi ! Ne sois pas sotte, Eliza. Dis-moi qui il attend pour de vrai.

– Moi, moi, moi !

– Sauf que tu es toute petite et Jem est presque un homme.

– Je suis quand même son amoureuse. Il m'a promis que quand je serai grande et que je sortirai d'ici, il viendra me chercher et on se mariera.

– Quoi ?

– Oui, même que j'aurai une longue robe et lui, un beau costume de gentleman, et devine où on habitera ?

J'étais sans voix. Bouleversée.

– Dans la cabane d'écureuil !

– Non !

– Si, tout à fait. Jem et moi, on a une cabane d'écureuil au fond des bois. C'est notre cachette et on a plein de jeux secrets auxquels on joue dedans.

Elle a continué à parler mais je me suis bouché les oreilles. J'avais l'impression d'avoir une petite souris qui couinait dans le crâne. Je me suis violemment mordu la langue, mais je n'ai pu m'empêcher d'éclater en sanglots.

– Tu pleures, Millie ? Ne sois pas si triste, maintenant que je t'ai retrouvée. Quand on sortira d'ici, je demanderai à Jem si ça l'embêterait que tu viennes vivre avec nous, puisque tu fais partie de la famille.

J'ai dû lutter pour ne pas la pousser hors de son lit. C'en était trop. J'étais trahie. Mon cher Jem n'était plus mon Jem à moi. Il lui avait fait exactement les mêmes promesses qu'à moi, mot pour mot. Il était donc clair qu'il ne tiendrait pas non plus ses promesses vis-à-vis d'elle. Pour lui c'était un jeu, des paroles douceâtres qu'il nous débitait pour nous consoler. Oh, comme ça faisait mal ! Quelle déception de découvrir qu'il disait n'importe quoi !

À peine Eliza assoupie, je suis retournée me coucher. J'ai pleuré toute seule dans mon lit, les poings serrés, furieuse. Quelle idiote j'étais ! J'avais cru tout ce qu'il m'avait dit. Je lui avais fait confiance, convaincue qu'il m'attendrait. Je l'avais aimé de tout mon cœur.

– Oh, Jem ! Comment as-tu osé lui faire les mêmes promesses ? Tu es horrible. Je te déteste, je te déteste…

Plus la nuit avançait, plus je me sentais ridicule. Il n'avait pas fait exprès. Il n'était pas méchant, je le savais parfaitement. C'était une âme simple et bienveillante qui cherchait à réconforter ses petites sœurs. Je voyais bien à quel point Eliza était naïve, parlant de lui comme de son futur mari. Et ça l'était autant de ma part de penser qu'il m'attendait pour se marier avec moi. Il avait inventé un joli conte de fées pour nous rassurer. Jamais il ne se marierait, ni avec moi ni avec Eliza.

Il se souviendrait de nous avec affection, voire un peu de tristesse. Jusqu'au moment où il tomberait amoureux d'une des filles du village, comme Nat, et l'épouserait. Désormais je voyais clairement l'avenir qui l'attendait. Et celui qui m'attendait, moi, Millie Plume, enfant trouvée, prisonnière de cet orphelinat. À quatorze ans je partirais pour être soubrette. Voilà la seule perspective que j'avais. Bonne à tout faire jusqu'à la fin de mes jours.

17

Quelque temps plus tard, la cuisinière s'est brûlé les mains avec de l'eau bouillante et elle a été obligée d'arrêter de travailler pendant plusieurs semaines. Ida l'a remplacée et elle a eu le droit de choisir l'une de nous pour l'aider. Elle a d'abord sélectionné les grandes pour ne fâcher personne, avant d'annoncer qu'elle voulait donner sa chance à une plus jeune.

– J'aimerais prendre Millie Plume à l'essai une journée.

– Tu le regretteras, je te préviens, a ricané Mme Groderrière.

Les filles ont rouspété parce que ce n'était pas juste, mais je n'ai pas cherché à me défendre. Et quand Ida m'a demandé d'éplucher les légumes frais qui venaient d'être cueillis dans le potager, je me suis exécutée en silence. Elle m'a proposé de grignoter un bout de carotte et d'écosser des petits pois mais je n'en ai rien fait. Elle m'a même proposé de prendre une cuillerée entière de sirop de son garde-manger mais ça ne me disait rien.

VR
1837
1887

– Moi qui pensais que tu avais tout le temps faim ! Tu ne te sens pas bien ?

– Si, ça va. Laisse-moi…

– Millie, ma chérie, dis-moi ce qui ne va pas.

– Rien ! Fiche-moi la paix.

Heureusement que ce n'était pas la surveillante générale ou Miss Morley, sinon j'aurais eu droit à une sacrée gifle. Ida, elle, paraissait blessée et me regardait d'un air de reproche. Je culpabilisais car elle avait toujours fait preuve d'une extrême gentillesse avec moi, sauf que j'en avais assez de devoir me montrer gentille en échange. J'avais passé des semaines et des semaines à me torturer l'esprit à cause d'Eliza qui parlait tout le temps de Jem. Je ne pouvais pas la renvoyer en lui demandant de la boucler. C'était ma petite sœur. Et j'imaginais parfaitement son désarroi en arrivant dans cet orphelinat sinistre après avoir vécu cinq ans dans notre chaumière. Je me souvenais de mon soulagement quand Harriet m'avait prise sous son aile. Je me faisais un devoir de protéger Eliza de la même façon.

Autant je faisais des efforts pour ne pas blesser ma petite sœur, autant je ne voyais pas pourquoi je devrais prendre des pincettes avec Ida. Si seulement elle était un peu moins susceptible et bécasse. Avec les autres elle ne se démontait jamais. Je l'avais souvent vue remettre Sheila à sa place, et elle se défendait très bien face aux nurses, même si elle était bien obligée de composer avec Mme Groderrière. Alors pourquoi se montrait-elle si sensible à ce que je disais ?

J'ai vu ses épaules affaissées et son air contrit, et j'ai soupiré. Elle avait eu la bonne idée d'introduire des tartes dans notre régime alimentaire, chose que tout le monde appréciait, évidemment, et elle était en train d'écraser une boule de pâte avec son rouleau à pâtisserie avec une énergie suspecte. J'en ai profité pour chaparder les petits bouts de pâte qu'elle laissait, les modelant peu à peu pour en faire une grosse dame en pâte. Un bonnet et un air revêche, et le tour était joué, c'était la parfaite surveillante !

Elle s'est interrompue pour regarder ma sculpture.

– C'est pas mal, Millie !

– Pas du tout, qu'est-ce que tu racontes ? ai-je répondu en écrasant ma sculpture.

– Non ! C'est idiot, je voulais la garder. Dis-moi, tu es d'une humeur de chien aujourd'hui.

J'ai haussé les épaules en remuant le bout du pied pour faire des dessins sur le sol couvert de farine.

– Arrête, la farine va glisser entre les dalles. Tiens, ça t'amuserait de prendre le relais avec le rouleau à pâtisserie ?

– Non merci.

– Tu sais que la pâtisserie est vraiment un art ? Je suis étonnée de tout ce que j'ai découvert depuis que je travaille à la cuisine. Je pourrais t'apprendre plein de trucs, si tu voulais. Qui sait, tu pourrais peut-être décrocher un poste de chef de cuisine si tu apprenais quelques bonnes recettes de base.

– Je n'ai aucune envie de devenir chef de cuisine.

– C'est beaucoup mieux qu'aide-cuisinière ou bonne.

– Je n'ai aucune envie d'être boniche. Surtout à la cuisine.

Cette fois, j'avais dépassé les bornes. Ida a piqué un fard et s'est défoulée en écrasant la pâte sous son rouleau, à défaut de se défouler contre moi.

– Oh, j'ai bien compris que tu me regardais de haut. Mais je peux savoir ce que tu voudrais faire dans la vie, Miss Millie Plume ?

J'ai été incapable de lui répondre. Je m'étais accrochée pendant si longtemps à l'idée que je me marierais avec Jem. Comme j'avais été naïve !

– Alors ? a repris Ida, furieuse. Fuir pour aller retrouver ton cirque et ta vraie mère, c'est ça ?

À mon tour, j'ai rougi. J'avais oublié que je lui avais parlé de Madame Adeline, mon autre rêve de gamine.

– Après tout, pourquoi pas ? ai-je répondu sur un ton bravache.

– Millie, je t'en prie, comme si cette femme pouvait être ta mère !

– Qu'est-ce qui prouve le contraire ?

Je n'y croyais plus vraiment, mais j'avais du mal à accepter que mon dernier rêve d'enfant disparaisse.

– Tu es une grande fille, m'a répondu Ida.

Avec son bonnet de travers et de la farine plein les joues, elle était grotesque.

– Tu es beaucoup trop grande pour continuer à rêver bêtement, Millie. Redescends sur terre. Si tu veux faire quelque chose de ta vie, il faut que tu travailles dur.

– Comme toi, c'est ça ?

– Tu peux penser ce que tu veux, mademoiselle je-prends-tout-de-haut, mais je suis très contente de ma situation. Je travaille, j'économise et je mène une vie très respectable.

– D'accord, mais à quoi bon ? La même chose tous les jours, toute la semaine, et pour toute la vie ? À ta place je deviendrais folle. Personne ne t'oblige à rester ici. Tu n'es pas une enfant trouvée. Tu pourrais faire un travail plus intéressant ailleurs.

– Je n'ai pas à me plaindre, et j'ai eu de la chance, après l'hospice. Tu ne sais pas de quoi tu parles, Millie. Je sais que Polly te manque beaucoup, mais ce n'est pas une raison pour t'en prendre à moi. Je fais ce que je peux pour te remonter le moral.

– Je n'aurai jamais le moral en restant ici, jamais, jamais, jamais…

C'était plus fort que moi. Ida était la seule amie qui me restait, mais j'ai passé la journée à bouder et à être désagréable avec elle.

– Je doute que tu puisses être soubrette si tu te comportes comme aujourd'hui, mademoiselle tête-dans-les-nuages, a-t-elle fini par lâcher. Alors, ça y est, j'espère que tu as dit ce que tu avais sur le cœur et que tu seras un peu plus aimable demain ?

– Un peu plus aimable ?

– Puisque c'est comme ça, va-t'en, petite sotte. Je prendrai quelqu'un d'autre pour m'aider.

Sauf que le lendemain elle a choisi Sheila, et j'étais

furieuse. Elle avait fait exprès. Elle ne l'aimait pas plus que moi. Elle voulait se venger. J'ai jeté un coup d'œil à travers le passe-plat et j'ai frémi en les voyant toutes les deux remuer une immense préparation de pudding au riz en riant aux éclats. Soudain elle m'a aperçue et hop ! elle a jeté deux ou trois raisins secs dans la bouche de Sheila avec un léger hochement de tête qui signifiait : « Tiens, ça t'apprendra. »

Je venais de perdre ma seule amie. J'aurais dû aller la voir pour lui demander de m'excuser, mais j'étais trop orgueilleuse. J'ai préféré traîner toute seule et m'occuper d'Eliza sans faire attention à personne.

En classe, j'étais assise dans mon coin et je ne cherchais plus à répondre à la moindre question. Je m'ennuyais tellement que j'arrivais à peine à soulever ma plume pour écrire. Mes notes baissaient. Je me suis retrouvée parmi les dernières à côté de Jenny la folle, Freda la lente et Marie la bègue, les trois filles les plus fades au monde, qui savaient à peine lire et écrire.

Quant aux corvées ménagères, j'en faisais encore moins. Le dimanche je rêvassais dans la chapelle, puis je déjeunais toute seule en regardant de haut les visiteurs. À quoi bon être aimable ? De toute façon personne ne m'adopterait, moi, Millie Plume, rouquine, haute comme trois pommes, et affligée d'un sale caractère.

Bientôt, tout le monde s'est mis à parler du jubilé d'or de la reine Victoria qui avait lieu en juin. Je m'en fichais. Pourquoi s'intéresser à cette grosse dame ?

Le seul avantage, c'est que Miss Morley se servait enfin des cartes accrochées aux murs pour nous indiquer toutes les terres sur lesquelles la reine régnait. Jusqu'au jour où elle nous a expliqué que celle-ci était aussi impératrice des Indes. La moitié des filles ont cru qu'elle vivait dans cet immense pays chaud de la taille d'un continent. La maîtresse n'a pu s'empêcher de rire, avant de préciser que la reine vivait la plupart du temps dans le palais de Buckingham et qu'elle serait évidemment à Londres le 23 juin,le jour de son jubilé d'or.

Miss Morley était littéralement obnubilée par la reine Victoria. Elle nous imposait des dictées sur notre loyale souveraine, nous racontait par le menu l'histoire de son règne qui durait depuis bientôt cinquante ans, calculait à la seconde près le déroulement du défilé du jubilé qui devait commencer à onze heures du matin pour finir à quatorze heures exactement. Au début je pensais que c'était une idée fixe qui n'appartenait qu'à elle, mais peu à peu j'ai découvert que tout le monde ne pensait plus qu'à ça. Même la petite Eliza m'a montré un portrait de la reine qu'elle avait dessiné en classe. J'ai fait semblant de l'admirer alors qu'on aurait dit un gros scarabée affublé d'une couronne.

Le dimanche suivant, nous avons été obligés de prier pour la reine, ce que je trouvais un peu curieux. Pourquoi nous, enfants trouvés, marqués du sceau de la honte et condamnés à servir toute notre vie, devions-nous prier pour cette vieille dame riche comme Crésus, qui possédait des continents entiers ? C'est plutôt elle qui aurait dû s'agenouiller sur ses gros genoux et prier pour que la grâce de Dieu nous protège.

À la fin de l'office, Mme Groderrière est montée en chaire en remuant son nez crochu. Comme elle était plus petite que le pasteur, seule sa tête dépassait : on aurait dit une figurine de jeu de massacre. Si seulement j'avais pu lui balancer mon livre de chant en pleine figure !

– Mes chers enfants, je voudrais vous faire part d'une heureuse nouvelle. Comme vous le savez, notre reine bien-aimée règne sur nous depuis bientôt cinquante ans. Jeudi prochain a donc lieu son jubilé d'or au cours duquel le pays entier célébrera son règne glorieux. Et nous aussi, nous avons décidé de le célébrer ! J'ai donc le plaisir de vous annoncer que vous êtes tous invités à un grand rassemblement qui aura lieu à Hyde Park. Un repas exceptionnel vous sera offert pour l'occasion, vous aurez le droit de participer à toutes sortes de jeux et de divertissements, et la reine en personne sera là pour vous accueillir.

Un long « Ooooh ! » de surprise a retenti, même si nous étions plus excités par le repas et les jeux que par la perspective de voir la reine. Même moi j'étais grisée. Une journée entière hors de cette prison que je haïssais ! Quelle aubaine !

– À présent calmez-vous. Je vous demande d'être particulièrement sages d'ici là. Tout élève revêche ou désobéissant sera privé de sortie, a-t-elle ajouté en braquant son regard sur moi.

« C'est bon, j'ai compris, Mme Groderrière-qui-pue, pensais-je. Je sais que vous rêvez de me priver de sortie. Quel bonheur si vous pouviez annoncer à la terre entière que Millie Plume était trop dissipée pour participer aux célébrations du jubilé ! »

Mais je lui ai adressé mon plus beau sourire, car j'étais bien résolue à ne pas laisser passer une occasion aussi exceptionnelle. Dans les jours qui ont suivi, j'ai été sage comme une image. Lundi, mardi, mercredi, je me suis appliquée juste ce qu'il fallait, mais pas trop, afin de ne pas irriter Miss Morley. J'ai fini mes dictées sans broncher. J'ai fait tranquillement tous les exercices de calcul idiots qu'elle nous donnait, par exemple : calculer le nombre de jours que la reine Victoria mettrait pour aller aux Indes en sachant que son beau bateau à vapeur avance à tel ou tel nombre de nœuds. J'ai rendu une rédaction écrite sans le moindre effort d'imagination sur le sujet suivant : « Que devrais-je répondre si je rencontrais Sa Majesté la reine ? » J'ai même eu droit à une belle mention spéciale en rouge de la part de Miss Morley, couronné par un « excellent » en bas de la page de mon cahier. (En fait, elle avait écrit « excellant », mais je n'ai pas relevé.)

Je me suis exercée à faire la révérence en répétant avec des risettes : « Après vous, Madame ». J'ai fait mes ourlets les plus soignés, avec des points bien serrés et en piquant méticuleusement dans l'autre sens pour obtenir un bel ourlet double, comme si j'étais couturière de la Maison Royale. J'ai briqué tous les couloirs et les recoins de l'orphelinat en passant mon plumeau des plinthes aux cimaises. Tout juste si je n'ai pas aligné les petits pour leur donner un bon coup de plumeau à eux aussi !

J'ose à peine imaginer dans quel état de rage Mme Groderrière devait être en voyant la belle matinée ensoleillée de ce jeudi matin et moi, là, sous son nez, affichant un air radieux. Je parie qu'elle aurait aimé me gifler pour excès de zèle. Heureusement elle n'a pas eu la présence d'esprit de me trouver une faute. Elle s'est contentée de me flanquer une méchante tape dans le dos en me lançant :

– Tu as intérêt à te tenir correctement, Millie Plume. Tout Londres aura les yeux rivés sur nous.

Ce jour-là, nous avons eu droit à des habits impeccables comme jamais. Nos bonnets, nos tabliers et nos mantelets avaient été lavés, repassés et amidonnés avec un tel soin qu'ils étaient d'une blancheur éclatante et semblaient neufs. La surveillante avait imposé aux grandes de consacrer la journée de mercredi à repasser, tandis que les grands garçons ciraient nos bottes si bien que nous traînions pieds nus. Au petit déjeuner, nous avons eu du pain et du beurre parce que les nurses avaient peur que les petites renversent du porridge sur leurs beaux habits. À la fin du repas, chacune a eu droit à ce qu'on lui nettoie les mains et la bouche avec un linge propre, et a été obligée d'aller aux toilettes pour évacuer tout ce qu'il fallait afin d'éviter un accident déshonorant pour l'orphelinat.

Enfin, on nous a mis en rangs dans la cour, telle une armée miniature, les garçons d'un côté, les filles de l'autre, des plus petites, qui venaient d'arriver, jusqu'aux filles les plus âgées et les plus dégourdies, prêtes à partir travailler.

Mme Peters s'est plantée devant les plus jeunes, Mme Groderrière derrière les plus âgées, pendant que les nurses et les maîtres et maîtresses passaient entre les rangs pour surveiller le bon ordre.

– Bien ! a aboyé Mme Groderrière. À présent sortons et affichons un air enjoué. N'oubliez pas, la réputation de l'hôpital des Enfants-Trouvés repose entièrement sur vos épaules.

Une, deux, une, deux – la petite troupe s'est mise en marche. Quel bonheur de franchir ces horribles grilles pour descendre le long des rues ! Même la qualité de l'air, si frais, si neuf, semblait différente.

La ville aurait pu être noyée dans la brume, elle nous aurait semblé fabuleuse. Il faisait un temps paradisiaque et tous les bâtiments grisâtres rayonnaient, tels de somptueux palais. À chaque fenêtre flottait une banderole, à chaque réverbère était accroché un bouquet de fleurs, partout claquaient des drapeaux dans la brise. Nous étions tenus de marcher en rythme sans perdre une seconde ; néanmoins, arrivée sur Oxford

Street, je n'ai pu m'empêcher de tendre le cou pour admirer les grands magasins pavoisés aux couleurs de la patrie, rouge, bleu, blanc.

Jamais je n'avais vu de telles foules de gens qui parlaient, hurlaient et riaient dans tous les sens. Certains des plus petits ont été tellement choqués qu'ils ont éclaté en sanglots, et j'avoue que moi non plus je n'étais pas très rassurée, surtout quand il a fallu traverser cette large avenue. Heureusement des policiers ont arrêté la circulation pour nous laisser passer, mais ils n'étaient pas particulièrement costauds. Je ne voyais pas comment ils pouvaient maîtriser tous les cabriolets, les fiacres et les omnibus qui déboulaient de toutes parts.

Ce fut une très longue marche, si longue qu'au bout d'un certain temps les petits avaient du mal à suivre et boitaient à cause de leurs bottes trop rigides. Jusqu'au moment où nous sommes passés sous la grande arche appelée Marble Arch, et tout le monde a été soulagé. C'était l'entrée de Hyde Park.

Dix immenses chapiteaux et une myriade de tentes avaient été installés dans le parc, et partout, des manèges, des toboggans, des grandes roues, des balançoires… Les enfants couraient en toute liberté, sautaient sur les chevaux de bois, glissaient sur les toboggans et poussaient des cris depuis les nacelles qui s'élevaient dans le ciel. Il y en avait des centaines et des centaines, de tous les âges, des petits bouts de chou en tablier et des adolescents beaucoup plus grands que moi. Les filles portaient des robes blanches ou de couleurs claires – bleu lavande, jaune primevère, mauve lilas, rose pâle – et sautillaient dans des chaussures d'été. Les garçons portaient de jolis costumes marins bleu et blanc et un chapeau de paille. Tous nous jetaient des regards étonnés en nous voyant passer dans notre épouvantable uniforme, avec ce bonnet et ce tablier ridicules, ce gilet rouge vif, cette veste trop raide et ces grosses bottes. Du reste, certains ne se gênaient pas pour nous montrer du doigt en y allant de leurs commentaires.

– Regarde ! Regarde ! Les enfants de l'institution !

– Tu crois qu'ils viennent de l'hospice ?

– Non, non, de l'hôpital des Enfants-Trouvés. Tu ne trouves pas qu'ils ont l'air bizarres ?

Nous aussi, nous les observions, mais en marchant au pas, et cramoisis de honte et de chaleur. Soudain Mme Groderrière a pris un mégaphone pour s'adresser à nous :

– Ceci est un message destiné aux élèves de la grande école. Vous êtes autorisés à jouer dans le parc pendant une heure, mais tâchez de rester dans un rayon relativement restreint. Toutes les attractions sont gratuites. Je vous donne rendez-vous à treize heures précises devant le chapiteau numéro 10 pour un déjeuner exceptionnel. Tout le monde a bien entendu ?

Nous étions bouche bée. Libres de nous amuser pendant une heure ? Pour de vrai ? Aussitôt une bande de garçons a détalé, vite, avant que la surveillante ne se ravise, mais la majorité d'entre nous hésitait. Nous étions habitués à avoir un emploi du temps réglé comme du papier à musique, et nous nous sentions incapables de nous prendre en main, ne fût-ce qu'une heure.

Je n'ai pas hésité longtemps. J'ai couru jusqu'au manège le plus proche et j'ai fait deux fois le tour avant de choisir le plus beau cheval. Chacun avait un nom peint sur l'encolure. J'ai cherché le nom Millie, mais en vain. En revanche, j'ai trouvé Polly : c'était un cheval noir et blanc avec une selle rouge. Je suis montée dessus en soulevant ma robe de façon peu gracieuse, mais je m'en fichais. Plusieurs fillettes étaient sagement assises en amazone, mais on aurait dit qu'elles étaient de traviole et je les trouvais plutôt ridicules. Moi, j'avais monté à cru avec Adeline ! Je savais ce que je faisais.

Une musique d'orgue de Barbarie a retenti et le manège a commencé à tourner. Je me suis accrochée à la barre dorée et j'ai pressé mon cheval. Le manège a accéléré, accéléré... jusqu'au moment où les enfants ne formaient plus qu'un long ruban flou tournoyant et le parc semblait pivoter sur son axe comme un globe géant.

Quelques instants plus tard, je suis descendue avec un léger vertige, et j'ai aperçu Eliza, qui avait l'air un peu perdue au milieu d'une grappe d'enfants menée par Winnie. J'ai foncé sur elle.

– Je peux emmener Eliza au manège, Miss Winterson ? Je la surveillerai et je serai très prudente, je vous promets.

– Mais bien sûr, Millie. Si je m'écoutais, je m'offrirais aussi un tour !

J'ai posé Eliza sur un cheval noir avec une tache blanche sur la tête, appelé Étoile.

– Tu seras ma petite étoile, Eliza, ai-je murmuré à son oreille.

Hélas, à peine le manège a-t-il commencé à prendre de la vitesse qu'elle a hurlé.

– Veux pas, veux pas ! Veux descendre !

– Tu ne peux pas, bécasse, tu viens tout juste de monter. N'aie pas peur, tu vas voir, c'est merveilleux.

– Pas du tout ! a-t-elle crié en fermant les yeux et en s'accrochant de toutes ses forces à la barre.

Le manège a ralenti. Elle a bondi et s'est précipitée dans les bras de Miss Winterson. « Bon débarras », ai-je pensé en haussant les épaules. À ce moment-là j'ai aperçu mon autre sœur, Martha, debout au pied d'un grand toboggan. J'ai couru vers elle, paniquée à l'idée qu'elle monte toute seule les marches raides. Mais ses deux amies, Élisabeth et Marjorie, m'ont repoussée d'un air agacé.

– On est là pour la protéger, m'a lancé la première.

– Elle n'a pas besoin que tu l'aides. De toute façon elle trouve que tu es trop agitée, a renchéri la seconde.

De son côté, Martha se contentait de sourire en clignant des yeux derrière ses lunettes.

– Très bien. Puisque c'est comme ça, débrouillez-vous toutes seules.

J'ai fait semblant de reconnaître quelqu'un dans la foule et j'ai agité la main en lançant :

– Ah, voilà mon amie ! J'y vais.

J'ai fait plusieurs fois le tour des attractions car j'avais du mal à choisir. En outre j'étais un peu désemparée de me retrouver seule alors que tout le monde avait des amis.

– Oh, Polly, si seulement tu étais là ! ai-je crié intérieurement.

Je me frottais les yeux quand j'ai découvert, face à moi, un grand garçon en uniforme qui me faisait timidement signe.

– Gédéon !

– Je me demandais où tu étais, Millie.

J'étais bouleversée. C'est lui qui me cherchait, alors que jusqu'ici c'est toujours moi qui m'étais débrouillée pour aller le voir.

– Comment vas-tu ?

– Très bien, m'a-t-il répondu sur un ton excessivement sérieux.

J'ai senti une légère hésitation dans sa voix, un petit quelque chose d'affecté.

– Gédéon, toi aussi, tu détestes l'hôpital des Enfants-Trouvés, non ? ai-je dit en le prenant par le bras.

– Oui, mais je suis terrorisé à l'idée de le quitter. Je n'ai aucune envie d'être soldat.

– C'est dix fois mieux que d'être boniche, idiot !

Tu imagines ? Se retrouver à l'autre bout du monde au milieu d'immenses champs de bataille !

– C'est ça, et la peur, le sang, les privations ? Si tu savais, j'en fais régulièrement des cauchemars. Jamais je ne supporterai de vivre dans des casernes. Les garçons me harcèlent suffisamment ici, je sais que ça sera cent fois pire avec des types plus âgés.

– Si on se faisait la belle, Gédéon ? Pour échapper à notre destin ?

– Je vois que tu rêves toujours autant, Millie. Ne me dis pas que tu comptes rentrer à la maison pour vivre avec Jem quand même !

– Pas du tout, ai-je répliqué sèchement. C'est fini. J'ai décidé de faire mon chemin toute seule.

– Ah, c'est bien, m'a-t-il répondu avec une pointe d'humour.

– Mais si on faisait un bout de chemin ensemble ? On a un lien spécial, toi et moi. Allez, Gédéon, viens sur la roue avec moi !

– Non, les nacelles vont trop vite. J'ai peur d'être malade.

Cela dit, il a eu la gentillesse de m'accompagner, et nous nous sommes installés des deux côtés de la nacelle, tirant sur les cordes pour monter d'un côté avant de dévaler de l'autre, comme si nous étions en pleine tempête. J'imaginais déjà les vagues, les mouettes qui criaient, les rafales de vent tandis que nous voguions sur l'océan vers une terre lointaine… J'inventais tout haut une grande aventure à deux tandis que Gédéon se moquait gentiment de moi.

– Tu n'as pas changé, Millie. Mais je t'en supplie, ne tire pas trop, tu montes trop haut !

– Au contraire, oh hisse ! pourvu qu'on monte le plus haut possible !

Gédéon grognait, les yeux fermés, tandis que le parc entier ondulait à nos pieds, et nous avions vue sur les dix chapiteaux géants et les foules d'enfants qui fourmillaient. Soudain, à l'autre bout du parc, du côté sud, au-delà de la tache argentée du lac de la Serpentine, j'ai repéré un grand chapiteau rayé avec une série de roulottes et une grosse bête grise avec une trompe…

– Regarde ! C'est Elijah ! Avec le cirque ! Gédéon, arrête de tirer, il faut tout de suite qu'on arrête.

– Tant mieux, a-t-il répondu, le teint verdâtre.

– Moi qui en rêvais ! Le cirque !

– Attention, la nacelle va chavirer.

– Oh, tu as tout le temps peur. Allez, viens, on saute.

J'ai bondi de la nacelle en atterrissant en douceur. Gédéon a sauté derrière moi, mais le pauvre est tombé sur les genoux.

– Aïe ! Mince, tu crois que j'ai déchiré mon pantalon ?

– Mais non, ai-je menti en le tirant par la main. Allez, on file au cirque, et cette fois-ci tu viens avec moi !

18

– Tu es folle ! On ne peut pas aller jusqu'au cirque. C'est de l'autre côté du parc. La surveillante nous a demandé de rester dans un rayon proche.

– Je sais, mais qu'est-ce que ça peut faire ?

– Il est presque une heure. On a rendez-vous devant le chapiteau numéro 10.

– Je m'en fiche. Viens ! Pour une fois tu as l'occasion d'y aller, à ce fameux cirque. Tu n'as pas envie de voir Elijah ? Et Madame Adeline avec ses fabuleux chevaux ? Tu te rappelles les acrobates dans leur costume argenté ? Ça serait l'occasion de les revoir.

Gédéon hésitait, le regard tourné du côté du cirque, même si nous ne voyions plus rien maintenant que nous étions au sol.

– En plus, aujourd'hui c'est gratuit parce que c'est le jubilé. Allez, viens.

– On va rater le déjeuner sous le chapiteau.

– Tant pis. On sera peut-être de retour à temps pour grappiller des restes.

– Non, on court vers les ennuis.

– Penses-tu ! Personne ne remarquera qu'il manque deux enfants trouvés. De toute façon, qu'est-ce qu'on en a à faire ? Au moins on sera allés au cirque.

– Si tu étais un garçon, tu ne t'en ficherais pas autant, Millie. Parce que nous, on a droit au fouet.

– Écoute, un jour j'ai été enfermée au grenier dans une pièce sordide, sans rien à manger pendant des jours et des jours. Alors je sais ce que je risque, mais j'ai décidé d'y aller, coûte que coûte. Pareil pour toi.

– Je ne peux pas, Millie. Je n'ose pas, c'est tout. Vas-y si tu veux, mais j'espère que tu ne passeras pas un trop mauvais quart d'heure après.

– D'accord, j'y vais toute seule, ai-je répondu en l'embrassant sur sa joue livide. Mais je te préviens, tu le regretteras.

Je me suis précipitée droit devant en espérant que c'était la bonne direction. Quelques secondes plus tard, j'ai jeté un regard en arrière pour voir si Gédéon me faisait signe mais il était déjà noyé parmi la foule.

– Salut, Gédé, ai-je lancé en agitant la main dans le vide.

Autour de moi, tout le monde se pressait. Beaucoup d'enfants se dirigeaient vers les chapiteaux pour le déjeuner et j'ai été tentée de retourner sur mes pas. Quel serait le menu de ce repas de fête ? Y aurait-il du gâteau ? Des bonbons à la gelée ? Non, je n'allais quand même pas rater la chance de ma vie par gourmandise !

Les gens me jetaient de drôles de regards, et certains ricanaient en voyant mon uniforme. Vexée, j'ai retiré mon bonnet et je l'ai fourré dans mon mantelet. Malheureusement, je ne pouvais pas cacher le reste de mes vêtements.

Tout à coup une grosse dame avec un badge sur la poitrine m'a repérée.

– Tu ne viendrais pas de l'hôpital des Enfants-Trouvés, par hasard ? m'a-t-elle demandé en consultant une feuille de papier. Tu es attendue devant le chapiteau numéro 10, par là !

– Oui, madame.

J'ai pris la route qu'elle m'indiquait, mais à peine a-t-elle eu disparu de ma vue que j'ai repris la direction du cirque.

J'ai dû courir une bonne demi-heure avant d'apercevoir un bout de chapiteau. J'avais tellement chaud que ma robe me collait dans le dos. Un petit garçon avait renversé de la glace au caramel sur ma jupe. Et j'avais perdu mon bonnet en route. Mais j'étais tellement contente de voir le haut rouge et mauve du chapiteau que ça m'était égal.

Soudain j'ai vu Elijah, la patte attachée à un piquet, qui portait une coiffe en l'honneur de la reine. Il était plus petit que dans mon souvenir, mais c'était normal, puisqu'à l'époque j'avais cinq ans !

Plus j'approchais du cirque, plus il y avait de monde, et les garçons me bousculaient sans vergogne. À un moment j'ai poussé pour me défendre et l'un d'eux m'a donné de violents coups dans les tibias. J'ai frappé encore plus fort, et pour une fois j'avoue que j'étais contente de porter mes grosses bottes, même si j'avais affreusement chaud aux pieds.

Peu après j'ai vu une pyramide d'acrobates, vêtus de rouge et non plus d'argent. « C'est normal, ils ont de nouveaux costumes, me disais-je, et si ça se trouve, leurs petits frères ont rejoint leur troupe. »

Enfin je suis arrivée devant l'entrée. Vite, je me suis faufilée sous un des rabats. L'intérieur était bourré à craquer et il faisait une chaleur d'enfer, mais je me suis glissée au premier rang et j'ai bondi sur le dernier siège libre.

Les clowns étaient déjà en piste, entrant et sortant en se jetant des seaux d'eau. J'avais beau connaître leur numéro, que je ne trouvais pas particulièrement drôle, j'ai éclaté de rire. Soudain j'ai entendu un hennissement, suivi d'un bruit de sabots. J'étais tellement excitée que j'ai hurlé de joie. Mais… où était passé Pirate, mon cheval adoré, gris pâle, avec sa tache noire ? Tous les chevaux qui débarquaient avaient une robe alezane et portaient des plumes mauves fichées dans la crinière. Et… ils étaient menés par deux grosses dames, avec une énorme poitrine, des cuisses épaisses et un costume à paillettes violettes dans lequel elles étaient boudinées. L'une était blonde, l'autre brune, et chacune avait un nœud mauve et mou dans les cheveux.

Qui étaient donc ces deux usurpatrices ? À côté de

Madame Adeline, elles ne valaient pas tripette. Elles se contentaient de galoper autour de la piste en agitant la main pour qu'on les applaudisse. J'étais tellement déçue que j'ai décidé de sortir pour voir ce qui se passait.

– Pardon, vous sauriez où est Madame Adeline, par hasard ? ai-je demandé à un gardien qui distribuait des prospectus pour le cirque. Quand est-ce qu'elle passe pour son numéro ?

– Madame qui ?

– Madame Adeline et sa troupe de chevaux. La vedette du cirque !

– Jamais entendu parler d'elle. Ça m'étonnerait que ce soit la vedette. Les seules écuyères du cirque, c'est Miss Molly et Miss Polly, les Cavalières Jumelles. Tu viens de les rater. Allez, ouste, ma petite, je n'ai pas que ça à faire.

Il m'a donné un prospectus sur lequel j'ai lu : « Le Merveilleux Cirque Tourbillon de M. Geoffrey », écrit en gras et en italique…

Je tombais des nues. Qui était ce M. Geoffrey ? Pourquoi n'était-ce pas le Cirque de Tanglefield ? J'étais pourtant sûre du nom. Soudain j'ai vu la liste des artistes et j'ai vacillé : Miss Lizzie et sa troupe de babouins ; M. Lionel Luck, contorsionniste ; les fameux acrobates Zebidee… Et plus bas, en caractères gras : Archibald l'enfant-éléphant ! Or s'il y avait une chose dont j'étais certaine, c'était le nom de l'éléphant.

– Pourquoi est-ce qu'ils ont tout changé ? ai-je demandé au gardien en tirant sur sa manche rayée. Pourquoi il ne s'appelle plus le Fabuleux Cirque Ambulant de Tanglefield ? D'où viennent ces nouveaux artistes ? Pourquoi ils ont changé le nom d'Elijah ? Et où est Madame Adeline ?

– Arrête de me harceler, tu m'entends ? Tu ne sais pas lire ? C'est écrit noir sur blanc sous ton nez, m'a-t-il répondu en tapotant sur sa pile de prospectus. Où est-ce que tu as lu « Fabuleux Cirque Ambulant de Tanglefield » ? Ici, c'est la troupe de M. Geoffrey, et je peux te dire que je vais me faire arracher les tripes s'il me surprend en train de causer avec toi. Il est malin, M. Geoffrey, pas du genre à se tromper. Ces prospectus, ça vaut mieux qu'un panneau d'affichage de trois mètres, pour sûr. Allez, file. Vous n'êtes pas censés avoir un déjeuner gratuit, vous, les gosses ? Hein, petiote ? Oh non, qu'est-ce qui se passe ? Tu pleures ? J'ai horreur des mioches en larmes. Écoute, j'ai entendu dire que le cirque de Tanglefield est là-bas, à Hampstead Heath. Il paraît que toute la racaille du cirque est installée dans ce parc.

– Vous voulez dire qu'il existe plusieurs cirques ?

– Des milliers même, si tu comptes l'Europe, sans oublier l'Amérique. À une époque, je travaillais pour le cirque ambulant du Grand Fernando aux États-Unis. Je peux te dire qu'on avait une sacrée ménagerie à faire défiler. On commençait par vingt éléphants – vingt, tu m'entends ? Et trois kilomètres après, tu avais la dernière roulotte d'animaux. Épatant, non ? Je parie que ton cirque de Tanglefield, c'est de la gnognotte à côté.

– Vous croyez vraiment qu'il est à Hampstead Heath ?

– Pour sûr.

– C'est où ?

– Seigneur ! Tu veux que je te donne une carte ? Cours et rentre chez toi pour en demander une à ton papa.

J'ai couru. Mais je n'avais ni chez moi ni papa. Conclusion, si je voulais revoir Madame Adeline, il fallait que je trouve Hampstead Heath toute seule.

J'ai mis un temps fou à sortir de Hyde Park. J'ai évité de retourner du côté des grands chapiteaux au cas où quelqu'un repérerait mon uniforme au milieu de la ronde de jolies robes. Je me guidais en suivant le reflet argenté du lac de la Serpentine, admirant au passage les bateaux qui voguaient sur l'eau.

À un moment j'ai aperçu une dame qui avait l'air gentille et conduisait un groupe de jeunes enfants.

– Excusez-moi, madame, vous pourriez me dire comment je peux aller à Hampstead Heath ?

– Attends… Je crois que c'est par là, mais c'est très loin, beaucoup trop loin pour une petite fille comme toi. Où est passée ta classe ? Tu as perdu tes camarades ?

– Non, non, ils sont là-bas, ai-je répondu en disparaissant sur-le-champ.

« C'est très loin, beaucoup trop loin. » J'ai hésité

en me remémorant ces paroles. Je mourais de chaud, j'étais affamée, mes bottes me faisaient un mal de chien... Tant pis, j'étais décidée à poursuivre. Quoi qu'il arrive, je retrouverais le cirque de Tanglefield et Madame Adeline.

J'ai fini par arriver devant les grilles du parc, mais une fois de l'autre côté je n'étais pas beaucoup plus avancée. Les rues étaient tellement bondées que j'ai été obligée de me réfugier le long du caniveau, et chaque fois qu'un fiacre ou un cabriolet me frôlait, je tremblais de tout mon corps, terrifiée par les fers des chevaux.

Je suis arrivée à Piccadilly, où la foule était encore plus compacte. Quand soudain une immense clameur a retenti, suivie de cris de joie, et j'ai cru que j'allais me faire écraser.

– Par ici, petiote, m'a lancé un badaud en me soulevant sur ses épaules. Voilà, avec moi tu ne crains plus rien. Tu imagines ? Quand tu seras vieille, tu pourras dire à tes petits-enfants que grâce à moi tu as eu une vue exceptionnelle sur le défilé du jubilé d'or de la reine Victoria !

En effet, j'ai découvert un superbe défilé de soldats à cheval qui portaient une redingote rouge et un casque à plumet blanc, suivi par un attelage noir grand ouvert, tiré par six chevaux. Mais pas le moindre signe de Madame Adeline. J'ai juste aperçu une grosse dame assise dans la voiture, qui agitait machinalement sa petite main grasse d'un air ahuri.

– Voilà, comme ça tu as vu la reine !

– Merci beaucoup, monsieur. Vous pourriez me dire où se trouve Hampstead Heath, s'il vous plaît ?

– Comment ça ? Mais ça n'est pas du tout par ici. Allons ! Ne fais pas cette tête ! Tu viens de voir notre reine, que Dieu la garde.

– Oui monsieur, merci beaucoup monsieur, mais vous pourriez me déposer s'il vous plaît ?

À peine au sol, j'ai filé. J'avais du mal à avancer à travers la foule, plus dense que jamais, car les gens applaudissaient, chantaient et gesticulaient dans tous les sens. Il y avait même des femmes qui dansaient en soulevant leurs jupes. À chaque fois que je croisais quelqu'un d'apparence aimable, je demandais la route de Hampstead Heath, mais soit les gens ne savaient pas où se trouvait le parc, soit ils me répondaient que c'était beaucoup trop loin pour moi. Jusqu'au moment où j'ai tiré la manche d'une dame – la cinquantième, peut-être – pour lui poser la question et elle m'a gratifiée d'un immense sourire.

– Bien sûr, ma petite chérie. Suis-nous, on y va. Il paraît qu'il y a une immense fête foraine avec plusieurs cirques, m'a-t-elle répondu en donnant un coup de coude à son compagnon, un jeune homme au visage rouge avec de gros favoris. Tu ne trouves pas qu'elle ressemble à un petit moineau avec sa robe marron, Desmond ?

– Savez-vous si le cirque de Tanglefield s'y trouve ?

– Je ne sais pas. Peut-être. Mais tu as une drôle de

façon de t'exprimer, mon enfant. Tu as vu comme elle est mignonne, Desmond ?

– Adorable, Rebecca, mais pas aussi adorable que toi, ma chérie !

Ils étaient si enthousiastes que j'ai osé leur demander :

– Puisque vous allez à Hampstead Heath, je pourrais y aller avec vous, s'il vous plaît ?

– Sauf qu'on n'y va pas à pied ! s'est exclamée Rebecca en éclatant de rire. Tu as vu les talons que j'ai ! On va prendre l'omnibus à Tottenham Court Road. Cela dit, si tu veux venir avec nous, c'est avec plaisir.

Je ne me suis pas fait prier, même si je trouvais cette Rebecca un peu bécasse, de même que son Desmond, avec ses gros favoris. Mais enfin, il était charitable, parce que je n'avais pas un sou pour payer l'omnibus et il a spontanément payé pour moi.

– Merci mille fois, monsieur. Vous croyez qu'on pourrait monter à l'étage ?

– Bien sûr, mon petit moineau, a répondu Rebecca. Desmond, débrouille-toi pour qu'on nous laisse passer, mon amour.

L'omnibus avait beau être plein à craquer, tous deux ont réussi à nous mener à l'étage pour que je puisse voir la ville. Quelle merveille de jouir d'une vue aussi vaste, comme un vrai moineau qui vole !

Sous mes yeux s'étalait un océan de chapeaux et de bonnets, quand soudain j'ai remarqué une longue rangée de bonnets blancs. Ce ne serait pas mes camarades en train de rentrer à pied ? J'ai demandé l'heure à Desmond et il a sorti une grosse montre en or de la poche de son gilet. Quatre heures moins le quart ! J'ai failli m'évanouir. J'avais complètement perdu la notion du temps. Moi qui croyais possible d'aller à Hampstead Heath et de rentrer à pied à Hyde Park avant de retrouver mes camarades ! Il était dix fois trop tard. En plus, si Mme Groderrière avait remarqué mon absence, elle m'en voudrait à mort. J'ai frémi en imaginant la punition qui m'attendait – enfermée dans le grenier. Impossible. Je ne pouvais plus rentrer. Je m'étais enfuie sans le vouloir…

L'omnibus se dirigeait vers le nord de la ville. Je m'accrochais à la barre devant moi, le cœur battant. Rebecca m'adressait çà et là des remarques et je répondais « Oui, madame » ou « Non, madame », mais je comprenais à peine ce qu'elle me disait. Je ne regardais même plus le paysage défiler sous mes yeux. J'étais obnubilée par l'idée de retrouver Madame Adeline et je priais en silence : « S'il vous plaît, faites que je trouve le Fabuleux Cirque Ambulant de Tanglefield. S'il vous plaît, faites que je revoie Madame Adeline. S'il vous plaît, s'il vous plaît, s'il vous plaît, faites que ce soit ma vraie mère et que je puisse aller vivre avec elle. »

Les rues étaient de plus en plus aérées, et la foule un peu moins dense. De grands prés verdoyants et des arbres commençaient à apparaître. Ça m'a rappelé la seule maison que j'avais connue dans ma vie.

– On est à la campagne ? ai-je demandé d'un air vague.

– Oui, mon petit moineau. Regarde, là, la fête foraine.

Tout à coup j'ai découvert une immense étendue couverte de nouveaux manèges, de toboggans, de jeux de massacre, de stands de tir, de toutes sortes de balançoires et de... chapiteaux.

– Merci beaucoup, ai-je dit en descendant vaille que vaille de l'omnibus.

– Tu veux venir faire quelques tours avec nous, mon petit moineau ? m'a proposé Rebecca. Il ne vaut mieux pas que tu restes toute seule. On ne sait jamais qui traîne dans ces foires.

– Non merci, c'est gentil, mais ça va aller. Je dois retrouver quelqu'un. Une personne très spéciale.

– Une personne très spéciale ? Ne me dis pas que tu as déjà un amoureux !

– Mais non, c'est ma mère.

J'ai pris mes jambes à mon cou et j'ai couru vers la tente la plus proche, si troublée que j'ai trébuché et failli m'étaler de tout mon long.

« S'il vous plaît, s'il vous plaît, s'il vous plaît, pourvu que ce soit bien le cirque de Tanglefield ! S'il vous plaît, s'il vous plaît, s'il vous plaît, pourvu que je la retrouve ! »

Je parlais toute seule, mais tant pis, je me fichais de ce que les gens pensaient. Soudain j'ai vu une pancarte annonçant :

LE FABULEUX CIRQUE AMBULANT

DE TANGLEFIELD

PAR ICI

Et si c'était un mirage ? Parce que j'en avais tant rêvé ? Depuis le début, je savais que le cirque pouvait se trouver n'importe où au Royaume-Uni et qu'il y avait très peu de chance que je tombe sur lui ici.

J'ai relu plusieurs fois la pancarte. Oui, oui, c'était bien ça, il y avait bien écrit « Tanglefield » !

J'ai couru dans la direction indiquée jusqu'au moment où j'ai reconnu Elijah, attaché près du chapiteau : le vrai, le bon Elijah, plus étrange et plus ridé que jamais, avec ses grandes oreilles et sa trompe qui remuait. C'était bien le cirque de Tanglefield ! Il ne me restait plus qu'à retrouver Madame Adeline.

L'entrée du chapiteau était fermée, mais un panneau annonçait : « Prochaine représentation à dix-sept heures ».

Je suis revenue sur mes pas, du côté d'Elijah, et j'ai frappé d'une main timide à la porte de la roulotte la plus proche. Un vieil homme en maillot de corps avec des bretelles trop grandes a ouvert.

– Que veux-tu, jeune demoiselle ?

– Je vous reconnais ! Vous êtes Chino le clown ! me suis-je exclamée en voyant des traces de fard rouge autour de sa bouche et sur son nez.

– Pas du tout, surtout pas quand je me repose. Allez, ouste. J'ai besoin de faire un petit somme.

– Pardon de vous déranger, monsieur Chino, mais je cherche Madame Adeline. C'est urgent. Vous pourriez me dire si elle fait toujours partie de votre troupe, avec ses six chevaux ?

– Sauf qu'il lui en reste à peine deux. Elle n'a pas eu de bol, notre Addie. Elle est en bout de course. Mais elle a ça dans le sang, le cirque.

– Moi aussi, j'ai ça dans le sang. Alors je préférerais que vous parliez d'elle avec respect. Parce que je suis de sa famille.

– C'est vrai ? Dans ce cas-là, elle est dans la roulotte verte au bout, là-bas, avec des étoiles sur la porte. Sauf qu'à mon avis elle fait la sieste et je ne suis pas certain qu'elle ait envie d'être réveillée.

– Si, je suis sûre qu'elle veut me voir.

C'était mon dernier rêve. Comment pouvais-je y renoncer ?

– Alors vas-y, va frapper à sa porte. Mmm... peut-être bien que vous avez une légère ressemblance... effectivement.

J'ai marché jusqu'à la porte couverte d'étoiles en tremblant. « Ma petite étoile ! » pensais-je. J'ai frappé d'une main timide. Rien. J'ai attendu. Je n'avais peut-être pas frappé assez fort. J'ai recommencé : *toc toc toc*.

– Pour l'amour de Dieu, qui est-ce ?

– C'est moi, Millie Plume.

La porte s'est ouverte et j'ai vu apparaître une vieille dame avec des cheveux gris et mous qui m'a jeté un regard curieux. Elle portait un vieux peignoir vert pâle couvert de taches et des pantoufles dégoûtantes. Quelle horreur, je m'étais trompée de roulotte !

– Millie Plume, c'est ça ? Que veux-tu, mon enfant ?

Voyant que j'observais ses cheveux, elle a passé la main à travers comme pour les coiffer.

– Pardon de vous déranger, madame, mais je cherchais Madame Adeline.

– Et pourquoi, si je peux me permettre ?

– Parce que je pense que je suis sa fille.

– Quoi ?

– Parce que je pense que je suis sa fille.

– Allez, monte, ça vaut mieux.

L'intérieur de sa roulotte était aménagé comme un vrai salon, avec des fauteuils tapissés de velours et protégés par un appuie-tête en crochet, et un guéridon couvert d'un chemin de table en laine chenille. Il y avait dans un coin une vitrine remplie de bibelots en porcelaine, qu'elle devait envelopper soigneusement à chaque fois que le cirque voyageait. Et un lit que j'ai aperçu au fond, fixé au mur, comme une étagère, avec des couvertures froissées. J'ai regardé si je voyais Madame Adeline qui faisait la sieste dans le lit, mais il était vide.

– Assieds-toi, mon enfant, m'a dit la vieille dame en m'indiquant un tabouret rembourré à côté du fauteuil.

Elle a posé une bouilloire en métal sur un réchaud à gaz, et pris deux tasses et deux soucoupes de faïence chinoise. Puis elle a sorti un superbe morceau de génoise rose et jaune couverte d'une belle couche de massepain. J'avais l'eau à la bouche. Je n'avais rien avalé au déjeuner et je mourais de faim. Elle a coupé une grosse tranche en me regardant droit dans les yeux.

– Tu m'as l'air d'en avoir bien besoin !

– Oh oui et en plus il a l'air tellement bon ! Mais… il ne vaudrait pas mieux que je voie d'abord Madame Adeline ?

La vieille dame a souri mystérieusement, mais j'ai cru reconnaître un je ne sais quoi de familier dans son sourire. Serait-ce la mère de Madame Adeline, autrement dit ma grand-mère ?

– Tu me reconnais maintenant ?

J'hésitais.

– Attends, ça va peut-être t'aider un peu, a-t-elle ajouté en ouvrant les portes d'un cabinet qui cachait une coiffeuse avec un grand miroir.

Une perruque rousse flamboyante était posée sur un portant.

– C'est ma perruque, a-t-elle dit en la posant délicatement sur ses cheveux gris. Et voilà, le tour est joué, s'est-elle exclamée en levant les bras. Madame Adeline, c'est moi !

Je n'en revenais pas, d'autant plus qu'elle avait toujours l'air d'une vieille dame.

– Maintenant, il faut que tu m'imagines fardée, avec un superbe costume, parce que je ne vais pas me préparer tout de suite pour la prochaine représentation.

– Alors, c'est vous, Madame Adeline ?

– Ta surprise n'a rien de flatteur, mon enfant. Et je trouve étrange que tu ne reconnaisses pas plus vite ta maman.

Je suis devenue rouge comme une pivoine.

– Mais dis-moi, qui t'a mis une idée pareille en tête ?

– C'est vous qui m'avez dit que j'étais votre petite étoile.

– Moi ?

– Vous êtes passée dans le village où j'habitais et vous m'avez choisie pour monter Pirate avec vous.

– Ah, mon cher Pirate ! Il s'est cassé la jambe il y a trois ans. Il a fallu l'abattre et je ne m'en suis toujours pas remise. Jamais je n'ai retrouvé un cheval aussi doué. Alors, rappelle-moi, je suis passée chez toi il y a combien d'années ?

– Cinq ans.

– Tu devais être toute jeune à l'époque, mais on dirait que tu as une très bonne mémoire. Quel âge as-tu aujourd'hui ? Huit ans ?

– Non, presque onze ans, madame.

– Pourquoi pensais-tu que j'étais ta mère ? Tu n'as pas de maman, ma puce ?

– Non, je suis une enfant trouvée. Mais vous avez été tellement gentille avec moi, et puis on se ressemble un peu, avec nos cheveux roux… alors, je me suis dit… enfin, j'espérais…

Je ne pouvais plus articuler un mot. Je pleurais à chaudes larmes.

– Ma petite Millie, je suis désolée, ma pauvre chérie !

Elle m'a prise dans ses bras pour me bercer comme un bébé – son bébé.

– Ma biquette, voilà, là, ça va mieux…

Elle m'a installée dans son fauteuil, et elle m'a apporté une grande tasse de thé avec une belle tranche de gâteau que j'ai dévorée malgré mon chagrin. J'étais en train de finir une seconde tranche quand elle a réussi à me convaincre de lui raconter toute mon histoire. Je me suis lancée et je n'ai rien oublié : ni les quatre cents coups avec Jem (Madame Adeline se tordait de rire), ni le cauchemar et les humiliations que je vivais chez les Enfants-Trouvés (j'ai cru qu'elle allait se mettre à pleurer).

– Ma petite chatte, maintenant je comprends pourquoi tu t'imaginais que j'étais ta maman ! Cela dit, je suis étonnée de voir que je t'ai fait une impression aussi forte. Cinq ans après, tu ne m'as toujours pas oubliée !

– Bien sûr que non ! Mais vous ne vous souvenez pas de moi, vous ? J'étais votre petite étoile.

Voyant qu'elle hésitait, j'ai fini par comprendre qu'elle devait avoir une « petite étoile » à chaque représentation. Alors comment pouvait-elle se souvenir de moi ?

– Ça y est, je me rappelle, m'a-t-elle soudain répondu.

Je savais qu'elle mentait pour me faire plaisir, mais peu m'importait.

– La petite fille aux cheveux couleur de feu. Bien sûr, tu étais ma petite étoile, je m'en souviens. Tu as raison, sur la piste, on devait vraiment avoir l'air d'être la mère et la fille.

– Mais... vous êtes vraiment sûre que je ne suis pas votre fille ?

– Ma chérie ! J'aimerais te répondre que oui, mais j'en suis certaine. Et si tu l'étais, jamais de la vie je ne t'aurais déposée à l'hôpital des Enfants-Trouvés. J'aurais tellement aimé avoir un enfant.

Elle a incliné la tête en ajoutant tristement :

– Je ne peux pas avoir d'enfant. J'ai eu un accident de cheval quand j'étais petite. J'ai fait une mauvaise chute et le cheval m'a piétiné tout l'abdomen. J'aurais dû me recroqueviller pour me protéger ; on m'a reproché de ne pas avoir eu le bon réflexe. Je n'ai pas pu remonter avant un an.

Elle avait les mains plaquées sur le ventre comme si elle en souffrait encore.

– On ne pourrait pas dire à tout le monde que je suis votre fille ? Chino le clown m'a crue, par exemple. Vous pourriez m'entraîner et je monterais avec vous. Je pourrais même m'occuper des chevaux et vous aider, par exemple, à fabriquer vos costumes... je ne sais pas...

– Ma chère Millie, ta proposition me va droit au cœur ! Mais le cirque n'est pas un monde fait pour les enfants. C'est une vie difficile, il faut se battre, passer par des étapes douloureuses. Tu sais, j'ai vu des gamins de trois ou quatre ans hurler de douleur parce que leurs parents forçaient sur tel ou tel muscle pour qu'ils soient le plus souples possible. En plus, ce n'est pas une vie pour nous, les femmes, avec tous ces hommes qui te reluquent parce que tu portes un justaucorps. Non, vraiment, il se passe parfois des choses épouvantables, épouvantables… Il vaut mieux que tu rentres à l'hôpital des Enfants-Trouvés, ma chérie, mais tâche d'être sage pour ne plus te faire punir.

– Je ne veux pas rentrer ! Je vous en supplie, s'il vous plaît, je rêve de vivre avec vous.

– Je n'ai pas le droit, ma chérie. On m'accuserait de t'avoir enlevée. Les gens auraient peur pour ton éducation morale, et j'avoue que je les comprendrais. Voilà ce que je te propose : après la représentation, je te raccompagne moi-même à l'hôpital.

Elle a jeté un coup d'œil sur l'horloge en cuivre posée sur l'étagère.

– Il faut que je commence à me préparer. Si tu veux, tu peux rester.

– D'accord !

Elle s'est assise devant sa coiffeuse, elle a retiré sa perruque et elle a noué ses cheveux avant de les plaquer sous un foulard. Puis elle a pris un fard épais et blanc qu'elle a soigneusement étalé sur son visage pâle, avant de poser quelques touches de poudre rose sur les joues. Elle a souligné ses paupières de bleu, et ses yeux avec du khôl noir. Et enfin, elle a figé ses lèvres en un curieux rictus avant de les peindre avec un beau rouge carmin. Elle est allée se changer derrière un paravent. Je l'ai entendue soupirer et râler ; elle devait être obligée de se débattre pour enfiler son costume ajusté et enfiler ses pieds enflés dans ses ballerines roses si fines. Puis elle est réapparue, la tête haute, avant de mettre sa perruque avec grâce.

Elle était là, face à moi, Madame Adeline, prête à franchir les feux de la rampe. Je l'ai longuement regardée et j'ai aperçu ses rides sous son maquillage, la tristesse de son regard sous ses paupières bleutées, et sous son costume impitoyable, son corps qui vieillissait. J'ai senti un élan de tendresse pour elle, comme si je voulais la protéger parce que c'était ma mère.

– Vous êtes magnifique, ai-je dit pour la rassurer.

Elle m'a embrassée sur la joue avant de vouloir l'essuyer pour enlever la trace rouge, mais j'ai levé la main pour l'en empêcher. Je voulais garder sur moi la trace de son baiser dont j'étais si fière. Vite, elle a posé son peignoir sur ses épaules et m'a prise par la main pour m'accompagner jusqu'à l'entrée du cirque. Des flots de spectateurs se pressaient de toutes parts.

– Débrouillez-vous pour que cette petite ait une excellente place, a-t-elle dit à l'un des gardiens. Je passerai la prendre après le spectacle pour la ramener chez elle.

Elle est partie en agitant la main et je me suis

retrouvée assise au premier rang, plus impatiente que jamais, au milieu du public qui bavardait et grignotait.

Soudain Chino a déboulé sur la piste en faisant des pirouettes, suivi par Beppo, et tout le monde a éclaté de rire. Moi qui savais que c'était un vieil homme triste qui ne faisait que son métier, j'avais du mal à me réjouir. Je n'ai pas non plus aimé le numéro avec la souris mécanique, ni les tours de piste que les deux clowns ont enchaînés avec Elijah. Pauvre bête ! Avec sa vieille peau plissée et ses petits yeux aveuglés par la lumière, comment avait-il pu m'impressionner ?

Ce fut alors au tour de la funambule, toujours aussi souple et agile, mais qui avait grossi. Puis vinrent les jeunes acrobates en costume argenté, mais il y en avait désormais trois, dont un aussi minuscule que moi. Et ainsi de suite : le lanceur de couteaux, les otaries qui agitaient leurs nageoires, le cracheur de feu… Tous défilaient, tels des fantômes dans un rêve. Je les avais tellement idéalisés dans mon souvenir que j'étais déçue et je les trouvais ennuyeux à mourir.

– À présent, mesdames et messieurs, et tous les enfants, filles et garçons, le Fabuleux Cirque Ambulant de Tanglefield est fier de vous présenter Madame Adeline et sa troupe de fabuleux chevaux de dressage !

Je me suis redressée en serrant les poings. Madame Adeline est entrée sur un cheval pie, suivi par un second. Les deux chevaux trottaient au rythme de la musique, mais j'ai tout de suite vu qu'ils hésitaient légèrement et rataient parfois la mesure. Ils avaient vieilli : leur crinière était gris-jaune et leurs flancs creux. Madame Adeline se tenait debout sur le premier cheval, droite comme un I, fière, avec son beau sourire rouge carmin. Elle a commencé à sauter sur le second cheval, à balancer les jambes de côté, à faire le poirier, à bondir à travers un cerceau… mais je mourais de peur qu'elle ne glisse.

Elle m'a regardée droit dans les yeux en m'adressant un léger signe. C'était le moment d'y aller. J'ai foncé. Elle m'a aidée à monter sur le premier cheval avant de sauter derrière moi et nous avons immédiatement enchaîné plusieurs tours de piste sous les applaudissements du public.

– Tu veux qu'on leur offre un vrai spectacle, Millie ?

– Oui !

Elle a claqué la langue, et les deux chevaux ont accéléré, tournoyant de plus en plus vite, tandis que je m'accrochais à la crinière et serrait les genoux pour ne pas tomber.

– À toi de leur faire ton numéro d'étoile ! Vas-y, lève-toi.

Hélas, c'était beaucoup plus difficile qu'autrefois parce que j'avais grandi et Madame Adeline avait perdu de la force. J'ai vacillé, essayant de maintenir mes bottes bien en contact avec le dos du cheval. Je suis restée une demi-seconde debout et soudain je me suis écroulée sur le cheval. Le public continuait à applaudir.

Les chevaux ont ralenti et je suis descendue à toute vitesse, paniquée à l'idée que les gens voient que je ne portais pas de pantys. Madame Adeline m'a pris la main et nous avons fait la révérence.

– C'est bien, Millie. Reste assise jusqu'à la fin du spectacle et après je viens te chercher.

J'ai souri bien sagement, mais à peine avait-elle tourné les talons que je me suis faufilée au bout de la rangée et je suis sortie du chapiteau.

– Au revoir, Madame Adeline, ai-je murmuré en envoyant un baiser vers sa roulotte.

Jamais je ne retournerais à l'hôpital des Enfants-Trouvés pour être enfermée au grenier. Je venais de m'échapper pour de bon. Il ne me restait plus qu'à me débrouiller toute seule.

19

J'ai marché droit devant moi mais je n'avais pas la moindre idée de l'endroit où aller. Un parfum de frites et d'oignons grillés traînait dans l'air, et j'avais de plus en plus faim. Jusqu'au moment où j'ai vu une dame bien apprêtée qui grignotait des frites jeter son cornet avec une grimace. À peine avait-elle tourné les talons que je me suis précipitée dessus et j'ai dévoré les frites. Parfait. Je venais de m'offrir un dîner à l'œil !

Le jour commençait à tomber. Il fallait que je trouve un lit pour la nuit. Je me suis éloignée de la foire pour aller du côté de la verdure. J'ai croisé des couples d'amoureux qui se promenaient entre les arbres, ou gloussaient et bruissaient dans les buissons, et j'ai continué à marcher, dix, quinze minutes, jusqu'à ce qu'il n'y ait plus personne autour de moi. Je n'étais pas vraiment à la campagne, mais j'ai reconnu la douce odeur de terre fraîche que j'aimais tant quand j'étais petite.

J'ai contemplé les étoiles et la lune, émerveillée.

ONE
SHILLING

C'était la première fois que je voyais le ciel en pleine nuit depuis que j'avais cinq ans. Je n'ai pas pu m'empêcher de lever les bras pour embrasser les constellations. J'ai pensé à Jem qui m'apprenait le nom de chacune et j'ai eu les larmes aux yeux. Allez ! Assez pleuré pour la journée. Ma priorité était de trouver un abri pour la nuit.

L'obscurité était trop dense pour que je trouve un arbre assez creux qui me serve de cabane d'écureuil. Heureusement, j'ai très vite repéré un buisson épais sous lequel la terre était bien sèche et légèrement sableuse. Je me suis glissée sous les branches et je me suis recroquevillée en chien de fusil.

« C'est encore mieux qu'une cabane d'écureuil, me disais-je. Je suis allongée dans un petit terrier confortable, et il suffit que je ferme les yeux pour le transformer. »

J'ai imaginé une jolie chambre d'enfant avec un couvre-lit de marguerites, de boutons d'or et de trèfles, comme celui que j'avais vu dans une illustration de *La Petite Poucette* qui représentait la maison de la souris des champs. Si seulement je l'avais avec moi, mon livre adoré, offert par Ida ! Heureusement je le connaissais presque par cœur et j'ai pu me raconter l'histoire tout bas. Le temps que la petite Poucette s'envole avec l'hirondelle, je dormais comme un sonneur…

Je me suis réveillée en sursaut en pleine nuit, frigorifiée, paniquée, dans un tel état que j'étais incapable de faire appel à mon imagination pour me rendormir. Je me sentais seule au monde, abandonnée de tous, et j'ai éclaté en sanglots. J'ai fini par m'assoupir en me demandant si je n'étais pas enfermée dans le grenier de l'hôpital des Enfants-Trouvés.

Heureusement, quand je me suis réveillée pour de bon le lendemain matin, il faisait doux et je me sentais en pleine forme. Je suis sortie du buisson, je me suis redressée, étirée, et j'ai exploré les alentours. Bien sûr, il n'y avait pas de toilettes, mais je n'ai eu aucun mal à trouver un arbre derrière lequel je me suis accroupie. À présent il me fallait une salle de bains. À ma grande surprise, j'ai très vite découvert un étang dont la surface argentée brillait sous le soleil du matin. Spontanément j'ai enlevé mes bottes, mes collants, ma robe, et j'ai plongé dans l'eau, bien que je ne sache pas nager.

J'ai couru plusieurs fois autour de l'étang pour me sécher. J'ai tapoté ma robe pour enlever les plis autant que possible, puis j'ai nettoyé mes bottes avec des feuilles. Je me suis peigné les cheveux avec les doigts et j'ai soigneusement refait mes tresses.

Il ne me restait plus qu'à trouver de quoi déjeuner. Voilà qui semblait plus délicat. J'ai marché quelque temps en cherchant des baies ou des noix, mais je n'en ai pas trouvé. Et si je retournais du côté de la foire ? Je tomberais peut-être sur des restes de la veille ? Hélas, je m'étais déjà beaucoup aventurée dans cet immense parc et je ne savais plus du tout où j'étais. J'ai continué à avancer sans savoir si je me dirigeais vers le nord ou vers le sud, ni même si je tournais en rond.

Peu après, j'ai vu un ruban de fumée qui s'échappait d'un taillis. Je me suis approchée et j'ai senti une douce odeur de cuisine… Un peu plus loin, j'ai aperçu un groupe de Gitans basanés, habillés de vêtements bariolés, qui faisaient cuire des aliments, sans doute de la viande. Je me demandais s'ils auraient envie de partager leur repas avec moi. Un instant, je me suis vue petite Gitane diseuse de bonne aventure, voyageant en roulotte et vendant des patères… quand tout à coup un chien a aboyé contre moi et un gamin en haillons m'a jeté des pierres.

Manifestement je n'étais pas la bienvenue. Tant pis. J'ai repris ma route, mais j'avais une faim de loup. J'ai fini par arriver au bout du parc et tomber sur une route pavée, surprise d'être revenue en ville aussi rapidement. J'ai guetté de nouvelles dames jetant un cornet de frites ou autre à moitié entamé, mais j'ai surtout vu des hommes marchant vite, le regard rivé sur leur montre, ou courant pour attraper leur omnibus. Ils allaient sûrement travailler.

J'ai erré un certain temps, admirant les superbes maisons construites le long des rues. Çà et là j'apercevais les cuisines en sous-sol où s'affairaient des servantes.

« Jamais je ne serai soubrette, me disais-je pour m'encourager. Je m'appelle Millie Plume et je n'accepterai jamais que l'on me donne des ordres. Je suis libre comme l'air. Je peux aller où je veux et faire ce qui me plaît. »

Sauf que pour l'instant j'avais le moral dans les chaussettes, le nez qui coulait et mes bottes me faisaient un mal de chien. J'étais tellement épuisée et affamée que je me suis écroulée par terre, en larmes. J'ai caché ma tête dans mes mains pour que les gens ne me voient pas pleurer, et peu après j'ai entendu les pas de quelqu'un s'arrêter devant moi. J'ai senti quelque chose atterrir sur mes genoux. Pitié ! Encore un garnement qui me lançait des pierres. Mais, en ouvrant les yeux, j'ai découvert une superbe pièce d'un penny brillant dans le creux de ma robe et une dame qui hochait gentiment la tête.

– Voilà pour toi, ma chérie, m'a-t-elle déclaré avant de reprendre sa route.

Elle m'avait prise pour une mendiante ! Je suis devenue cramoisie, mais je n'ai pas hésité, j'ai attrapé la pièce.

– Merci madame !

Son geste a-t-il attiré l'attention des passants ? En tout cas, peu après j'ai eu droit à un nouveau penny, puis à un quart de penny, puis à un demi… et ainsi de suite. Au bout d'un moment, une flopée de pièces jaunes tintaient sur mes genoux.

C'était facile comme bonjour ! Il suffisait de rester assise dans un coin en prenant un air malheureux et tout le monde me jetait des pièces. Soudain j'ai aperçu un homme en uniforme sombre coiffé d'un casque. Un policier ! J'ai paniqué. Mendier était sûrement interdit par la loi.

Vite, j'ai rassemblé mes pièces, je me suis levée et j'ai filé. J'ai dévalé plusieurs rues d'affilée sans me retourner, la gorge sèche et le cœur battant. Dans mon esprit j'associais la police et la prison, et je n'avais aucune envie de finir enfermée dans une cellule.

Peu à peu, les maisons ont laissé place à des boutiques. J'ai ralenti et regardé autour de moi : pas de policier en vue. Bientôt, j'ai repéré une boulangerie-pâtisserie. J'ai failli m'évanouir en humant l'odeur du pain à peine sorti du four.

Dans la superbe vitrine, j'ai reconnu le dessert préféré de Madame Adeline, rose et jaune, au milieu d'une nuée de gâteaux tous plus surprenants les uns que les autres : des génoises couvertes de glaçage blanc, des tartes rouges, vertes et jaunes, toutes sortes de galettes aux décorations dorées et de petits pains qui semblaient à la fois croustillants et moelleux.

Combien coûtaient ces délices ? Six pence ? Un souverain ? Je n'en avais pas la moindre idée. Et je me demandais comment réagirait la vendeuse en tablier blanc si je lui tendais ma petite poignée de pièces. Bon, tant pis si elle me rabrouait, j'étais trop affamée. Je suis entrée.

– S'il vous plaît, madame…

– Oui ?

– Je… j'aimerais m'acheter un gâteau… ou peut-être un petit pain ?

– Je ne peux pas décider pour toi, mon enfant.

– Alors, peut-être un gâteau, le rose et jaune… et aussi un pain au lait.

J'ai tendu la main en ajoutant :

– Vous pourriez me dire si j'ai assez, s'il vous plaît ?

– Largement, ma chérie.

– Merci beaucoup, madame.

– C'est la première fois que je vois une enfant des rues aussi bien élevée ! s'est-elle exclamée en me remettant mon petit déjeuner dans un joli sachet en papier. Allez, au revoir, ma chérie. Prends soin de toi.

Prendre soin de moi ? Non seulement j'avais trouvé un abri pour la nuit et un étang pour faire ma toilette, mais j'avais récolté assez de pièces pour m'offrir un petit déjeuner de princesse ! J'ai dévoré mon gâteau et mon petit pain, puis je me suis acheté un grand thé brûlant à un penny. J'ai repris ma route, rafraîchie et ragaillardie, en admirant les boutiques autour de moi.

Peu après je me suis retrouvée à la lisière d'un parc. Je me croyais déjà revenue à Hyde Park quand j'ai entendu un barrissement d'éléphant. Le jardin zoologique ! J'ai jeté un coup d'œil de l'autre côté de la clôture et j'ai aperçu un énorme éléphant, plus grand qu'Elijah, portant un grand siège arrondi sur le dos. Une dizaine d'enfants s'y trouvaient installés, soigneusement attachés, tandis qu'un garçon était assis à cru sur le cou de l'éléphant et donnait des coups de bottes dans ses gigantesques oreilles.

Je mourais d'envie d'y aller. J'ai regardé combien il

me restait. Six pence pour l'entrée, et deux pour monter sur l'éléphant. Ouf, j'avais assez. J'ai fait la queue et, au bout d'un moment, ç'a été mon tour d'être soulevée et installée sur le dos du pachyderme.

– Je suis une très bonne cavalière. Vous pourriez me poser sur le cou, s'il vous plaît, monsieur ?

– Ne sois pas sotte, tu es une jeune demoiselle : ça ne se fait pas, m'a répondu le gardien.

Il a installé à ma place un petit garçon qui m'a lancé un regard triomphant en grimaçant bêtement. Autour de moi les enfants gigotaient en hurlant pour trouver la bonne position, et j'avoue que j'étais fière parce que j'étais la seule à être assez souple pour m'installer calmement. C'est alors que j'ai vu une des petites filles écrasée par deux galopins.

– Mets-toi près de moi, lui ai-je murmuré.

Elle m'a adressé un sourire timide. Elle était jolie comme un cœur, avec de grands yeux bleus, des joues légèrement rosées et de longues boucles d'or. Une vraie princesse. Elle portait un chapeau couleur crème assorti à une robe en soie, des collants blancs et des bottines d'enfant fermées par de minuscules boutons bleus.

– Viens, débrouille-toi pour passer devant ces imbéciles.

Elle a réussi à se dégager et je l'ai calée contre moi, mais elle tremblait de tous ses membres.

– Qu'est-ce que tu as ?

– J'ai peur !

Mais de quoi diable, avait-elle peur ? De l'éléphant ? De la hauteur ? Des gamins malotrus ? Ou de salir ses habits ? J'ai pris sa main pour la rassurer.

– N'aie pas peur. Je suis là. Je m'appelle Millie Plume. Et toi ?

– Rosabel.

Comme par hasard, elle portait un prénom ravissant !

L'éléphant étant à présent bien chargé, le dresseur lui a donné une petite claque et il a commencé à avancer. Des hurlements ont retenti, tandis que Rosabel s'accrochait à moi, terrorisée.

– Jésus, j'ai tellement peur ! On dirait qu'il tangue ! s'est-elle écriée en jetant des regards désespérés autour d'elle. En plus, j'ai perdu de vue ma maman et mon papa. Et toi, tu les vois, tes parents ?

– Moi ? Je suis venue toute seule, ai-je répondu, fière comme Artaban.

– Tu n'es même pas venue avec ta gouvernante ?

– Non, je n'en ai plus. Je suis trop grande.

– Pas du tout, tu es dix fois plus petite que moi ! Ah, tiens, voilà maman ! Je viens de voir son ombrelle mauve.

Elle m'a lâché un quart de seconde, le temps d'agiter la main du côté de sa mère.

– Elle est jeune, ta maman, et très jolie.

Puis j'ai repéré son père, avec un visage poupin, qui faisait signe à sa fille avec enthousiasme.

– Papa est content que je sois montée sur l'éléphant,

m'a expliqué Rosabel. Il me trouve trop timide. Mais maman dit que c'est normal parce que je suis une fille.

– Pas du tout. Regarde-moi : je suis une fille et je ne suis pas timide.

– Alors tu ne voudrais pas être mon amie ? Tu pourrais m'apprendre à être plus indépendante et plus courageuse.

Le rêve ! Qui sait si les parents de Rosabel ne pourraient pas me prendre sous leur aile ? Je serais la compagne idéale de leur petite fille chérie et ils m'adopteraient, comme Polly… Bien sûr, l'idée de porter des robes en soie couleur crème, un chapeau et des bottines assortis n'était pas ce qui m'attirait le plus. Je me connaissais : turbulente et souvent très sale à la fin de la journée. Mais peut-être pourrais-je choisir une couleur de vêtements plus sombre – rouge, bleu, violet, n'importe laquelle pourvu que ce ne soit pas marron gadoue. Je ne rêvais pas non plus de crouler sous les poupées et les jouets, mais d'être une enfant aussi choyée que Rosabel. Et puis elle avait sûrement des étagères entières de livres que nous pourrions partager.

L'éléphant a ralenti et j'ai sauté à terre. Puis j'ai pris la main de Rosabel pour l'aider à descendre.

– Rosabel, ma chérie ! Nous sommes ici !

Je l'ai suivie d'un pas allègre, mais soudain j'ai surpris l'expression épouvantée de ses deux parents.

– Allez, mon ange, dis au revoir à ta petite amie, a dit sa mère d'un ton ferme.

– Je voulais vous la présenter : Millie.

– Un peu de sérieux, Rosabel. Tu ne vois pas que c'est une enfant des rues ? Elle est sale comme un peigne. Lâche-moi sa main tout de suite.

– Allez, on y va, a renchéri son père.

Tant pis pour eux. Puisqu'ils me prenaient pour une gamine des rues, je me comporterais comme une gamine des rues. Je leur ai tiré la langue, le plus consciencieusement possible, et j'ai filé sans dire au revoir. Je me sentais profondément humiliée, mais j'ai pris sur moi et je me suis consolée en allant observer les animaux du zoo dans leurs cages : les lions, les singes, l'ours sauvage… Les pauvres ! Ils avaient l'air si malheureux, enfermés derrière ces barreaux. Je rêvais de leur ouvrir la porte pour les libérer. J'imaginais déjà les singes arracher les fragiles ombrelles de ces dames, les lions se jeter sur tous ces parents pleins de morgue, et l'ours qui les déchiquetterait en mille morceaux.

Cependant, plus j'avançais, plus je me sentais pitoyable. Je ne croisais que des gens bien habillés et certains d'entre eux m'observaient en ricanant. Même les garçons les plus agités étaient accompagnés de leurs parents et de leurs frères et sœurs. Des familles entières pique-niquaient dans l'herbe, sur de superbes nappes, impeccables, déployées sous le soleil et couvertes de tourtes de porc, de poulets rôtis, de croustillants aux œufs et au bacon… J'ai failli me précipiter sur l'une d'elles pour chiper de quoi manger : pire qu'un chien. Heureusement j'ai pensé à la vendeuse de la boulangerie qui m'avait prise pour une mendiante et je me suis retenue. Je n'allais quand même pas me transformer en petite voleuse !

Je me suis assise dans l'herbe en affichant un air désolé pour que les passants me lancent de nouvelles pièces, mais en vain. Les gens venaient au zoo pour les animaux, pas pour les gamins abandonnés. En plus, ils se promenaient en famille, or j'avais remarqué que les plus généreux étaient les hommes, en général seuls. Si je voulais gagner de quoi déjeuner, il fallait donc que je quitte le zoo et que je retrouve le centre de la ville.

Je suis retournée du côté d'Oxford Street et de Regent Street, mais j'avais une faim de loup et les pieds en sang à cause de mes bottes qui frottaient. J'étais assise au bord du trottoir en train de m'aérer les pieds, mes bottes soigneusement posées à côté de moi avec mes collants à l'intérieur, quand j'ai vu deux garçons foncer sur moi. L'un d'eux m'a hurlé des paroles incompréhensibles et j'ai crié pour me défendre, mais il s'est jeté sur moi et j'ai eu beau lui flanquer un bon coup de pied, il m'a renversée. Je me suis redressée en les traitant de tous les noms, et tout à coup j'ai hurlé : mes bottes avaient disparu, volées par ces deux vauriens !

J'ai éclaté en sanglots. Et voilà qui m'a valu une maigre consolation : deux messieurs m'ont jeté quelques pennies et je me suis relevée. Hélas, à peine debout, j'ai compris ma douleur. Les pavés étaient affreusement durs, truffés de cailloux et de bouts de verre, et j'avais les pieds couverts d'ampoules. À ce rythme-là je n'irais pas très loin.

J'ai aperçu un vendeur ambulant à qui j'ai acheté un friand à la viande. J'avais tellement faim que je l'ai dévoré sur place, mais la viande était grasse et pleine de nerfs, et la pâte toute molle. Je me suis rappelé Ida et ses délicieuses tartes. Que j'avais été bête ! Elle s'était montrée d'une gentillesse exceptionnelle à mon égard, et moi, je l'avais rabrouée sans façons. Elle devait m'en vouloir – si tant est qu'elle pense encore à moi. Et Sheila devait être sa nouvelle chouchoute. Je voyais déjà Ida lui refilant des sucreries en douce, économisant pour lui acheter un cadeau de Noël bien choisi…

L'idée me donnait la nausée (ou peut-être était-ce le friand à la viande). En outre j'avais une horrible envie de faire pipi. J'ai pris une allée pour trouver un coin à l'abri des regards, mais je suis tombée sur un square plein de messieurs qui fumaient, discutaient et riaient en prenant l'air. Des filles passaient parmi eux, certaines en haillons ou pieds nus, comme moi, et leur proposaient des bouquets à acheter en leur jetant des regards implorants. J'en ai repéré deux un peu plus âgées, avec les lèvres rouge carmin, comme celles de Madame Adeline, vêtues de robes très voyantes cachant à peine leurs jupons.

– Va-t'en, sale rouquine. Tu es sur notre territoire, m'a lancé une des filles.

– Tu es dix fois trop jeune. Ici, c'est pour les plus âgées et les plus expérimentées, a renchéri l'autre en me poussant et en gloussant comme une poule.

Jamais je n'aurais osé me mêler à ces filles. Leur visage fardé et tendu trahissait quelque chose de dur et d'impitoyable. Elles étaient pires que les deux galopins qui m'avaient volé mes bottes. J'ai tourné les talons et pris une autre allée au bout de laquelle j'ai pu faire pipi, me relevant brusquement au moment où un rat m'a sauté dessus.

Un monsieur s'est approché tranquillement, bras dessus, bras dessous avec une des filles et murmurant discrètement contre son oreille. Je n'ai pas compris tout ce qu'il disait, mais suffisamment pour avoir peur. Je suis retournée en courant vers le square. Pourvu que je retrouve Regent Street le plus vite possible.

– Ça va, ma petite ? m'a demandé une vendeuse de fleurs.

Elle portait une robe bleue toute simple et un grand panier de fleurs, et sa voix était rassurante.

– Oui, merci.

Je devais avoir l'air bien misérable, avec les yeux rouges et des traces de larmes sur tout le visage.

– Tu es sûre ? Si j'étais toi, j'éviterais de traîner ici, ce n'est pas un coin très recommandé pour les petites filles. Tiens, ça te ferait plaisir, des fleurs ?

Elle m'a donné un joli petit bouquet de roses dont les tiges étaient soigneusement enveloppées de ruban.

– Merci, il est magnifique, mais je n'ai pas un sou.

– Mais je ne veux pas de sous. C'est un cadeau, pour te remonter le moral !

– Oh, merci beaucoup ! C'est vraiment gentil de votre part.

– Allez, file. Je ne veux plus te voir dans les parages. Rentre chez toi. Tu es beaucoup trop petite pour traîner dans la rue.

J'ai hoché la tête en souriant et j'ai fait demi-tour, réconfortée. Je descendais l'allée menant à Regent Street, quand soudain un monsieur a surgi de l'ombre. J'ai sursauté. Il était immense, avec un beau chapeau, un long manteau et un gilet de brocart argenté. Un parfait gentleman.

– Bonjour, ma minette, m'a-t-il dit d'une voix suave. Quel ravissant bouquet, dis-moi. Il est à vendre ?

– Non, j'aimerais bien, mais on me l'a offert.

– C'est vrai ? Et si je te proposais un shilling, par exemple ? Ou deux shillings ? Ou une demi-couronne ?

Je l'ai longuement dévisagé. Il n'avait pas l'air idiot, plutôt le contraire, alors pourquoi était-il prêt à me payer une telle somme pour trois roses qui allaient bientôt faner ? J'hésitais. La jeune fille qui me les avait offertes était adorable… en même temps, avec une demi-couronne, je pouvais survivre plusieurs jours.

Voyant que je réfléchissais, il a poursuivi :

– Tu sembles très attachée à ces fleurs, mon enfant. Eh bien, dans ce cas-là, garde-les. Mais j'ai quelque chose pour toi, une maison, tout près d'ici, avec un ravissant jardin. Je te propose de t'y emmener et tu pourras y cueillir des brassées entières de roses.

– C'est très aimable de votre part, mais…

– Je ne veux plus de « mais ». Suis-moi, et tout de suite. Oh mais tu trembles, je vois ! Tu aurais peut-être besoin d'un châle douillet pour te réchauffer… et de chaussures et de collants pour tes petits petons. Mon Dieu, ils sont dans un état !

Il a pris mes pieds entre ses mains pour les réchauffer en les frottant. Soudain j'ai eu des doutes. J'ai reculé mais il m'a attrapé la cheville. J'ai trébuché et il m'a prise dans ses bras.

– Non ! Je vous en supplie, déposez-moi, s'il vous plaît, monsieur !

Hélas, il était cent fois plus fort que moi.

– Chut, ma biquette, a-t-il murmuré en me plaquant la main sur la bouche. Ne pleure pas. Je vais m'occuper de toi, ne t'inquiète pas, m'a-t-il dit en s'éloignant rapidement.

J'ai essayé de lui mordre la main mais je pouvais à peine desserrer les dents ni respirer pour crier. Quand tout à coup, *boum !* quelqu'un l'a frappé en plein crâne avant de lui flanquer un coup de pied entre les jambes, et il m'a lâché en grommelant. J'ai senti une main dans la mienne.

– Vite, suis-moi !

C'était la gentille vendeuse de fleurs qui venait de lui balancer son panier sur la tête avant de lui donner un coup de pied bien placé ! Je l'ai suivie en courant dans un dédale d'allées. Finalement, elle m'a poussée dans un renfoncement avant de se précipiter contre moi…

– C'est bon, je ne pense pas qu'il nous ait suivies, mais on ne sait jamais. Mais à quoi pensais-tu ? Suivre un type pareil ? Tu as vu sa tête ?

– Je sais, mais je me suis fait piéger.

– Il suffit de leur flanquer un coup bien envoyé en hurlant. Encore une fois, ne t'approche jamais de ce genre d'escrocs.

– C'est vraiment gentil d'être venue à mon secours. En plus, vous avez renversé la moitié de vos fleurs à cause de moi !

– On va revenir sur nos pas et on ramassera ce qu'on pourra. Viens avec moi. Alors, comment t'appelles-tu ?

– Millie Plume.

– Moi, je m'appelle Sissy. Et j'ai quatorze ans, alors tu peux me tutoyer.

Quatorze ans ! Elle avait l'air beaucoup plus âgée que les filles de son âge à l'hôpital des Enfants-Trouvés, qui portaient encore des robes d'uniforme et des tresses.

– Et toi, quel âge as-tu, Millie ?

– Dix ans, bientôt onze.

– Comme ma petite sœur, Lily. Elle a la même taille que toi. Dieu la garde, d'habitude elle vend les fleurs avec moi, mais aujourd'hui elle se sentait trop mal. Elle a une façon de fixer les gens avec ses grands yeux qui fait fondre les messieurs.

– Je ne pourrais pas la remplacer pour la journée ?

– Pourquoi pas ? a-t-elle répondu en m'examinant. Je ne sais pas d'où tu sors, mais tu as besoin qu'on s'occupe de toi. D'abord, il faut que tu apprennes à distinguer monsieur et monsieur. Non pas que je ne me trompe jamais, remarque. Mais quand même, a-t-elle ajouté en fronçant le bout du nez, je suis peut-être vendeuse des rues, mais je tiens mon rang. Si j'ai des tentations, je pense à Mère.

– Ta mère est…

– Elle est morte en couches il y a deux ans. Elle était épuisée, la pauvre.

– Et ton père ?

– Oh, j'aimerais autant qu'il disparaisse. Et toi ?

– Je n'ai ni père ni mère.

– Alors, si je comprends bien, c'est une espèce d'uniforme, ça, a-t-elle répondu en tâtant l'étoffe de ma robe.

– Oui, jusqu'ici je vivais à l'hôpital des Enfants-Trouvés mais je me suis échappée.

– Ah ! Parce qu'ils étaient trop sévères ?

– Oui, vraiment trop.

– Dans ce cas-là, reste avec moi. Je vais t'apprendre quelques trucs pour t'en sortir. Montre-moi d'abord un peu à quoi tu ressembles…

Elle m'a dévisagée attentivement, puis elle a mouillé un doigt avec sa langue et l'a frotté contre le mur couvert de suie avant de me le passer sous les yeux.

– Voilà, c'est mieux. Si tu as l'air souffreteuse, les messieurs ont pitié de toi. Tu penses que tu arriverais à avoir l'air vraiment désespérée ?

– Facile, oui ! me suis-je exclamée en baissant la tête et en entrouvrant la bouche.

– Parfait ! Tu es presque aussi douée que Lily.

– Si tu veux, je peux pleurer.

– Non, surtout pas, tu auras de la suie sur toute la figure, on risque de te prendre pour un ramoneur. Voyons si on peut ramasser les fleurs que j'ai perdues en chemin. Ne t'inquiète pas pour ce monsieur, Millie, ni pour les types de la même engeance. Je suis avec toi.

Nous avons ramassé toutes les fleurs, sauf celles qui avaient été complètement piétinées.

– Viens, on va les trier, m'a dit Sissy en s'agenouillant pour les arranger d'une main sûre. Mes petites roses adorées ! Les messieurs sont prêts à payer un penny pour un bouquet ; faut dire que c'est un joli cadeau pour une dame, non ? Tu sais pourquoi Lily et moi, on gagne plus que les autres filles ? Parce qu'on les présente de façon originale. Au printemps, à la saison des violettes, on noue les fleurs avec des feuilles vertes et un petit ruban ou un bout de dentelle que je récupère chez une mercière qui connaissait notre mère. Nos bouquets sont tellement mignons que les messieurs sont prêts à payer trois pences pour fêter l'arrivée du printemps avec leur bonne amie.

– C'est vrai qu'ils sont particulièrement jolis, me suis-je exclamée en rassemblant des roses qui piquaient du nez pour les arranger comme Sissy.

– C'est bien, Millie, tu as un bon coup de main.

Allez, suis-moi. On va descendre vers Saint-Martin. Les messieurs paient un peu moins, mais c'est plus sûr. Ça suffit pour aujourd'hui, les types louches, t'es pas d'accord ?

J'ai suivi Sissy jusqu'à une grande église au milieu d'un immense parc avec des fontaines et d'immenses statues de lions. Une telle foule s'y pressait que j'ai cru que les gens attendaient un nouveau défilé pour célébrer le jubilé de la reine. J'ai interrogé Sissy et elle m'a expliqué que c'était tout simplement des gens qui allaient et venaient entre le théâtre et les halles. Hélas, j'avais beau afficher mon air le plus misérable, tandis que Sissy interpellait les passants, la plupart nous ignoraient.

« Un joli petit bouquet pour votre bonne amie ? »
« De ravissantes roses qui viennent d'être cueillies ? »
« À peine deux pence, c'est une affaire, non ? »

Au début je trouvais ça très amusant, mais bientôt il s'est mis à pleuvoir. Les gens pressaient le pas en ouvrant leur parapluie et plus personne ne nous accordait le moindre regard. « Pourvu que Sissy abandonne », pensais-je. Hélas, elle a jeté un regard inquiet sur ses quelques pièces en m'annonçant :

– Il faut qu'on rapporte au moins un shilling de plus, Millie, et si possible deux.

– Pourquoi ? Avec ce que tu as, tu peux acheter un grand friand à la viande et plusieurs petits pains, ai-je répondu en espérant qu'elle me proposerait quelques pièces.

– Aux innocents les mains pleines, Millie ! J'ai besoin de gagner plus que de quoi manger. Il faut que j'achète des fleurs au marché demain matin, celles-là seront déjà fanées. En plus il y a mon père. S'il n'a pas de quoi se payer sa bière, il s'en prend à moi et à Lily. Je ferais peut-être mieux de retourner là où j'étais tout à l'heure, du reste. Je suis sûre que je gagnerais très vite les six pence qu'il me manque. Si tu veux, tu peux rester ici. Je passerai te prendre un peu plus tard, je te promets.

– Non, reste, Sissy, s'il te plaît. Je suis sûre qu'on peut gagner ce qu'il faut ici.

J'ai regardé autour de nous. J'avais l'habitude d'observer les visiteurs qui venaient à l'hôpital des Enfants-Trouvés le dimanche pour récolter des bonbons, alors… J'ai repéré un monsieur et une dame d'âge moyen et j'ai tenté ma chance. J'ai pris un bouquet et j'ai couru vers eux sous la pluie battante.

– S'il vous plaît, madame, monsieur, vous ne voudriez pas m'acheter un petit bouquet de fleurs ?

– Mais que fais-tu sous la pluie, mon enfant ? a lancé la dame. Et pieds nus ! Allez, rentre immédiatement chez toi.

– Oui, mais j'ai peur, madame, parce que si je ne lui rapporte pas de quoi s'acheter sa bière, mon père va me battre. En plus j'ai une petite sœur, Lily, qui est malade.

Sans hésiter, j'ai poursuivi :

– Et puis il y a Sheila. Elle a attrapé la petite vérole

et se retrouve complètement défigurée. Et Monica, qui a été rouée de coups par un cheval, alors elle est un peu lente d'esprit.

Et ainsi de suite. J'ai passé en revue la moitié du dortoir des Enfants-Trouvés en inventant des maladies ou des malheurs à chaque fille.

– Mais qu'est-ce que c'est que ces salades, petite friponne ? Allez, ouste, va-t'en ! s'est écriée la dame en éclatant de rire.

– Tu sais que c'est très mal de raconter des mensonges pour entourlouper les gens ? Tiens, je suis brave, voilà pour ton culot, a ajouté le monsieur en m'accordant quelques pièces.

– Merci beaucoup, monsieur, ai-je répondu en faisant la révérence.

Deux shillings ! Je n'en revenais pas.

– Millie, tu as été merveilleuse ! s'est exclamée Sissy en m'embrassant. Grâce à toi, on peut rentrer chez nous.

– Mais… je n'ai pas de chez moi.

– Suis-moi. Tu peux habiter avec nous quelque temps.

– Ton père ne dira rien ?

– Du moment qu'il a de quoi boire, tout va bien. Allez, viens. Je vais te présenter ma petite sœur. Je suis sûre que tu vas lui plaire.

20

J'ai suivi Sissy à travers un dédale de ruelles sombres, trébuchant sans cesse sur les pavés. J'ai essayé de marcher dans le caniveau pour arrêter de trébucher, quand soudain j'ai senti une chose innommable sous mes pieds nus… et prié pour pouvoir me laver une fois chez Sissy. Hélas, peu après nous sommes arrivés, et j'ai eu le choc de ma vie.

Je n'étais pas complètement idiote. J'avais compris qu'elle était pauvre et je ne m'attendais pas à un palais. J'imaginais une petite bicoque qui m'aurait rappelé la chaumière où je vivais quand j'étais petite.

En fait, Sissy n'habitait pas dans une maison. Elle vivait avec son père et sa sœur dans une unique pièce au sommet d'un immeuble de quatre étages dont la brique était noire de suie, la plupart des vitres manquaient et le toit était à moitié effondré.

– Tu crois qu'il va s'écrouler ? ai-je demandé, horrifiée.

– Bientôt, oui. Il a été condamné il y a peu de temps,

Sissy
Lily
Miss Smith
Ida

c'est pour ça que le loyer est bon marché. Tu veux faire pipi avant de monter ? Il vaut mieux, parce qu'on a quatre étages à grimper.

L'immeuble n'avait pas de toilettes privées à proprement parler. Il y avait juste une remise délabrée et sans toit au fond de la cour, avec un trou qui sentait à plein nez. À en juger par l'odeur et les traces d'immondices sur les murs, les gens devaient jeter le contenu de leur pot de chambre directement par leur fenêtre. Heureusement il y avait un robinet et un tuyau que Sissy m'a ouvert pour que je puisse me laver les pieds – n'obtenant, hélas, qu'un maigre filet d'eau.

– Le robinet ne marche jamais. Oh tant pis. J'irai à la pompe au bout de la rue tout à l'heure et je rapporterai un grand broc d'eau.

À l'intérieur, les escaliers grouillaient de cafards. Un cauchemar ! Sissy, elle au moins, pouvait les écraser avec ses bottes. Tant pis, j'ai pris mon courage à deux mains et nous avons fini par arriver au quatrième étage. Elle a ouvert la porte située au fond du couloir et j'ai découvert une pièce sombre et exiguë, à peine meublée. Deux matelas traînaient par terre, avec un tabouret et une chaise branlante. Des rideaux informes avaient été accrochés devant l'unique lucarne et il y avait une espèce de carpette tissée à la main par terre, mais c'était les seules touches un peu personnelles. Un homme gigantesque et mal attifé était étendu de tout son long sur un des matelas, et une petite fille qui n'arrêtait pas de tousser recroquevillée sur l'autre.

– Lily ? Ma chérie, calme-toi. Tiens, bois ça, a murmuré Sissy en se précipitant vers elle.

Elle a aidé sa petite sœur à se relever en approchant une tasse en étain de ses lèvres.

– Voilà, bois tranquillement, ça va t'aider.

– Elle tousse ! Elle tousse ! Elle tousse ! Je vais devenir fou si ça continue, a grommelé le père en se grattant la tête. Je parie que c'est pour m'enquiquiner. Comment je fais pour me reposer, moi, si elle n'arrête pas de tousser ? Racle-toi la gorge une bonne fois pour toutes et boucle-la, Lily. Qui c'est, celle-là ? a-t-il ajouté, découvrant ma présence. Fiche-moi le camp tout de suite, tu n'as rien à faire ici !

– Tout va bien, père, a répondu Sissy. C'est ma nouvelle amie, Millie. Grâce à elle j'ai vendu toutes les fleurs ; elle est presque aussi bonne que Lily. Regarde ce qu'on a gagné !

Brusquement il lui a arraché les pièces, il a mordu dedans et il les a fourrées dans sa poche.

– Tant mieux, comme ça je vais pouvoir sortir. Histoire de me dégourdir les jambes et de me rincer le gosier. Je reviens dans une heure.

Il a enfilé une paire de vieilles bottes, posé un chapeau melon crasseux sur sa crinière, et il est sorti.

– Dans une heure, tu parles ! s'est exclamée Sissy. Il ne reviendra pas avant minuit, mais tant mieux. Tiens, ma petite Lily, bois ça… Tu ne veux pas sourire à Millie ? On est quand même bien élevé dans la famille, non ?

Pauvre Lily ! C'était un petit bout de chou maigrelet avec de grands yeux qui lui dévoraient tout le visage. Elle avait des cheveux très fins, ébouriffés à cause du matelas, noués par un joli ruban rouge qui mettait en valeur son teint pâle. Chaque fois qu'elle toussait, ses yeux semblaient prêts à sortir de leurs orbites et son visage se crispait sous la douleur, mais dès qu'elle a pu prendre une vraie respiration, elle m'a regardée avec un grand sourire.

– Bonjour, Millie. Incroyable, tu as de vrais cheveux roux ! Et quelle drôle de robe… tu l'aimes bien ? Tu as quel âge ? Tu as toujours ta mère ? Combien tu as gagné par bouquet ? Un jour un monsieur qui s'était entiché de moi m'a donné trois pence pour un bouquet.

– Calme-toi, Lily. Comment veux-tu que Millie te réponde si tu parles aussi vite ?

Sissy s'est tournée vers moi en ajoutant :

– Elle n'est pas sortie depuis plusieurs jours, c'est pour ça qu'elle est tellement excitée. Je te laisse avec elle pendant que je descends chercher de l'eau et de quoi manger. Vous allez voir, on va se régaler ce soir, les filles ! s'est-elle écriée en agitant des pièces au fond de ses poches.

Je me suis assise au bord du matelas de Lily, et nous avons commencé à bavarder. Elle voulait tout savoir sur moi et me posait toutes sortes de questions. Je lui ai tout raconté : le jubilé d'or, Madame Adeline et le cirque, la nuit que j'avais passée à Hampstead Heath, le zoo, l'affreux monsieur qui avait failli m'enlever avant l'arrivée de Sissy…

– Je l'adore, Sissy ! C'est elle qui s'occupe de moi, et je suis sûre qu'elle s'occupera aussi de toi. J'espère que tu pourras la consoler le jour où je mourrai.

J'ai eu un choc.

– Je suis sûre que ça va aller mieux, ai-je bafouillé.

– Oh non, je crache du sang, ça veut dire que je vais mourir. Tu peux dire ce que tu veux, je le sais. Elle va me manquer, Sissy, quand je serai morte.

– Toi aussi, tu vas lui manquer. Mais comme ça, au moins tu seras avec ta maman.

– Tu crois ? J'aimerais bien, mais tu en es sûre ?

– Sûre et certaine, ai-je répondu en tâchant d'avoir l'air convaincue. Ta mère est au ciel et quand tu seras morte, tu seras un ange, comme elle.

– Un ange avec des ailes ? Tu crois que je pourrai voler ?

– Bien sûr, tu auras de grandes ailes couvertes de plumes blanches et tu voleras dans le paradis. Même que parfois tu piqueras vers la terre pour rendre visite à Sissy et voir si tout va bien.

– Oh, j'adorerais, si tu savais ! Tu penses qu'elle me verra, ou est-ce que les anges sont invisibles ?

– Peut-être qu'elle apercevra un petit bout d'aile ou qu'elle entendra murmurer son nom tout bas.

Personnellement, je n'avais jamais aperçu ni entendu Saul, mais de temps en temps il m'arrivait de sentir un petit coup dans les côtes, comme s'il me taquinait avec sa vieille béquille.

Lily s'est redressée en étirant les bras comme des ailes, mais soudain elle s'est mise à tousser violemment.

– Lily ! Ne tousse pas comme ça, ma pauvre ! me suis-je écriée, paniquée à l'idée qu'elle meure dans mes bras.

J'ai pris la tasse d'eau trouble qui traînait à côté de son matelas pour l'aider à boire, mais elle crachait et toussait de plus belle. Je l'ai tapotée dans le dos et j'ai senti ses petites omoplates maigres sous la fine étoffe de sa chemise de nuit, comme si elle avait déjà des ailes.

– Tenez ! s'est exclamée Sissy en entrant tout à coup. Oh, mon Dieu, Lily ! Tiens, j'ai de l'eau fraîche. C'est bien, Millie, ça la soulage qu'on lui tape dans le dos. Regarde, Lily, tu as vu ce que j'ai rapporté ? Un bon dîner, et en plus, j'ai trouvé le médicament pour tes poumons. Prends-le, tu te sentiras tout de suite beaucoup mieux.

Elle a sorti un flacon dont Lily a bu quelques gorgées entre deux quintes, aussitôt soulagée. Puis elle a ouvert un petit paquet de papier sulfurisé qui contenait trois belles pommes de terre en robe des champs sur un lit d'oignons grillés. Chacune de nous a pris une pomme de terre, mais j'avoue que j'ai été un peu déçue.

– Qu'est-ce qu'on vous donnait à manger à l'hôpital des Enfants-Trouvés ? m'a demandé Sissy. Du pain et de l'eau ?

– Oui, ai-je répondu en pensant à ma nuit au grenier.

– Ils étaient vraiment méchants avec toi ?

– Oui, cruels même.

– Ils te battaient avec un vrai bâton ?

– Oui, et parfois avec un martinet.

– Jusqu'à ce que tu saignes ?

– Moi, je me faisais surtout menacer. Mais un jour ils m'ont emprisonnée dans une petite pièce au grenier et c'était dix fois pire. Imagine, Lily, enfermée toute seule comme une prisonnière...

Voyant que Lily comprenait presque trop bien, je me suis interrompue.

– Est-ce qu'ils sortaient et après, ils rentraient ivres morts et te battaient ? a-t-elle poursuivi.

J'ai eu une vision : les deux surveillantes générales s'envoyaient une bouteille de gin au goulot... Et j'ai éclaté de rire, entraînant Lily qui a piqué un fou rire avec moi.

– Non, c'était deux femmes qui ne buvaient pas, mais qui piquaient des colères incroyables, surtout contre moi.

– Toutes les grandes personnes te détestaient, Millie ?

– En tout cas ces deux-là, oui. Il y avait des nurses qui étaient gentilles. Nurse Winnie, par exemple, mais les maîtresses, elles, étaient vraiment sévères. Un jour Miss Morley a donné des coups de règle à mon amie Polly, mais tu sais ce que j'ai fait ? Je lui ai arraché sa règle et je l'ai frappée sur les doigts pour venger mon amie.

– Vous aviez des maîtresses ? est soudain intervenue Sissy. Ça veut dire que tu sais lire et écrire, Millie ? Tu ne voudrais pas apprendre à Lily ? Je sais qu'elle est très intelligente. Si seulement elle pouvait lire, elle s'ennuierait tellement moins !

J'ai improvisé ma première leçon sur-le-champ. J'ai pris un bout de charbon qui traînait et j'ai tracé les premières lettres de l'alphabet sur le plancher, *a*, *b*, *c*… en articulant distinctement chacune. Quelques instants plus tard, Lily écrivait le mot « bac », et Sissy et moi l'applaudissions avec enthousiasme ! Elle était tellement contente qu'elle a bondi sur place et a soudain été prise d'une quinte de toux encore plus violente. Sissy l'a prise dans ses bras en murmurant :

– Voilà, ça va mieux, ma chérie. Assez d'excitation pour aujourd'hui. Essaie de dormir. Toi aussi, tu devrais te coucher, Millie.

Je me suis allongée à côté de Lily sans me déshabiller. Non seulement je n'avais pas de chemise de nuit, mais je ne voulais pas enlever ma robe, de peur qu'elles voient que je n'avais pas de sous-vêtements.

– Tu as lu des vrais livres, Millie ? m'a demandé Sissy. Si tu racontais une histoire à Lily pour l'aider à s'endormir ?

– Il était une fois une petite fille pas plus grosse qu'un pouce. Elle était si minuscule que tous les soirs elle se couchait en se recroquevillant dans une coquille de noix…

Peu à peu nous nous sommes assoupies, jusqu'au

moment où le père de mes amies est entré en chancelant. Il s'est dirigé vers nous et j'ai senti le corps de Sissy se tendre tandis que la petite Lily gémissait.

– On dirait trois oisillons dans leur nid, a-t-il bredouillé, penché sur nous avec l'haleine avinée. Bonne nuit, mes poulettes chéries ! *Cot-cot-cot !*

Il s'est écroulé sur son matelas en ricanant et quelques secondes plus tard, il ronflait comme un loir.

– Dieu merci, ce soir il a l'alcool gai, a murmuré Sissy. On ne sait jamais dans quel état il va rentrer. Parfois il cherche la bagarre…

– Il boit tous les soirs ?

– S'il a de l'argent, oui. Surtout depuis que maman est morte. Avant il travaillait sur les quais, mais vu son état, plus personne ne veut de lui. C'est moi qui fais bouillir la marmite, mais j'ai du mal à gagner assez pour nous trois.

– Je vais t'aider, Sissy. Demain, je ferai un vrai numéro de gamine éplorée et on va gagner une fortune, tu vas voir.

Le lendemain matin, avant le lever du jour, j'ai entendu Sissy se lever discrètement.

– Sissy ?

– Je vais acheter des fleurs au marché.

– Je viens avec toi.

J'avais la tête qui tournait légèrement à cause du manque de sommeil, mais comme j'étais habillée et que j'avais renoncé à me laver, j'étais prête à y aller.

Dehors il pleuvait, et je regrettais amèrement mes

bottes. Je glissais tellement que j'avais du mal à suivre Sissy. Heureusement, le marché de Covent Garden n'était pas très loin. Il faisait encore nuit mais il y régnait une animation inouïe, et j'avais beau tomber de fatigue, le spectacle me fascinait. Je me suis arrêtée pour admirer les voitures des marchands des quatre saisons, les wagons de petits pois et de pommes de terre, les charrettes de tomates et de laitues, les immenses paniers rouges de fraises et de cerises…

Beaucoup de vendeurs arrivaient directement de la campagne et j'en ai repéré plusieurs qui ressemblaient à Père, de même que des femmes au visage rougeaud et rond, qui me rappelaient Mère. Une bouffée de nostalgie m'a saisie… Puis Sissy m'a tapoté l'épaule et nous avons continué jusqu'au marché aux fleurs. J'ai de nouveau été éblouie. Jamais je n'avais vu un tel déploiement de couleurs, entre les asters jaunes, les kniphofias orange, les pivoines roses, les lupins bleus ou violet foncé… les roses et les lis blancs qui embaumaient…

Sissy était déjà en train de marchander avec les quelques pièces qui lui restaient. À peine son panier rempli, elle m'a entraînée au pied d'une arcade pour composer de jolis petits bouquets. Je me suis appliquée, mais j'avais encore la tête qui tournait et je me sentais maladroite. Quelques instants plus tard, le panier était prêt, et elle a dépensé sa dernière pièce pour acheter une tasse de café que nous avons bue à deux. Il ne nous restait plus un sou pour nous acheter le moindre petit pain, mais elle a très vite déniché une vieille pomme et une poire un peu gâtée que nous avons croquées sur place.

Nous sommes revenues près de l'église Saint-Martin. Malheureusement il y avait déjà une vendeuse de fleurs qui refusait de partager son territoire. De même qu'à Charing Cross Station. Il ne nous restait plus qu'à remonter jusqu'au square voisin de Regent Street, où Sissy s'est assise en me serrant contre elle, guettant le moindre individu à l'allure un peu louche. Hélas, qu'ils soient louches ou honnêtes, les passants étaient peu nombreux car il pleuvait toujours autant. Il ne faisait pas froid, puisque nous étions en été, mais je tremblais de fatigue, et à la fin de la matinée, j'avais des gargouillis dans le ventre.

– Tu n'as pas faim, Sissy ?

– Si, j'ai tout le temps faim. Mais ne t'inquiète pas, on finit par s'y habituer.

J'avais des doutes. Je n'étais pas certaine de m'habituer à cette vie. Autant, la veille, je trouvais amusant de vendre des fleurs parce que c'était nouveau, autant aujourd'hui, je trouvais ça pénible et ennuyeux à périr.

« Quelques fleurs toutes fraîches, monsieur ? » « Un joli petit bouquet à un penny pour votre dame ? » « Ah, voilà, un vrai gentleman… » J'avais beau répéter ces phrases toutes faites, la plupart des gens passaient sans s'arrêter.

« S'il vous plaît, je vous en supplie, achetez-moi

quelques fleurs… » Une dame vêtue d'une robe gris anthracite toute simple s'est arrêtée pour nous observer. Bizarre… Que voulait-elle ? Égayer sa tenue un peu sévère avec quelques fleurs ?

– Vous cherchez un petit bouquet, madame ? ai-je demandé avec un grand sourire.

– Tu vends des fleurs depuis longtemps, mon enfant ? m'a-t-elle répondu d'un air grave. C'est la première fois que je te vois. Que fais-tu ici ?

– Elle est avec moi, ne vous inquiétez pas, a répondu Sissy.

– Elle n'a pas l'air très en forme.

– Oui, je suis un peu fatiguée parce que j'ai presque rien avalé. Mais si vous nous achetez quelques fleurs, j'aurai de quoi m'offrir un casse-croûte.

– Seigneur ! Mais vous devez mourir de faim ! J'ai une idée. Si vous m'accompagniez au café le plus proche ?

Je n'en croyais pas mes oreilles. Un café ! Moi qui rêvais d'un thé brûlant et d'un petit morceau à grignoter. Mais Sissy avait l'air d'hésiter.

– On n'a pas de quoi aller dans un café, a-t-elle avoué.

– Je vous invite avec plaisir, a répondu la dame.

– Allez, s'il te plaît, Sissy, dis oui !

Elle était toujours réticente.

– Que voulez-vous en échange ? a-t-elle ajouté.

– Tu as raison de me poser la question, Sissy, a répliqué la dame en souriant. Parce que je voudrais justement vous interroger.

– Nous interroger sur quoi ? a répondu Sissy, paniquée. Écoutez, madame, on vient d'acheter ces fleurs à Covent Garden en toute honnêteté. Je vends mes bouquets dans le quartier régulièrement, et personne ne m'a jamais rien demandé, même pas la police. Nous sommes parfaitement respectables et nous n'avons jamais cédé aux avances de personne.

– Je te crois sur parole. Et je te promets que je ne suis pas venue ici à titre officiel. Je vais être très franche avec vous. Je suis écrivain. J'écris des livres qui sont publiés par une maison d'édition chrétienne qui s'appelle la Religious Tract Society. Et j'ai déjà écrit plusieurs histoires sur les enfants des rues comme vous.

– Comment vous vous appelez ?

– Sarah Smith.

– Toi qui lis des livres, Millie, a répondu Sissy en me regardant, tu as déjà entendu parler d'elle ?

À vrai dire je ne connaissais que deux ou trois personnes qui écrivaient pour les enfants : Hans Christian Andersen et les frères Grimm. Et je n'avais jamais imaginé qu'une dame puisse écrire et publier des livres.

– Tu sais donc lire, Millie ? m'a-t-elle demandé. Mais qui t'a appris ?

Ah… La prudence s'imposait. Un mot sur l'hôpital des Enfants-Trouvés et elle réagirait comme Madame Adeline : elle voudrait tout de suite m'y ramener.

– C'est mon grand frère, Jem, qui m'a appris à lire.

– Et où est-il aujourd'hui ?

– Je l'ai perdu il y a longtemps.

– Alors, dis-moi, comment t'appelles-tu ?

– Millie Plume, madame.

Elle a hoché la tête comme si elle approuvait mon nom.

– Dans ce cas-là suis-moi, Millie. Toi aussi, Sissy. Je voudrais vous poser quelques questions pour le nouveau livre que je suis en train d'écrire. J'ai déjà réfléchi au titre ; peut-être que je l'appellerai *Un penny pour un bouquet*. Ça vous plaît ? Ce sera l'histoire de petites vendeuses de fleurs comme vous.

– C'est vrai ? Vous pourriez nous mettre dans votre histoire ? me suis-je exclamée, excitée comme une puce. Avec nos vrais noms ? J'aimerais tellement être un personnage dans un livre !

– Pas moi. Je n'ai aucune envie d'être dans un livre, s'est défendue Sissy.

Elle s'est redressée à regret, et peu après, nous sommes arrivés sur Regent Street. À ma grande surprise, loin de nous emmener dans une échoppe pleine d'employés et d'ouvriers, Miss Smith s'est dirigée vers un vrai restaurant, avec d'immenses vitres et un fronton couvert de dorures.

– On ne peut pas entrer, a objecté Sissy. On va se faire chasser comme des malpropres.

De fait, le serveur nous dévisageait d'un air sévère depuis la porte. Sissy avait beau être vêtue d'une jolie petite robe imprimée, elle était complètement échevelée et portait des bottes de garçon aux semelles béantes. Quant à moi, j'avais les cheveux en bataille, les pieds nus et crasseux, et ma robe était dans un état indescriptible.

– On a l'air de souillons, ai-je renchéri.

– Mais qu'est-ce que c'est que ces histoires ?

Sur ce, Miss Smith nous a prises chacune par la main avant d'entrer en donnant des instructions fermes au serveur :

– Tâchez de nous trouver une table pour trois. Et ayez la gentillesse de nous apporter le menu tout de suite. Ces jeunes filles sont affamées.

Le serveur s'est incliné à contrecœur avant de nous conduire à une table dressée dans un coin. Il a tiré une première chaise pour Miss Smith puis a hésité. Miss Smith a toussé pour signifier sa désapprobation et aussitôt il a nous a tiré une chaise à chacune, en faisant la grimace, comme si on lui demandait d'installer deux singes tout droit sortis du zoo.

Ensuite, il a fait toute une histoire à cause du panier de Sissy.

– Permettez-moi de le mettre au vestiaire, mademoiselle.

– Non, surtout pas ! Il faut que je le garde avec moi pour le surveiller. Si vous le mettiez au vestiaire, n'importe qui pourrait se servir.

– Elle a raison, a conclu Miss Smith. Pose-le sous ta chaise, c'est parfait. Comme ça nous profiterons du parfum des fleurs.

Le serveur a obtempéré en levant les yeux au ciel

et Sissy lui a jeté un regard noir. Mais elle avait beau faire la fière, elle était mal à l'aise. Elle se mordillait la lèvre et tripotait une mèche de cheveux, observant les couteaux et les fourchettes comme si elle voyait un vrai couvert pour la première fois.

Le serveur nous a tendu à chacune le menu. Elle a jeté un regard rapide sur le sien en clignant les yeux.

– Qu'est-ce qui vous ferait plaisir ? nous a demandé Miss Smith. Choisissez ce que vous voulez. Quel est ton plat préféré, Sissy ?

Sissy a haussé les épaules, comme si elle était mal élevée, alors qu'elle ne pouvait tout simplement pas répondre. Quant à moi, je me suis plongée dans l'interminable liste de plats, épatée. Je ne savais pas qu'on pouvait choisir ce qu'on voulait dans un restaurant. Si j'avais pu, j'aurais pris le temps d'imaginer chaque plat en me léchant les babines, mais il fallait que je vienne à la rescousse de Sissy. Les mots devaient valser sous ses yeux comme si c'était du chinois.

– Je prendrais bien le pudding à la viande et aux rognons, s'il vous plaît. Ça te dirait aussi, Sissy ?

Elle a hoché la tête, muette.

Miss Smith a rappelé le serveur à qui elle a commandé deux puddings à la viande et un poisson pour elle. Puis elle a pris la carafe en cristal posée sur la table pour nous servir un grand verre d'eau. Sissy et moi avions déjà fini notre verre quand elle a commencé à interroger Sissy, sans doute pour la mettre à l'aise.

– Depuis combien de temps vends-tu des fleurs, Sissy ?

– Depuis que je suis toute petite.

– Mais que fais-tu en hiver, quand ce n'est plus la saison ?

– Je vends des oranges.

– Ta mère vend-elle aussi des fleurs ?

– Non, madame, elle était couturière.

– Quel style de couturière ?

– J'sais pas.

– Et ton père ?

Elle a vaguement reniflé sans prendre la peine de répondre. Miss Smith a poursuivi, mais ses réponses n'étaient plus qu'une série de monosyllabes incompréhensibles.

Le serveur a apporté les plats et notre attention s'est concentrée sur le pudding : c'était un délicieux gâteau à base de farine et de graisse de rognon, farci avec une viande qui avait l'air excellente et baignant dans le jus. Il était servi au milieu d'une grande assiette de légumes : pommes de terre, carottes et petits pois.

J'ai attendu que Miss Smith dise les grâces, tandis que Sissy demeurait silencieuse.

– Je vous en prie, commencez, les filles.

J'ai pris mes couverts, et j'ai vu que Sissy m'imitait, mais dans le mauvais sens, en prenant le couteau avec la main gauche et la fourchette de la main droite. Je n'ai pas fait de remarque pour ne pas la blesser. Elle se débrouillait comme elle pouvait, et finalement elle dévorait son pudding avec enthousiasme. J'étais même surprise de voir à quelle vitesse elle mangeait, jusqu'au moment où j'ai vu qu'elle en avait versé la moitié sur sa serviette. Pour Lily. « Pourvu que la sauce ne traverse pas trop la serviette », pensais-je.

– Et toi, Millie ? a repris Miss Smith. Comment es-tu devenue vendeuse de fleurs ? Que faisais-tu avant ? Raconte-moi ta vie, je veux tout savoir.

Sissy m'a jeté un regard inquiet, mais j'ai souri tranquillement. Je savais que Miss Smith cherchait à se renseigner pour écrire l'histoire qu'elle avait en tête, *Un penny pour un bouquet*. Mais comme j'étais obligée de lui cacher la vérité je me suis lancée dans un long récit haut en couleur.

– Je suis née à la campagne, mais j'ai perdu ma mère à la naissance… Mon père était désespéré et c'est à cette époque qu'il a commencé à boire. Quand il rentrait le soir, un peu trop gai, ça allait, mais parfois il piquait des colères noires et je tremblais de peur…

Sissy m'observait, étonnée de voir avec quelle facilité je m'appropriais son histoire. Il en fallait plus pour m'arrêter et j'ai continué, allant jusqu'à inventer une marâtre méchante et jalouse qui m'envoyait travailler dans une usine à l'âge de huit ans, et un propriétaire avare qui nous mettait à la porte. Ensuite c'était deux vieilles harpies, Mme Peters et Mme Groderrière, imbibées de gin, qui ne cessaient de nous harceler. Pour pimenter un peu le tout, j'ai même ajouté un épisode un peu fantastique au cours duquel je rejoignais la troupe d'un cirque pour devenir écuyère et proposer des numéros exceptionnels.

J'ai poursuivi pendant tout le repas, en ne m'arrêtant que le temps de savourer mon pudding à la viande, puis le dessert, une tarte aux prunes servie avec de la crème, suivie par une grande tasse de vrai café accompagnée d'une coupelle de chocolats.

Sissy ne disait pas un mot ; elle m'écoutait, bouche bée. À peine a-t-elle remué sur sa chaise quand j'ai évoqué le prix des fleurs et mon fournisseur préféré à Covent Garden. Du moment que j'arrivais à lier les événements entre eux, j'étais persuadée que Miss Smith était convaincue.

Qu'en pensait-elle vraiment ? En tout cas, elle prenait consciencieusement des notes dans un carnet.

– Et voilà ! ai-je fini par m'exclamer avec le sentiment d'avoir mérité ce fabuleux déjeuner. Vous pensez que ça pourra vous servir pour votre livre, au moins en partie ?

– J'avoue que je suis épatée, m'a-t-elle répondu en refermant son carnet avec un sourire. Cela dit, pourquoi est-ce que tu n'écrirais pas toi-même ton histoire ? Tu as beaucoup plus d'imagination que moi, Millie. Mon petit doigt me dit que tu as tout inventé, de *a* à *z*, mais justement, c'est d'autant plus intéressant.

– Qu... qu'est-ce que vous voulez dire ?

– Que tu mens comme un arracheur de dents, a répondu Sissy en se redressant.

Elle avait caché sa serviette de pudding dans son châle, et elle a pris son panier de fleurs en ajoutant :

– Allez, il est temps de décamper.

– Attends, Sissy ! s'est exclamée Miss Smith. Je ne vous ai rien donné en échange du temps que je vous ai pris.

Elle a fouillé dans son sac à main avant de sortir deux pièces d'une demi-couronne et une petite carte.

– Je te laisse ma carte de visite, avec mon nom et l'adresse de mon bureau, à côté du Strand ; c'est une société de bienfaisance destinée à venir en aide aux jeunes filles des rues. Si tu en as besoin, montre-la à quelqu'un de confiance qui pourra t'y emmener. Tu seras toujours bien accueillie, et si tu as besoin d'un logement ou d'un nouveau gagne-pain, nous ferons de notre mieux pour t'aider. Allez, je te laisse, ma grande. En tout cas, je te remercie du fond du cœur d'avoir pris Millie sous ton aile, mais désormais c'est moi qui suis chargée de m'occuper d'elle. Il faut que je la ramène à l'hôpital des Enfants-Trouvés.

Je n'en revenais pas. Comment avait-elle deviné ?

– C'est pas toi qui as rapporté, par hasard ? ai-je lancé à Sissy.

– Bien sûr que non, m'a-t-elle répondu avant de s'adresser à Miss Smith. Vous ne pouvez pas lui faire ça ! Ils la traitent trop mal. Ils la fouettent et un jour ils l'ont enfermée dans un cagibi au grenier.

– C'est vrai, Millie ? Réponds-moi en toute honnêteté, s'il te plaît.

– En tout cas si vous me ramenez, je peux vous dire qu'ils vont m'enfermer à coup sûr !

– Nous verrons. Ne t'inquiète pas pour Millie, Sissy. Je te promets que je ferai tout pour qu'elle soit au mieux. Tu as été d'une extrême gentillesse avec elle, mais je ne pense pas qu'elle pourrait survivre dans la rue si tu n'étais pas là.

– D'accord ! s'est exclamée Sissy.

Elle a brandi sa pièce, les yeux brillants, en imaginant tout ce qu'elle pourrait offrir à Lily.

– N'oublie pas ma carte, ma chérie. Et surtout n'hésite pas à l'utiliser si tu en as besoin.

– Merci beaucoup, a répondu Sissy en ramassant son panier. Tenez, je vous offre un bouquet. C'est promis ? Vous ne serez pas trop dure avec Millie ? Elle adore raconter des histoires, alors tout à l'heure elle s'est un peu laissé aller. C'est plus fort qu'elle, vous savez.

Elle a offert son plus beau bouquet de roses à Miss Smith, elle m'a déposé un rapide baiser sur la joue, et elle s'est dirigée vers la sortie avec son panier, en faisant exprès de cogner le serveur au passage.

Soudain je me suis précipitée vers elle.

– Non, Millie, m'a sommée Miss Smith en me retenant.

J'ai fondu en larmes.

– La pauvre, elle a un père épouvantable, et pour de vrai ! En plus, elle a à peine assez pour manger et elle doit s'occuper de sa petite sœur, Lily, qui est très malade, même que je pense qu'elle va bientôt mourir. Je vous promets que je n'invente rien, cette fois-ci.

– Je sais. Sissy est une jeune fille très courageuse et je me doute qu'elle a une vie extrêmement pénible. Mais dis-moi, Millie, quel genre de vie veux-tu avoir, toi ? Tu sais parfaitement que tu n'es pas faite pour vivre dans la rue.

– C'est vrai… mais je n'ai pas non plus envie de vivre à l'hôpital des Enfants-Trouvés. Et je ne comprends pas comment vous avez fait pour me retrouver.

– Parce que ton nom, qui n'est pas banal, circule depuis que tu as disparu le jour du jubilé. Il a même été mentionné dans les journaux.

– Mais comment avez-vous deviné que c'était moi, Millie, l'enfant trouvée, quand vous m'avez vue vendre des fleurs ?

– Enfin, voyons ! L'uniforme des Enfants-Trouvés est très facile à repérer, même sans bonnet ni mantelet. Mais… mon Dieu… où sont passées tes bottes ?

– Volées par deux vilains garçons dans la rue.

– Tu vois ? Tu comprends à quel point c'est dangereux de vivre dans les rues ? Tu as besoin qu'on te protège.

– Mais personne ne me protège là-bas ! Vous ne vous rendez pas compte de ce que c'est, Miss Smith.

– Si, je me rends très bien compte, même si je suis extérieure. À une époque j'y allais souvent le dimanche avec mon frère, Peter, même si je me sentais mal à l'aise de vous observer pendant que vous déjeuniez.

Je l'ai longuement considérée : son visage pâle et grave, sa robe gris anthracite... Ça y est ! Elle accompagnait le monsieur pour qui Harriet avait un faible, qui portait une épingle de cravate en forme de P...

– Ça y est ! Je me rappelle !

– Oui, et moi je me souviens très bien de toi, la petite rouquine farouche, avec son amie qui regardait mon frère avec des yeux de merlan frit. Ne prends pas cet air abattu, Millie. Je sais que tu as toutes les raisons du monde de m'en vouloir. Je suis bouleversée de voir à quel point tu détestes l'orphelinat. Récemment, j'ai été invitée à faire partie du bureau des administrateurs à cause de mon travail auprès des enfants des rues et des livres que je publie. Crois-moi, l'hôpital des Enfants-Trouvés est une institution remarquable à bien des égards. Les enfants sont en bonne santé, ils sont nourris avec des produits simples et de bonne qualité, et j'ai été impressionnée de voir que chacun bénéficie d'une éducation tout à fait convenable.

– Sauf que toutes les filles sont formées pour être servantes.

– Il n'y a aucune honte à être une servante confirmée, Millie.

– Et vous ! Vous auriez aimé en être une ? ai-je répondu en pleurnichant au fond de ma chaise.

– Je comprends, Millie, je préfère écrire. Mais je vais te dire une chose : je ne plaisantais qu'à moitié quand je t'ai dit que tu pourrais être écrivain. Tu as une imagination débordante et un vrai don pour le choix des mots. L'histoire que tu m'as inventée était drôlement amusante.

– Oui, mais vous ne m'avez pas crue.

– Peut-être, mais si tu l'écrivais noir sur blanc en la travaillant un peu, tu obtiendrais un récit vraiment convaincant.

– Vous pensez vraiment que je pourrais écrire une histoire publiée dans un vrai livre ?

– Pas tout de suite. Ça, je ne peux pas te l'assurer. Il faut que tu attendes un peu et que tu travailles très régulièrement. Je vais te donner un conseil : essaie d'écrire une demi-heure tous les jours. Par ailleurs je te promets que je ne t'abandonnerai jamais et que je ferai tout ce que je peux pour t'aider.

– Mais vous êtes sûre qu'il faut que je retourne à l'hôpital ?

– Oui.

– Mme Groderrière doit être hors d'elle.

– Sans doute, mais ne t'inquiète pas, je te protégerai, m'a répondu Miss Smith avec un clin d'œil pas très féminin. Je suis administratrice de l'hôpital, je te le rappelle.

Elle a réglé ce qu'elle devait au serveur qui tournicotait autour de nous, et j'ai aperçu le montant sur la note.

– Mon Dieu ! Les écrivains gagnent énormément, non ?

– Oh non, si tu savais ! La majorité des écrivains tirent le diable par la queue, et certains ne vendent rien du tout. Sache que tu auras sans doute besoin de gagner ta vie comme soubrette le temps d'arriver à être publiée.

– Je vais me mettre à travailler dès maintenant, je vous promets. Si Ida arrête de me faire la tête, je lui demanderai un grand bloc de papier comme ceux qu'elle a dans la cuisine pour commencer tout de suite à écrire.

– Ida ?

– Oui, elle travaille à la cuisine et c'est ma meilleure amie depuis toujours. Mais je n'ai pas été très gentille avec elle. Je ne suis pas sûre qu'elle soit prête à se réconcilier avec moi.

– Bien sûr que si, Millie, mais au cas où, ce serait peut-être plus prudent de t'acheter un peu de matériel.

À peine sortie du restaurant, Miss Smith m'a emmenée sous une petite arcade, devant la vitrine d'une papeterie où j'ai découvert de superbes carnets couverts de papier marbré aux mille nuances : bleu ciel, mauve et rose perle; argent, vert émeraude et jade; écarlate, orange vif et or.

– Ces dessins ne vous rappellent rien, Miss Smith ?

– Si, ça me rappelle les plumages des oiseaux, Millie. Ils sont magnifiques, non ? Choisis un carnet, ma chérie, et tu as peut-être besoin d'une plume, non ?

– J'en ai déjà une que m'a offerte une amie que j'ai perdue, Polly. Mais, s'il vous plaît, Miss Smith, est-ce que je pourrais avoir une bouteille d'encre ?

Nous sommes entrées dans la boutique et j'ai hésité un long moment en admirant les carnets. Le mauve et rose était sans doute le plus raffiné, mais les nuances de vert étaient plus douces à regarder… Et puis non, finalement je préférais celui qui avait des volutes écarlates et orange, mouchetées de pointes dorées, parce qu'il était assorti à mes cheveux.

Le papetier m'a remis le tout dans une jolie pochette en toile. J'avais beau la connaître depuis quelques heures à peine, je me suis précipitée sur Miss Smith pour l'embrasser.

Elle a hélé un cabriolet en demandant au chauffeur de nous conduire à l'hôpital des Enfants-Trouvés. J'ai pris sur moi pour me montrer courageuse, accrochée à mon merveilleux cadeau, mais dès que j'ai aperçu les grilles de l'entrée, j'ai flanché.

– Courage, Millie.

– Mon Dieu, mais c'est la gamine qui manquait ! s'est écrié le gardien, les yeux écarquillés.

– En effet. Allez, viens, Millie. Allons tout de suite chez Mme Groderrière pour lui raconter ce qui s'est passé. Mais avant, dis-moi en quelques mots ce que tu as fait pendant ces deux jours. Cette fois-ci, j'exige la vérité.

Je lui ai tout raconté : le cirque que je croyais être le bon dans Hyde Park, l'omnibus jusqu'à Hampstead Heath, mon entretien avec Madame Adeline, la nuit que j'avais passée dans un buisson, l'argent que j'avais mendié dans la rue, le tour à dos d'éléphant au zoo, la rencontre avec le monsieur louche, et ma chère Sissy qui m'avait sauvé la vie avant de m'emmener dormir chez elle, dans cet immeuble condamné. J'ai essayé d'être concise, sans rien enjoliver ni ajouter, mais nous avons eu le temps de faire trois fois le tour de l'hôpital avant que je ne finisse mon récit.

– Je n'en reviens pas, Millie ! Tu as vécu deux jours d'aventures insensées ! Mes pauvres héroïnes de roman ont des vies bien tristounettes à côté de ça !

– J'ai peur, Miss Smith ! Je parie que Mme Groderrière va m'enfermer au grenier pour la semaine.

– Mais non, fais-moi confiance. Viens, nous allons l'affronter ensemble.

Nous sommes entrées du côté des filles, tombant aussitôt sur les petites qui se dirigeaient à la queue leu leu vers les toilettes après leur cours de couture. Toutes se sont arrêtées pour nous observer.

– Quelle bonne surprise ! s'est exclamée Winnie en se précipitant vers nous. Millie ressuscitée d'entre les morts ! Dieu soit loué, tu es vivante, ma chérie !

Elle m'a prise dans ses bras et m'a fait tournoyer en m'embrassant.

– Tu vois ! Je croyais que les nurses étaient toutes des mères fouettardes ? m'a lancé Miss Smith alors que nous remontions le couloir qui menait au bureau de Mme Groderrière.

– Nurse Winnie est adorable, c'est vrai. Mais vous allez comprendre en voyant la surveillante générale. Je doute qu'elle soit ravie de me voir réapparaître. Je suis sûre qu'elle préférerait que je sois morte et enterrée. Et en train de brûler en enfer !

Miss Smith a frappé à la porte du bureau et nous sommes entrées. La tête de la surveillante a pivoté lentement et sa bouche s'est ouverte d'une drôle de façon. Elle m'a toisée, sidérée de voir dans quel état j'étais : sale comme Job, en loques, sans bonnet ni mantelet, ni tablier, les pieds nus et crasseux comme jamais.

– Millie Plume ! J'en étais sûre, il n'y avait que toi pour déshonorer l'hôpital ! Si tu savais les problèmes que tu nous as causés. C'est la première fois qu'un de nos enfants fait une fugue.

– Pardonnez-moi, mais je crains que vous ne vous trompiez, l'a interrompue Miss Smith. Mais d'abord, permettez-moi de me présenter : Sarah Smith, récemment élue au bureau des administrateurs. Sachez que c'est moi qui viens de sauver la vie de Millie Plume. Je vous rassure, elle ne s'est pas enfuie. Elle a été enlevée par une bande de brigands au cœur de Hyde Park. La pauvre, ils l'ont endormie au chloroforme et enfermée dans un grenier : ils voulaient l'expédier en bateau… La traite des blanches ! a murmuré Miss Smith sur un ton dramatique en se penchant vers la surveillante. Il se trouve que j'étais dans les parages parce que je prépare une enquête sur les quartiers insalubres, et j'ai entendu des cris épouvantables. J'ai couru à sa rescousse et elle m'a suppliée de la ramener ici. J'espère qu'elle n'aura pas de séquelles à long terme, mais je crains que cet enlèvement ne l'ait fortement marquée. Je vous demande de ne jamais l'enfermer dans une pièce car je doute qu'elle supporte un second traumatisme.

Cette fois-ci, ce fut à mon tour de m'émerveiller devant les talents de conteuse de Miss Smith. J'ai failli applaudir au moment où elle a recommandé à la surveillante de ne plus jamais m'enfermer. Je ne sais pas si Mme Groderrière a cru ses salades, mais Miss Smith était administratrice, alors elle n'avait pas le choix. Elle a été obligée de tout gober !

– Mon petit doigt me dit que Millie Plume est une enfant particulièrement douée. Je viens de lui offrir un carnet dans lequel je l'ai encouragée à écrire. Je passerai donc régulièrement lui rendre visite pour surveiller ses travaux. Je sais que je peux compter sur vous, chère madame, pour que personne ne lui confisque ce carnet. Et je ne doute pas que son bien-être vous tienne particulièrement à cœur.

Gloire à Miss Smith et à son art de l'entourloupe ! Mme Groderrière ne peut toujours pas me voir en peinture, mais j'ai le droit d'écrire autant que je veux. Plus jamais je n'ai été enfermée au grenier, même si je sais qu'elle en a rêvé, le jour où Madame Adeline a eu la bonne idée de faire un saut pour vérifier que j'étais bien rentrée.

J'ai passé une année entière à rédiger mon histoire. Quant à Miss Smith, elle aussi a écrit, et elle vient de publier *Un penny pour un bouquet*, dédicacé à « Sissy et Millie – et à la mémoire de Lily ». Entre-temps, j'ai appris qu'elle avait cherché à retrouver Sissy et

Lily pour que celle-ci soit prise en main par un médecin. Hélas, trop tard. Heureusement, son association a réussi à trouver un logement correct pour Sissy après l'avoir séparée de son père. Sissy suit actuellement une formation de chapelière et je suis sûre qu'elle fabriquera des chapeaux exquis avec de ravissants bouquets. Et enfin elle sera heureuse.

Quant à mon histoire, je vous promets qu'elle est vraie. J'ai essayé de ne pas broder ni enjoliver les choses. Miss Smith m'encourage toujours à écrire, mais elle m'a mise en garde contre ma tendance à me laisser emporter par mon imagination. Au fond, la vérité est parfois plus étrange et merveilleuse que la fiction. C'est pourquoi j'ai gardé le meilleur pour la fin. Car… j'ai retrouvé ma mère !

Devinez qui c'est ? Je vous le donne en mille !

Le jour où je suis rentrée à l'orphelinat, j'ai eu droit à un bon bain, puis on m'a donné un uniforme et des bottes flambants neufs. Je suis allée déjeuner au réfectoire et soudain, au moment où j'entrais, toutes les filles ont applaudi en riant et en pleurant parce qu'elles pensaient que j'avais disparu. Même Sheila et Monica m'ont prise dans leurs bras ! Quant à la petite Eliza, elle était déchaînée, agrippée à moi comme un petit singe.

Mais la réaction la plus inattendue a été celle d'Ida. Elle m'a jeté un bref regard, est devenue pâle comme un linge et s'est évanouie. Il a fallu deux nurses pour la transporter dans sa chambre, mais elle a perdu une chaussure en route. Je me suis précipitée pour la ramasser, et je tenais cette affreuse savate noire comme si c'était la pantoufle de vair de Cendrillon.

– Il faut que je lui rapporte sa chaussure, ai-je murmuré à la demoiselle qui surveillait le réfectoire.

J'ai suivi les deux nurses jusqu'à la chambre d'Ida, une pièce presque aussi exiguë que celle du grenier, et presque aussi vide. Les nurses l'ont allongée sur son lit gigogne et elle s'est mise à murmurer mon nom.

– Oui, oui, Millie Plume est revenue, ne t'inquiète pas, l'a rassurée une nurse. Elle nous a flanqué une sacrée peur, et voilà qu'elle réapparaît comme un petit diable.

– Tout va bien, Ida. Tu es trop gentille, a renchéri l'autre nurse. Allez, repose-toi. Viens, Millie, il faut qu'elle se repose

– Je ne pourrais pas rester cinq minutes s'il vous plaît, pour être sûre qu'elle ne perde pas encore connaissance ? J'ai été très injuste avec elle, je m'en veux. S'il vous plaît, je voudrais lui demander pardon.

Les deux nurses sont sorties en ricanant.

– Ida, s'il te plaît, reste avec nous, ai-je murmuré.

Délicatement j'ai retiré les mèches de son front. Elle a ouvert les yeux – irrités et injectés de sang.

– Tu as dû avoir affreusement mal aux yeux, non ? Tu as beaucoup pleuré ?

– Si tu savais comme j'ai pleuré ! J'ai cru que j'allais devenir folle. J'ai passé les deux dernières nuits à arpenter tout le quartier à ta recherche. Je pensais que tu étais partie parce que tu m'en voulais d'avoir choisi Sheila pour te remplacer, alors que c'était tout simplement parce que tu n'en pouvais plus.

– Je sais, j'ai été vilaine avec toi. Je t'en supplie, pardonne-moi, Ida. Je tiens à toi comme à la prunelle de mes yeux.

Elle était au bord des larmes.

– Ne pleure pas, Ida !

– Ma petite Millie, ma fille chérie…

J'ai relevé la tête.

– Qu'est-ce que tu viens de dire ?

– Non, rien… s'est-elle défendue en cachant son visage.

J'ai dégagé ses mains. Je l'ai regardée droit dans les yeux et j'ai compris.

– C'est toi, ma mère ?

– Chut, Millie ! Chut… Personne n'est au courant, ça doit rester secret.

– Mais… mais…

J'ai comparé la couleur de ses cheveux à celle des miens, sur l'oreiller : châtain clair et roux.

– Ton père avait les cheveux roux.

– Dis-moi qui c'était !

– Il s'appelait Robert, mais tout le monde l'appelait Bobbie. C'était le garçon le plus intelligent du village où j'habitais et je l'aimais de tout mon cœur, mais lui n'était pas vraiment amoureux. Il rêvait de voyager et il a préféré partir faire le tour du monde.

– Où est-il aujourd'hui ?

– Je ne sais pas, Millie. Il n'est jamais revenu. Il m'avait juré qu'il m'écrirait mais je n'ai jamais rien reçu. J'ai attendu, attendu… parce qu'entre-temps j'avais découvert que j'étais enceinte.

– De moi !

– Oui, de toi, Millie ! J'étais folle de joie mais je ne savais plus quoi faire. Au début je n'en ai parlé à personne, mais au bout d'un moment j'ai été obligée de le dire. Mes parents l'ont très mal pris. Ils m'ont renvoyée parce que j'avais déshonoré la famille.

– Oh, Ida !

– J'étais aux abois, tu n'imagines pas, complètement perdue, paniquée. Je t'ai mise au monde toute seule, et j'ai vu que tu étais minuscule, mais si précieuse ! Je te serrais dans mes bras, en larmes, incapable de te lâcher. Mais je n'avais pas un sou pour m'occuper de toi. Je ne voulais pas te confier à une nourrice alors que j'irais travailler. Tu étais trop petite, trop fragile. Je voulais que tu aies les meilleurs soins possibles. Voilà pourquoi je t'ai déposée à l'hôpital des Enfants-Trouvés.

– J'aurais préféré que tu me gardes avec toi.

– Moi aussi, j'aurais préféré. La séparation a été une torture, crois-moi, mon amour. Tu ne peux pas savoir à quel point tu me manquais. J'ai fini par trouver un emploi à l'hospice en changeant de nom pour que personne ne me repère. C'était dur, mais je me suis accrochée et j'ai réussi à travailler dans les cuisines. Je suis restée un an à ce poste, et dès que j'ai entendu dire que tu retournais aux Enfants-Trouvés, j'ai demandé à y aller. Pour me rapprocher de toi, Millie. Je n'aurais jamais eu assez d'argent pour te racheter, et de toute façon les administrateurs auraient pensé que je ne serais jamais une bonne mère.

– Pas du tout ! Tu es la maman la plus merveilleuse du monde, et la seule que j'aurais jamais voulu avoir !

– Tu n'imagines pas la joie que ça a été de te voir grandir au cours de ces cinq années. En même temps je souffrais parce que je ne pouvais pas exprimer ouvertement mon amour pour toi. J'avais décidé de ne rien te dire. Si quiconque avait eu vent de la vérité, j'aurais été renvoyée et frappée de disgrâce à jamais.

– Je serai muette comme une tombe, je te promets. Mais j'ai une dernière question à te poser. Est-ce que tu m'avais choisi un nom quand je suis née ?

– Oui, un petit nom amusant, Saphir, parce que tu avais les yeux d'un bleu extraordinaire.

– Oh, mon Dieu, j'imagine tellement bien ! J'en étais sûre, je savais que ma maman m'avait choisi un nom magnifique ! Écoute, Ida, j'espère qu'un jour je serai écrivain et que je pourrai publier mes histoires. Tu sais quel sera mon nom de plume ? Saphir ! Tu n'es pas en train de te moquer de moi, j'espère ?

– Mais non, je pleure parce que je suis trop émue.

– Quand j'aurai quatorze ans, on quittera toutes les deux l'hôpital, et je suis sûre que je gagnerai plein de sous grâce à mes livres. Je trouverai une jolie maison où on vivra ensemble, fais-moi confiance…

– Et nous serons heureuses jusqu'à la fin des temps, comme dans les contes de fées.

– Heureuses jusqu'à la fin des temps, oui. J'en suis sûre et certaine !

Jacqueline Wilson

L'auteur

Jacqueline Wilson est née à Bath, en Angleterre, en 1945. Fille unique, elle se retrouvait souvent livrée à elle-même et s'inventait alors des histoires. Elle a toujours rêvé d'être auteur et a écrit son premier roman à neuf ans ! Elle se souvient ensuite, adolescente, avoir rempli des dizaines de cahiers. À seize ans, elle devient journaliste d'un magazine pour adolescentes qui porte son nom : *Jackie*. Après son mariage et la naissance de sa fille Emma, Jacqueline Wilson travaille pour différents journaux. À vingt-quatre ans, elle écrit une série de romans policiers pour adultes puis se lance dans l'écriture de livres pour enfants, domaine qu'elle n'a plus quitté depuis 1990. Ses histoires, pleines d'émotion, de vérité et d'humour, font d'elle un écrivain majeur de la littérature jeunesse, adorée de ses millions de lecteurs (et lectrices !), et l'auteur le plus emprunté dans toutes les bibliothèques britanniques. Children's Laureate de 2005 à 2007, c'est une formidable ambassadrice du livre pour enfants. Grande lectrice, elle possède des milliers de livres.

Du même auteur chez Gallimard Jeunesse

FOLIO CADET

Le Site des soucis, n° 440
Lulu Bouche-Cousue, n° 425
Ma chère momie, n° 419
Soirée pyjama, n° 465

FOLIO JUNIOR

À nous deux ! n° 966
La Double Vie de Charlotte, n° 910
Lola Rose, n° 1335
Maman au bois dormant, n° 1642
Ma meilleure amie, n° 1387
Maman, ma sœur et moi, n° 1037
Mon amie pour la vie, n° 1301
Poisson d'avril, n° 1241
Reviens, papa ! n° 1441
Un cœur brisé, n° 1488

Les aventures de Jenny B.

La Fabuleuse Histoire de Jenny B., n° 1267
Un nouveau défi pour Jenny B., n° 1424
Un rôle en or pour Jenny B., n° 1514

GRAND FORMAT LITTÉRATURE

Les Malheurs de Millie Plume
Une nouvelle vie pour Millie Plume

SCRIPTO

Kiss

Nick Sharratt

L'illustrateur

Né à Londres en 1962, **Nick Sharratt** a toujours aimé dessiner. Diplômé de la St Martin's School of Art de Londres en 1984, il devient illustrateur de livres pour enfants, et travaille également pour la presse. Il met en images tous les livres de Jacqueline Wilson, depuis leur première collaboration, en 1991, pour *La Fabuleuse Histoire de Jenny B*. Ses dessins, pleins d'humour et de malice, s'harmonisent parfaitement au style de chacune des histoires de Jacqueline. Il est également auteur et illustre ses propres albums, toujours très drôles et inventifs.

Découvre la suite des aventures
de **Millie Plume**

UNE NOUVELLE VIE POUR MILLIE PLUME

Après les sombres années de l'orphelinat, Millie Plume met tous ses espoirs dans l'avenir, surtout depuis qu'elle a retrouvé sa véritable mère. Mais elle a quatorze ans désormais, et elle doit travailler. Rebelle et fougueuse, elle montre fort peu de dispositions pour le métier de domestique ! Ce qu'elle souhaite le plus au monde, c'est devenir écrivain…

Disponible en Grand Format littérature

Découvre d'autres livres
de **Jacqueline Wilson**

---

dans la collection

folio junior

UN RÔLE EN OR POUR JENNY B.

n° 1514

Cette année, on va jouer *Un conte de Noël* avec l'école. Ça tombe bien, j'adore faire la star, comme ma mère ! D'ailleurs, elle a promis de me rendre visite au foyer pour Noël. Cam, qui espère m'adopter, est vraiment super avec moi, elle m'aide à répéter en attendant le grand jour mais le plus important pour moi, c'est que maman soit là pour la pièce.

REVIENS, PAPA !

n° 1441

Un matin de Noël, Emie surprend Frankie, le petit ami de sa mère, père de son frère et de sa sœur, au téléphone avec une autre femme. Il annonce qu'il va quitter leur mère pour aller vivre en Écosse avec sa nouvelle compagne. Les enfants doivent-ils continuer à espérer qu'il revienne ? De désillusion en désillusion, ils réalisent qu'on ne peut pas toujours compter sur les adultes. Heureusement, Emie les console en leur racontant de belles histoires, plus abracadabrantes les unes que les autres…

MAMAN AU BOIS DORMANT

n° 1642

Chère maman,
Je sais que tu ne peux pas lire cette lettre, mais j'ai tellement de choses à te raconter. Je fais un dossier sur les baleines pour l'école. Tu savais qu'elles aiment chanter ? Tu les imagines, en train de faire des vocalises au fond de l'océan ? La prochaine fois que je viendrai te voir à l'hôpital, je te ferai écouter leur chant magique, d'accord ? Si seulement, ça pouvait te réveiller.
Mille millions de bisous,
Ella

LA DOUBLE VIE DE CHARLOTTE

n° 910

« Bonjour, je m'appelle Charlotte, mais tout le monde m'appelle Lottie. Je suis gouvernante. Je vis loin de ma famille et je dois travailler dur toute la journée... »
« Salut ! C'est moi Charlie, et surtout ne m'appelez pas Charlotte ! J'ai toujours cru qu'il n'y avait rien de plus ennuyeux que l'époque victorienne. Mais c'était avant de commencer mon dossier pour l'école et de faire la connaissance de Lottie. »
Charlie et Lottie mènent des vies parallèles jusqu'au jour où Charlie fait une grosse bêtise et tout se met à aller de travers.

MA MEILLEURE AMIE

n° 1387

Alice et moi, nous sommes nées le même jour, dans la même ville, dans le même hôpital et depuis, on ne se quitte plus. On va dans la même école, on partage tout, on n'a aucun secret l'une pour l'autre. Mais les parents d'Alice veulent déménager à l'autre bout du pays. Pas question que je reste seule ici, et qu'on m'enlève mon amie. Je vous le promets, rien ne pourra jamais nous séparer !

POISSON D'AVRIL

n° 1241

« On me surnomme Avril Fontaine, parce que je pleure… comme une fontaine. C'est déjà mieux que Poisson d'avril, parce que je suis née le 1er avril… et, en tout cas, c'est beaucoup, beaucoup mieux que Bébé-poubelle, parce qu'on m'a trouvée dans une poubelle. Aujourd'hui, j'ai quatorze ans et j'aimerais comprendre. Comprendre d'où je viens, qui je suis et qui est ma vraie famille. »

Le papier de cet ouvrage est composé de fibres naturelles, renouvelables, recyclables et fabriquées à partir de bois provenant de forêts gérées durablement.

Mise en pages : Maryline Gatepaille

Loi n° 49-956 du 16 juillet 1949
sur les publications destinées à la jeunesse
ISBN : 978-2-07-063255-8
Numéro d'édition : 173839
Dépôt légal : février 2013

Imprimé en Espagne par Novoprint (Barcelone)